# 한국 현대시의 두 극점

김남주, 신대철의 시세계

◆◆ 강진주 姜珍珠

충남 당진에서 태어나 명지대학교 문예창작학과에서 박사학위를 받았다. 2008년
한국문화예술위원회 창작 지원금을 받았다. 중국 산동 청년정치대학교 초빙교수로
재직했고, 신한대, 인천재능대학에서 강의했다. 시집으로『오래된 호수』가 있다.

# 한국 현대시의 두 극점
## ― 김남주, 신대철의 시세계

인쇄 · 2019년 6월 15일 | 발행 · 2019년 6월 25일

지은이 · 강진주
펴낸이 · 한봉숙
펴낸곳 · 푸른사상사

주간 · 맹문재 | 편집 · 지순이 | 교정 · 김수란
등록 · 1999년 7월 8일 제2-2876호
주소 · 경기도 파주시 회동길 337-16
대표전화 · 031) 955-9111-2 | 팩시밀리 · 031) 955-9114
이메일 · prun21c@hanmail.net
홈페이지 · http://www.prun21c.com

ⓒ 강진주, 2019

ISBN 979-11-308-1440-7  93800
값 25,000원

현대문학
연구총서

54

# 한국 현대시의 두 극점

## 김남주, 신대철의 시세계

강 진 주

*Research on Poems Of Kim Namjoo*
*and Shin Daecheol*

푸른사상
PRUNSASANG

# 책머리에

세계를 반영하고 형상화하는 문학 활동은 현실의 소용돌이와 삶의 질곡 속에서 끊임없이 발전하여왔다. 또한 당대 현실의 과제들을 통하여 객관적 진실과 삶의 본질을 찾아내고자 하는 사유들이 다양하게 제시되어왔는바 사회적 조건과 시정신의 가장 치열한 싸움을 선보인 시인으로 김남주, 신대철 시인을 꼽지 않을 수 없다. 두 시인은 급속한 산업화로 인한 경제적 불평등의 문제와 민주화를 둘러싼 정치적 갈등이 첨예하게 대두되던 1970년대 주요 시인으로 자리매김되고 있다.

김남주는 확고한 가치관을 내세우며 독재라는 타율적 주체에 대한 저항의식을 시로 형상화하려 하였다. 이 시기 우리 시단은 새롭게 등장한 도시 영세민, 농민, 노동 계급의 삶을 다양한 시각으로 다루어내고 소시민적 삶의 허위성을 고발한 작품들이 주류를 형성하고 있었다. 그 가운데서도 김남주 시인은 김수영, 신동엽, 신경림의 뒤를 이어 또하나의 경향을 드러내었다. 그의 시는 형식 면에서 전통적 서정 양식을 계승하고 있었으나 주제 면에서 정치성, 투쟁성을 전면에 내세우며 시를 써나갔다. 그의 투쟁성은 농촌 경제의 파탄과 고향의 해체, 가족들이 겪는 고통 등의 주제가 육화된 것이다. 그러기에 그의 시에 나타난 투쟁 정신은 강한 호소력마저 지니게 되는 것이다.

동시대 신대철은 혼란한 시대상황의 뒤편에서 자신만의 세계에 침잠하여 치열한 내적 투쟁을 벌여왔다. 그는 ROTC 출신 GP장으로 비무장지대에서 근무하며 북파 공작원들을 송환하는 업무를 담당하고 있었다. 이때의 군대 체험은 개인의식과 사회의식의 충돌을 일으키게 하는 매개체가 되었으며 그의 시간의식을 더욱 과거로 향하게 하는 역할을 담당하였다. 과거로 향한 시간과의 끝없는 싸움은 유년의 '산'으로 시작하여 산속 골짜기의 '물'과 먼 바다를 거쳐 '극지'를 향해 뻗어나갔다. 그의 상상세계는 수평적 확산 형태를 취하며 끝에서 끝을 향한 극한의 면모를 보여주었다. 이것은 시인의 냉기에 대한 경도에서도 드러나는데 물의 차가움과 흰 눈, 얼음, 얼음 바닥이 불바닥이 되는 추위 같은 것은 차가움이 뜨거움이 되는 역설을 불러일으키는 것이다. 이와 같이 교묘한 이중성을 거느린 신대철 시인의 이미지들은 김남주의 강렬한 직설과 서로 반대편에 위치한 것 같으면서도 추구하는 의식의 치열함이라는 면에서 통하는 면모를 보여준다.

두 시인은 각각 등단한 시기(김남주-1974년, 신대철-1968년)가 6년 차로 약간의 차이가 있지만 비슷한 시대의 갈림길에서 서로 자기만의 문학적 세계를 구축해내었다. 특히 두 시인에게서 보여지는 이미지의 특이한 만남은 '불에서 빛으로' '물에서 빛으로'라는 이동 경로를 보여주면서 분석의 필요성을 제기한다.

김남주의 시에서 불 이미지는 전사로서의 인간적 이미지와 연결되기도 한다. 그에게서 나타나는 불은 강렬하고도 뜨거우며 순식간에 모든 것을 삼켜버릴 수 있는 강력한 방화력을 갖고 있다. 그것은 그의 정신적 힘인 동시에 세계를 '지배자/피지배자'의 대결구도로 파악하는 분열 형태적 사유의 한 반영이기도 하다. 그의 시세계를 살펴보면 다수의 많은 시인들이 지향하고 있는 사유의 움직임, 즉 변형이나 비약, 은유, 왜곡, 굴절 등이 거의 사용되지 않는다. 또 상승이나 하강의 다양한 변용, 의식의 오르내림이 거의 없고 지칠 정도로 상승적 지향성을 표출하고 있음을 보게 된다. 그의 의식은 무기를 옆에 놓은 채 잠시도 잠들지 못하는 긴장 상태를 유지하고 있으며 그러기에 미쳐버리거나 죽게 된다는 질베르 뒤랑(Gillbert Durand)의 말을 상기하게 하는 바 있다.

이 말은 그가 삶은 소유가 아니라 '존재를 향한 끝없는 모험'이라고 말했던 것과 함께 그의 시적 행로에 깊은 의미를 부여한다. 이 말의 진의는 진정한 리얼리스트의 면모를 확인시키듯 편향된 이데올로기의 전형으로 인식되었던 그의 시적 지향을 예술에서의 진실이라는 측면으로 부각시켜 다루어보는 것을 가능케 한다.

필자는 예술이 인간과 인간과의 교감의 한 수단이며 자신의 감정을 타인에게 감응시키는 활동이라고 할 때 '리얼리즘/ 모더니즘' 등 이분법의 개념을 뛰어넘어 본래의 감수성에서 출발, 시와 시인의 상상세계 탐구를 통해 근원적이고 문학적인 성과의 실마리를 찾아내는 것에 집중해보고자 한다.

반면 신대철 시인의 경우 불 이미지는 흰 눈에 극도로 차가운 냉기를 결합시켜 역설적으로 타오르는 뜨거움을 상징한다. 이때 불은 눈꽃, 불꽃, 새 등의 이미지로 드러나며 지상에 안주하지 못한 채 떠도는 모습을 형상화시킨 것이다. 그는 늘 집을 인식하고 있는데 결핍을 가지고 있는 현실의 집은 얼음집, 불바다 등의 불편함으로 나타나고 있다. 그가 끝없이 찾아나서는 여행, 순례의 길은 이러한 결핍의 장소인 집에서 편안하고 완성된 집을 찾아나서는 길이라 할 수 있다. 그리하여 '거리감이 주는 존재에 대한 새로운 인식'이라는 그의 말은 여행을 즐겨하는 삶의 이유가 되기도 하는 것이다.

동시대에 태어나 비슷한 시기에 왕성하게 작품 활동을 지속해온 두 시인이 서로 다른 지향점을 가지면서도 의식 면에서 서로 교차하고, 이미지를 통해 어떻게 합류하고 있는지 살펴보는 것은 필자에게는 어려운 숙제와도 같은 것이었다. 신은 인생을 통해 운명을 바꿀 세 번의 기회를 준다고 하였던가. 1991년 문학학교에서 만난 김남주 시인은 필자의 가치관을 바꾸어준 스승이었다. 그를 통해 진실한 영혼에게서 얼마나 큰 사랑의 실천이 가능할 수 있는지 배웠다. 세상에 대한 냉소와 불신에 빠져 있던 필자에게 한 이타적 인간의 참모습을 보여주신 분, 영혼의 멘토라 부르게 된 분과의 놀라운 만남이었다. 그것은 어떤 종교적 신성과도 같이 내 삶을 이끌었다. 그 자장 안에서 반생을 살아왔다. 문학적 삶이든 일상적 삶이든 그 빛에 가 닿으려고 했다. 그러나 그의 문학의 길을 따라가보는 것은 부족한 역량으로 쉽지 않았다. 그러던 중 그와는 다른 길을 걸어가면서도 비슷한 충격을 내장한 시인을 만나게 되었다. 그가 바로 신대철 시인이다. 한 번 뵌 적 없지만 시를 통해 아주 가까이서 그 깊은 영혼의 심연을 헤엄칠 수 있었다. 하지만 두 시인의 궤적을 힘껏 따라가면서도 힘에 부쳐 꺾어지던 호흡을 인정하지 않을 수 없다. 그럼에도 불구하고 인생의 모퉁이에서 사랑에 푹 빠져 함께 했던 두 시인은 내내 앞으로도 삶의 동반자로 남아 있으리라는 것을 부인할 수 없겠다.

이 책을 쓰고 또 한 번 생의 한 단계를 통과하고 있는 것 같다. 긴 터널을 지나 은빛 드넓은 세상을 마주하고 있는 사람, 망망한 대낮 한가운데 서 있는 한 사람을 발견한다. 앞으로 내 생이 어디를 향해 가게 될지는 모르겠다. 다만 감사하다는 말과 여기까지 함께 걸어온 사람들이 떠오른다. 특히 이 원고를 눈여겨보아주신 푸른사상사 대표님과 저만치서 응원해주시는 선생님, 깊은 애정으로 지도해주신 교수님, 가족, 이웃, 마지막으로 웃음소리를 선물로 남겨준 나의 어린 왕자……. 이분들은 너무도 지극하신 분들이다. 그 사랑에 힘입어 나도 누군가에게 유익한 사람이 되었으면 하고 소망해본다.

프롤로그

2019년 6월

강진주

# 차례

차례

제1장

# 대지의 시, 극지의 시

# 대지의 시, 극지의 시

## 1. 논의의 방향과 목적

인간의 삶을 포함하여 세계를 형상화하는 문학 활동은 현실의 소용돌이와 삶의 질곡을 반영하며 끊임없이 발전해왔다. 또한 당대의 삶의 과제들을 통하여 객관적 진실과 삶의 본질을 찾아내고자 하는 사유들이 다양하게 제시되어왔다. 우리 역사는 1970년대에 진입하면서 경제개발이라는 목표 아래 추진된 근대화로 농촌 중심의 경제에서 공업 중심의 경제로 탈바꿈하는 등 변화가 초래되었다. 산업화가 가속화됨에 따라 대규모 이농이 발생하고 농촌과 도시 간의 소득격차가 심각한 사회문제로 대두되었다. 이로 인한 경제적 불평등은 사회 구성원들의 정신적, 물질적 소외를 극대화시켰다. 따라서 생산의 분배 문제와 이를 둘러싼 정치적 지배담론에 반대하여 지식인, 학생들은 조직적인 저항운동을 펼쳐나가기 시작하였다. 문학계에서도 근대화와 반민주적인 지

15

배구조에 대하여 시적 응전이 진행되기 시작하였다. 이런 과정에서 정치적 독재에 반기를 든 4·19혁명이 있었고 문학계에서 참여/순수 논쟁,[1] 리얼리즘/모더니즘 논쟁[2] 등 잇따른 논의들이 활발하게 진행되었다.

우리 민족의 근대사 자체가 식민지와 분단, 독재 같은 파란으로 점철되어 있었던 만큼 문학 분야에서도 역사적 과업을 수행하고 평가하는 모색이 시도되었다. 4·19혁명이 문화예술계에 불러일으킨 가장 큰 파장은 바로 현실에 대한 진지한 비판의식의 고취였다. 정치적 탄압과 사회적 격변 속에서 참다운 삶이 무엇인가를 깨달은 문인들은 문학이 삶과 조화될 때 비로소 진실성을 얻을 수 있음을 각성하고 고통 받는 이

---

1  1960년 후반기에 불붙기 시작한 참여논쟁은 작가의 사회적 자아와 창조적 자아의 관계에 대한 진지한 토론을 불러일으켰다는 점에서 주목에 값한다. 작가가 사회에 연계되어 있는가, 작가는 사회에 무엇을 할 수 있는가, 문학은 본질적으로 사회 참여적인가 아닌가 따위의 문제들이 그 논쟁을 통해서 표면화되었을 뿐만 아니라 논쟁의 진전과정에서 자기 입론을 입증하기 위하여 서양의 문학사회학적 저술과 업적들을 폭넓게 수용한다. 그것들은 1970년대 문학사회학의 수립에 결정적인 역할을 한 요소들이다. 김현, 『한국문학의 위상/문학사회학』, 문학과지성사, 1991, 212쪽 참조.

2  한국의 근대문학에서 리얼리즘-모더니즘의 분기점은 1930년대로 상정할 수 있다. 1920년대까지 주류를 형성했던 카프 문학이 일제의 탄압에 의해서 퇴조기에 접어들자 한국문학은 카프를 대신할 사상적 대안이 필요했다. 이 시기 급격한 도시화로 인해 자연발생적으로 생겨난 도시세대 작가들은 문학적 감수성을 전면에 내세우며 등장하였다. 따라서 카프의 전통을 계승하여 사회, 정치적 문제에 비판적으로 대응하였던 리얼리즘 계열과 그 반대편에서 문학 자체의 진실성을 추구하였던 도시 모더니즘 계열의 대립은 한국문학의 참여/순수의 대립과 맥을 같이 하는 것이기도 하다. 위의 책 참조.

웃 속으로 과감하게 뛰어드는 면모를 보여주었다. 외국의 사조나 문물에 도취되어 그것을 피상적으로 모방하려고 애쓰던 1950년대 모더니즘 문학의 소박한 수준에 비하면 1960~1970년대부터 나타난 문인들의 각성과 구체적인 현실인식은 매우 값지고도 주목할 만한 것이었다. 그것은 바로 양심이 가리키는 바에 따라 살고 피할 수 없는 경우에는 고난을 감수하려는 사람만이 참된 문학을 창조할 수 있다는 것을 실증해준 것이라 할 수 있다.[3]

한국문학은 1930년대 들어서 서구 모더니즘의 실질적 세례를 받게 되었다. 이 시기 일제의 식민통치 아래 추진된 근대화는 여러 가지 파행과 부작용을 낳으며 기형적 형태를 노출하였고, 해방 이후 우리 역사는 분단과 강대국이 개입된 제국주의 영향 아래서 정치적 격변기를 통과할 수밖에 없는 시기를 거쳐야 했다. 전쟁과 분단으로 인한 혼란과 서구문물의 무분별한 수입으로 우리 문학은 서구문학의 모더니즘으로부터 쾌락주의, 자기분열 등의 퇴행적 요소가 일부 감염되어 있었던 것이 사실이다. 1960년대는 이와 같은 1950년대의 문제점을 지양하면서 현실의식과 역사의식의 회복에 대한 모색이 전개되었다. 또한 '리얼리즘/모더니즘' 문학이 민중 속으로 들어가야 한다는 논리와 그렇지 않다는 논리는 이후 참여문학이냐 순수문학이냐를 놓고 논쟁을 더욱 치열하게 만들었다.

이 시기 두 계간지 『창작과비평』 『문학과지성』은 1970년대 문학의 새

---

3    김윤수 · 백낙청 · 염무웅, 『한국문학의 현단계』, 창작과비평, 1982, 98쪽 참조.

지평을 여는 역할을 담당하였다.[4] 이 매체들을 중심으로 문학은 민중과 애환을 같이해야 한다는 사람들과 순수한 예술정신을 지켜야 한다는 사람들이 각각 모여들었고 이들은 모두 문학이 현실에서 무엇을 할 수 있는가에 대한 문제로 치열한 논쟁을 벌였다. 또한 이들이 일구어놓은 토대 위에 다양한 동인지들이 쏟아져 나왔다. 이것은 근본적으로 1970년대 전 기간을 통하여 지속되었고 정치적 강권력에 대한 치열한 응전이 빚어낸 긴장이 해소되지 못한 채 그 중력을 상실하는 현상이 발생했다. 이 중력 상실은 두 계간지의 폐간으로 나타났다. 두 계간지의 퇴장은 비판자에게는 비판 대상의 상실, 극복하려던 자에게는 극복 대상의 상실, 동조자에게는 동조 대상의 상실을 의미했다.

1970년대의 우리 문학은 이러한 악조건을 뚫고 나가는 가운데 작가 의식의 전례 없는 고양을 이룩하고 문학사적 전진의 일환으로 다방면의 성취를 내놓았음도 간과할 수 없는 사실이다. 특기할 만한 것은 이 시기 『신감각』 『반시』 『자유시』 등 주요 시동인지의 활약이 활발하게 전개되었다는 것이다. 이에 따라 창비 계열에서 김남주, 강은교, 이시영, 정호승, 이동순 등의 활약이 눈에 띄었고 문지 계열에서 장영수, 신대철, 이하석, 김명인 등이 1970년대 주요 시인으로 자리매김되었다. 한국 근대시사의 주류를 차지하고 있는 이 시기의 시편들 속에 구비된 저항정신과 실천의지는 유례가 없을 정도로 활발하였으며 반대급부로 유폐된 존재에 대한 반성과 성찰의 모습도 자기 자신과의 대결이라는 측면에서 더욱 치열한 면모를 보여주었다.

---

4    백낙청 · 염무웅, 『한국문학의 현단계 Ⅱ』, 창작과비평, 1983, 50쪽 참조.

이러한 현실 속에서 '리얼리즘/모더니즘' 문학의 이분법의 구도가 작가에게 어떤 경직된 관점과 고정관념을 부각시키는 측면을 가지기도 하였지만 '식민지와 분단'이라는 한 시대를 통과해오면서 그 둘은 서로 발전적인 방향을 모색하는 데 기여하는 견인차 역할을 담당하였다. 이들은 공통적으로 문학예술 작품에 있어서 진실성을 가장 근원적인 요소로 파악하였다. 작품의 진실은 이념을 뛰어넘어 존재하는 것이기 때문에 김현의 말대로 그것이 "인간과 인간 사이의 교섭의 한 수단"[5]이며 자신의 감정을 타인에게 감염시키는 활동이라고 본다면 '리얼리즘/모더니즘' '참여/순수' 등의 개념을 뛰어넘어 본래의 감수성에서 출발, 시와 시인의 상상세계 탐구를 통해 근원적이고 문학적인 성과의 실마리를 찾아내는 것은 매우 바람직한 일이 될 것이다.

필자는 기존의 연구들을 세심하게 참조하면서도 예술에 있어서의 상상구조라는 테마를 이미지 분석을 통하여 따라가봄에 있어 적절한 두 시인에게 집중할 것이다. 그것은 저항시인이라는 평가를 받고 있는 김남주[6]와 그와는 무관하게 보이는 흔히 자연시인이라는 평가를 받고 있

---

5  김현, 『문학과 유토피아-공감의 비평』, 문학과지성사, 1996 참조.
6  김남주 : 1946년 전남 해남군 삼산면 봉학리 출생. 1964년 광주제일고 입학, 1969년 전남대 영문과 입학, 반공법 위반 혐의로 구속. 징역 2년 집행유예 3년을 선고받고 복역 8개월 만에 석방, 전남대에서 제적. 1974년 『창작과비평』 여름호에 「진혼가」 「잿더미」 등 7편의 시를 발표하면서 등단. 1978년 상경. 남조선 민족 해방전선 준비위원회에 가입. 수배 중 프란츠 파농의 『자기의 땅에서 유배당한 자들』(청사) 번역 출간. 1979년 남민전 조직원으로 활동 중 구속. 징역 15년을 선고받고 광주 교도소에 수감. 1987년 투옥 생활 9년 3개월 만에 출감. 1994년 2월 13일 병환으로 타계.
1984년 첫 시집 『진혼가』. 1987년 시집 『나의 칼 나의 피』, 1988년 시집 『조국은

는 신대철[7]이다.

이 두 시인은 같은 세대의 시인이면서도 갈림길에서 서로 다른 방향을 향해 걸어간 궤적을 가지고 있다. 이들의 시는 형식 면에서 전통적 서정 양식의 틀을 유지하고 있다는 공통점이 있지만 소재 면에서는 자연을 대상으로 하되 그 접근 방식에서 다른 특징을 보여준다. 예를 들어 김남주는 인간의 생활상이나 정치적 투쟁성을 전면으로 드러내 사회 경제적 모순을 직설적으로 시화한다. 이에 반해 신대철은 자신의 내적 고뇌를 문학적 장치들을 통해 승화시키는 방법으로 드러낸다. 그는 도시적 감수성에 의한 새로운 언어와 상상력을 바탕으로 시인 자신이 겪는 고통과 상실, 정체성 혼란 등의 주제를 전면화시킨다. 김남주가 시대의 한복판에서 전사로서의 삶을 선택하여 싸우고 있던 1970년대와

하나다』, 시집『솔직히 말하자』, 1991년 시집『사상의 거처』, 1992년 시집『이 좋은 세상에』, 1995년, 유고시집『나와 함께 모든 노래가 사라진다면』 출간. 번역서로 하이네, 브레히트, 네루다『아침저녁으로 읽기 위하여』, 하이네 정치 풍자 시집『아타 트롤』 출간. 제6회 단재상 문학부문 수상. 1993년 제3회 윤상원상 수상. 제4회 민족 예술상 수상.

7  신대철 : 1945년 충남 홍성군 오관리 출생. 1963년 공주 사범부속 고등학교 졸업. 연세대학교 국어국문과 입학. 1963년 9월부터 1964년 8월까지 휴학. 칠갑산에서 살기 시작. 1968년 연세대학교 졸업. 조선일보 신춘문예에『강설의 아침부터 해빙의 저녁까지』가 당선되어 등단. 1968년 3월부터 1970년 7월까지 군복무(ROTC), GP장으로 비무장지대 근무. 1977년 연세대학교 대학원 국문과 졸업, 첫 시집『무인도를 위하여』 간행. 1980년부터 2010년까지 국민대학교 국어국문과 재직. 1989년 산문집『나무 위의 동네』 간행. 2000년 두 번째 시집『개마고원에서 온 친구에게』 간행. 제 4회 백석문학상 수상. 2005년 세 번째 시집『누구인지 몰라도 그대를 사랑한다』 간행. 2007년 네 번째 시집『바이칼 키스』 간행. 2008년 김달진문학상 수상, 2008년 지훈문학상 수상.

1980년대, 신대철은 북파 공작원의 송환 업무를 담당한 ROTC 출신 장교로 군 복무를 하거나 대학교수로 일하면서도 외부에 그 모습을 드러내지 않는 칩거형 삶을 고수하여왔다.

두 시인은 다른 장소에서 다른 목적을 위하여 싸우고 있었지만 공통적으로 그곳은 삶의 끝, 극지에서의 싸움의 현장이라는 의미를 갖고 있다. 이러한 삶 속에서 김남주는 고통 받는 인간에게 관심을 기울였고 동료들과 연대를 통해 적극적으로 정치적, 이념적 운동에 투신하고자 했다. 그에게 진정한 시간은 승리의 함성이 터지는 미래의 것이었다. 반면 신대철은 자신이 처한 세계에서 한 발 물러서서 숲과 나무, 자연의 사물들과의 교감을 통해 시간을 통과하는 방법을 선택했다. 이들은 등단한 시점(김남주-1974년, 신대철-1968년)에서는 약간의 차이가 있지만 1960년 후반에서 1970년 초중반에 이르는 동일한 시대를 통과하며 시를 써나갔다. 그러나 이들 모두 자기 자신과의 대결이라는 과제를 회피하지 않고 정면으로 치러냄으로써 각기 자기만의 문학적 세계를 구축해내었다.

필자는 이 두 시인을 1970년대라는 시대의 양 극단을 대표하는 시인으로 설정하여 이들이 어떻게 다가오는 현실을 해석하고 대응해나갔는지 시간, 공간에 따른 상상구조와 이미지의 변용 양상을 중심으로 살펴볼 것이다. 우선 그동안의 연구 성과들을 참조하여 살펴보도록 하자.

김남주, 신대철 두 시인의 기존 연구를 살펴보면 그동안 꾸준한 평가가 지속되어오고 있는 것을 알 수 있지만 그 문학적 성취의 뚜렷함에 비하면 아직 미흡한 형편에 머물러 있다. 우선 김남주 시인의 경우 비교적 활발한 조명이 이루어진 편이었다고 할 수 있으나 시인의 활동의 치열함에 비해서는 소략한 수준에서 분석이 시도되고 있는 실정이다. 그나마 1980년대 이후부터 서서히 진행된 연구 성과는 1994년 타계 이후 활발한 모습을 보이기 시작했다. 이 시기 유고시집 출간과 평전 출간 등 그에 관한 새로운 문학적 조명이 활발하게 이루어졌다. 또 저항 시인이라는 시각 아래 사회학적, 전기적 평가에 머물렀던 차원에서 점차 세부적 요소에까지 분석이 시도되는 방향으로 확대되어왔다.

논의의 방향으로는 우선 그의 민중성과 투쟁성을 부각시킨 연구,[8] 사회인식과 시적 인식의 관련성에 초점을 맞춘 연구,[9] 정서적 특질과 그

8 구중서, 「1970년대와 80년대의 민중시학」, 『현대시』, 현대시, 1994 ; 강형철, 「대지의 삶, 대지의 노래」, 『실천문학』, 실천문학사, 1994 ; 강형철, 「자본주의 삶에 대한 두 태도」, 『실천문학』 통권 제38호, 1995 ; 김영현, 「김남주, 그 의연한 또 하나의 싸움」, 『월간 말』 통권91호, 1994 ; 김형수, 「김남주의 전투적 애국주의를 옹호함」, 『한길문학』, 한길사, 1990 ; 「절정―김남주의 청년시절」, 『실천문학』, 실천문학사, 1994 ; 문익환, 「너무 뜨겁게 사랑한 사람」, 『진혼가』, 청사, 1984 ; 박석무, 「김남주 시인의 데뷔 무렵」, 『진혼가』, 청사, 1984 ; 백낙청, 「한국의 민족문학과 한일 민중의 연대」, 『창작과비평』, 창작과비평사, 1988 ; 윤지관, 「풍자정신과 투쟁적 리얼리즘」, 『실천문학』, 실천문학사, 1989 ; 「일상의 혁명으로서의 시―김남주를 어떻게 이해할 것인가」, 『실천문학』, 실천문학사, 1992 ; 최원식, 「이념적인 것과 현실적인 것」, 『사상문예운동』, 1989 ; 최원식 외, 「80년대와 90년대 민족문학」, 『한길문학』, 한길사, 1990.

9 김사인, 「김남주 시에 대한 몇 가지 생각」, 『창작과비평』 통권 제79호, 1993 ; 김윤태, 「지혜와 열정의 통일」, 『사상의 거처』, 창작과비평사, 1991 ; 백낙청, 「시와 리얼리즘에 관한 단상」, 『실천문학』, 실천문학사, 1991 ; 성기각, 「한국의 현대 농민시 연구―김남주의 농민계급과 혁명적 실천」, 경남대학교 대학원, 1999 ; 염무웅, 「사회인식과 시적표현의 변증법」, 『창작과비평』, 창작과비평사, 1988 ; 이광

에 관련된 서정성을 밝혀내려는 연구,[10] 문학적 성취의 여부[11]와 외국 시인들과의 비교 연구,[12] 여성 이미지와 그에 관련된 시인의 의식을 규명해보려는 비판적인 연구[13] 등이 주류를 이루고 있다. 김남주의 치열한 문학 행로와 영향의 폭을 반영하듯 그동안 짧았던 생애에 비해 다양하고 활발한 연구와 논의가 진행되었다고 할 수 있다. 그러나 대개는 민족문학의 한 전범으로 다뤄지는 경우가 많고 시의 방대한 양과 문학적 질에 비해 아직 미미한 수준에 머물고 있는 실정이다. 단일 시집의 서평 형식에 주력한 부분이 많고 그의 시세계에 대한 총체적인 안목을

호, 「사상의 거처와 시의 길」, 『현대문학』, 현대문학, 1992 ; 임헌영, 「김남주의 시세계」, 『솔직히 말하자』, 풀빛, 1989.

10  박광숙, 「지수화풍이 된 당신」, 『실천문학』, 실천문학사, 1994 ; 박광숙, 「기다림과 공포」, 『시와 시학』, 시와시학사, 1995 ; 이은봉, 「김남주 시의 정서적 특질에 관한 고찰」, 『현대문학이론연구』, 1999 ; 임헌영, 「내가 만난 김남주」, 『시와 시학』, 시와시학사, 1995 ; 임헌영, 「김남주론 – 정치시와 서정시 – 김남주 시인의 서정성에 관하여」, 『시와시학』 통권 제55호, 1995.

11  남진우, 『나사로의 시학』, 문학동네, 2013 ; 이지엽, 「시적묘사와 시적진술」, 『현대시』 통권 제180호, 2004 ; 임규찬, 「김형수, 정과리, 신승엽 좌담 : 오늘의 우리 문학 무엇을 이루었나」, 『창작과비평』 통권 제88호, 1995 ; 한성자, 「김남주 시의 상징 은유, 반어, 풍자, 알레고리」, 『김남주 통신』, 일과놀이, 2000 ; 한성자, 「진혼가의 상징구조를 통해 본 시인의 길」, 『시인』 제3호, 2004 ; 황정산, 「칼과 불의 언어, 김남주의 시」, 『작가연구』 제15호, 2003.

12  김현균, 「한국 속의 빠블로 네루다」, 『스페인어문학』, 2006 ; 김현균, 「네루다를 사랑한 시인들: 김수영, 김남주, 정현종, 그리고 신현림」, 『현대문학』 제34권, 2002 ; 정명순, 「기억의 문학, 김남주와 파울첼란」, 『독일어문학』, 2005 ; 정지창, 「김남주의 옥중시와 브레히트의 망명시」, 『시인』 제3호, 2004.

13  박종덕, 「김남주 시의 여성이미지 연구」, 『비평문학』, 2008 ; 정순진, 「인식의 사각지대, 여성문제: 김남주 시를 중심으로」, 『여성문학연구』 통권 9호, 2003.

포함한 연구들이 속속 발견되고 있지만 아직까지도 김남주는 '혁명시인'이라는 타이틀에서 자유롭지 못한 것은 사실이다. 하지만 우리 현대시사를 통틀어 김남주만큼 선명한 시적 이념과 실천 행위를 지속적으로 견지해온 시인은 없다. 그만큼 그는 우리 사회가 추동해왔던 사회변혁 운동의 이념과 정신적 지향을 온몸으로 주도해갔던 시인임에 틀림없다. 이러한 인식을 바탕으로 그에 관한 학위논문[14] 13편이 나와 있다. 또한 평론 및 서평과 소논문 100여 편이 출간되었다.

　연구 성과를 몇 가지로 분류해보면 먼저 주제적 접근 방식으로 그의 민중성과 투쟁성을 부각시킨 연구를 살펴볼 수 있다. 구중서는 "한국의 1980년대는 광주민주항쟁의 참극으로 막을 올렸다"고 말하며 그 현장을 되새기는 김남주를 꼽고 있다. 사실 1970년대 상황에서 리얼리즘이 시 창작에 직접적으로 어떤 방법을 주었다고 할 수는 없다. 다만 "리얼리즘 논의들은 사회 현실 안에서 불의에 저항하는 양심의 작품적 형상

14　박미숙, 「김남주 시 연구」, 원광대학교 석사학위 논문, 1998 ; 김영신, 「김남주 시의 서정성 연구」, 동국대학교 석사학위 논문, 2000 ; 박진향, 「김남주 시 연구」, 경희대학교 석사학위 논문, 2001 ; 이석철, 「김남주 시 연구」, 국민대학교 석사학위 논문, 2002 ; 김중현, 「김남주 시 연구」, 경희대학교 석사학위 논문, 2003 ; 송철수, 「김남주 시 연구」, 교원대학교 석사학위 논문, 2004 ; 지규옥, 「김남주론 −리얼리티와 서정성을 중심으로」, 인하대학교 석사학위 논문, 2004 ; 김선기, 「김남주 시 연구−서정성과 민중성을 중심으로」, 전남대학교 석사학위 논문, 2005 ; 박국희, 「김남주 시의 탈식민성 연구」, 교원대학교 석사학위 논문, 2006 ; 서진, 「김남주 시 연구」, 인하대학교 석사학위 논문, 2008 ; 고금자, 「김남주 시 연구」, 순천대학교 석사학위 논문, 2008 ; 이아름, 「김남주의 민중시 연구」, 목포대학교 석사학위 논문, 2010 ; 신성원, 「김남주 시의 생태적 모성 연구」, 공주대학교 석사학위 논문, 2011.

화를 촉진하고 시인들은 가장 예민한 전위대가 되어 스스로 걸어 나갔다." 그러한 전위대의 역할을 다한 1970년대의 김지하와 신경림, 김남주의 활력은 "1960년대의 김수영과 신동엽, 신동문 등이 닦아놓은 역사의식과 문학주의가 바탕"이 되었다고 평하고 있다.[15]

강형철은 김남주 시의 투쟁성으로 인해 굴욕과 주눅과 슬픔으로 가득했던 1970년대, 1980년대가 튼실해졌다는 것이 김남주의 위대한 몫이라고 했으며, 윤지관 역시 김남주 시의 주된 성과가 자성의 시이기보다 강렬한 투쟁의 시나 풍자라는 점은 의문의 여지가 없고 옥중시를 최고 성취로 하는 그의 시세계가 '투쟁적 리얼리즘'을 특성으로 한다고 역설했다. 또한 이 투쟁적 리얼리즘을 뒷받침하는 것은 변혁을 위한 투쟁에 헌신하는 실천력과 진실을 은폐하는 모든 것에 맞선 타협 없는 싸움이었다고 평하고 있다.[16] 물론 이러한 시를 가능케 하는 에너지는 시인 자신도 말하고 있다시피 가진 자에 대한 증오와 가지지 못한 자에 대한 사랑이다. 이 증오와 사랑이 그야말로 백열의 상태라고 할 만큼 강렬할 때 김남주 시의 남다른 힘이 쏟아지는 것이다.

둘째 그의 시적 인식과 사회인식의 관련성이 문학 전반에 미친 영향과 앞으로의 전망을 살펴본 연구들이 있다. 염무웅은 김수영의 문학과 김남주의 초기 시를 비교하며 왜 그들이 소시민적 허위와 자기기만에 함몰되지 않고 그것의 극복과 청산에로 나갈 수 있었는가를 제기한다. 김남주의 초기 시에는 분명히 김수영의 낙인이 찍혀 있다. 언어와 운율

---

15  구중서, 「1970년대와 80년대의 민중시학」, 『현대시』, 현대시, 1994.

16  윤지관, 「풍자정신과 투쟁적 리얼리즘」, 『실천문학』, 실천문학사, 1989.

에 대한 세심한 배려, 이미지의 반복과 대조에 의한 점층적 효과, 반어법, 대화체 등의 활용을 통한 소격효과 따위를 용의주도하게 구사할 줄 안다는 점에서 김남주는 김수영의 현대성을 전수받고 있으며 '자유' '죽음' 같은 개념들도 김수영에게서 배운 것이다. 다만 김수영이 끝내 소시민 지식인의 한계 안에서 소시민성을 넘어서려 했다면 김남주는 자신의 사회적 존재 자체를 전환시킴으로써 그것을 시도했다는 점이 새로운 주목의 대상이다. 그는 김수영의 관점과 화법에 의해 자신의 쓰라린 경험을 노래한 작품 「잿더미」를 김남주 초기 문학의 찬연한 승리로 평가하고 있다.[17]

김사인은 시인의 "어두운 내면의 열정이 유물론과 계급적 관점을 만나 자신의 생애를 좌우하게 되는 하나의 결정적인 해답과 결단에 도달하는 것이다"[18]라고 말하며 한 편의 좋은 시, 눈부신 깨달음은 그 자체로서 하나의 혁명이라고 설명한다. 그는 김남주의 시에서 문면에 담긴 메시지만을 따로 떼어놓고 진보적이라 칭송하거나 과격하다 매도하는 태도들에 대해 염려하며 김남주의 본령은 우선 시인이었으며 그의 투쟁도 객관적 상황과 현실적 판단에 의해 승산이 섰던 사회과학적 운동이라기보다 개인의 의지와 실존적 결단에 의거한 시적 실천, 상징적 실천의 측면이 강했다고 평가한다.

남진우는 그의 문학적 성취를 불의 상상력이 빚어낸 프로메테우스적 요소와 은밀한 관능의 요소로 살펴보고 있다. 그는 시인이 지닌 양면성

---

17   염무웅, 「사회인식과 시적 표현의 변증법」, 『창작과비평』, 창작과비평사, 1988.
18   김사인, 「김남주 시에 대한 몇 가지 생각」, 『창작과비평』, 창작과비평사, 1993.

－열렬한 혁명시인일 뿐만 아니라 몸의 욕망에 정직한 사랑의 시인－
을 지적하며 불의 다양한 속성을 이미지의 표출을 통해 분석한다. 또한
세상을 적과 동지, 가해자와 피해자, 의인과 악인으로 구분짓는 이분법
적 인식의 완강함은 부정적 대상에 대한 비타협적 태도와 더불어 시인
의 정신세계를 구성하는 기본요소에 해당한다고 평하면서도 그가 남긴
시 앞에서 예술적 한계 운운하며 비평적 저울의 눈금을 들이대기 전에
그가 온몸을 바쳐 살다 간 시대의 죄악상을 떠올리는 것이 그의 시 앞
에서 우리가 취해야 할 온당한 자세일 것이라고 지적한다.[19]

한성자 역시 상징구조를 통한 분석을 시도하며 그의 시의 문학적 장
치를 살펴보고자 했다. 상상력이야말로 사실문학의 기본이 되는 것으
로 우리가 다루게 될 상징구조와도 밀접한 관련이 있다. 자연스럽게 우
러나온 상상력은 화려한 겉치레를 할 필요도 없이 평이하게 그대로 풀
어놓아도 본래 말하고자 했던 것을 더욱 생생하게 전달할 수 있지만 그
렇지 못한 빈약한 상상력은 아름다운 언어로 치장되어 공감을 얻기는
커녕 뭘 말하려고 했는지 이해조차 못하게 하는 것이다. 그는 '혀' '불'
'꽃' '피' '삽살개' 등의 알레고리에 주목하며 한 세계의 분열로 인해서
야기되는 정체성의 혼란과 내적 분열의 상태를 어떻게 드러내고 있는
가 분석하고 있다.[20]

셋째, 시인의 서정성을 눈여겨본 연구들은 그의 시적 뿌리를 모더니
즘의 영향을 받은 것으로 인식하여 설명하고 있다. 임헌영은 서구 모더

---

19    남진우, 「혁명의 길 전사의 시」, 『나사로의 시학』, 문학동네, 2013, 283쪽.
20    한성자, 「진혼가의 상징구조를 통해 본 시인의 길」, 『시인』, 2004.

니즘의 영향을 깊게 받은 김남주의 시를 '서정성'의 관점으로 파악하고자 했다. 그는 서정성의 개념을 "순간적인 기분, 심정의 흐느낌, 무상하게 지나가버리는 근심없는 쾌활함이나 농담, 우울함, 한탄 등 이러한 모든 느낌을 포함하여 대상의 순간적인 움직임들에 대해 착상하는 가운데 고정되어 표현되고 지속적인 것으로 만들어진다"[21]는 헤겔의 설명을 인용하고 있다. 그의 서정적 주체가 진솔한 것은 농민적 정서에 바탕을 두고 있기 때문이며 나중에 그의 열렬한 혁명시에도 불구하고 일부 과격파 노동운동가들이 정서적인 갈등을 표출시킨 것은 1970년대적인 중화학공업 단계의 노동자 정서와 어딘가 궁합이 안 맞았기 때문인 것으로 풀이하고 있다.

그에게 화초나 관상수는 어울리지 않으며 그가 거처할 곳은 농민들이 밭을 갈아대는 대지이다. 이것이 그가 지키고 싶은 조국이기도 하다. 그는 "이용악과 신동엽의 대지를 물려받았으면서도 전자보다는 약간 더 바람이 난 농민상이며 후자보다는 더 튼실하고 강인한 혁명투사"라고 지적하는데 이는 김남주의 시를 '대지적 상상력'으로 읽어내는 데 유효한 시발점이 되어준다.

이은봉 역시 김남주 시의 서정적 측면을 눈여겨보며 심미적으로 잘 응축되어 있는 그의 서정시는 새로운 시적 전망을 불러일으킨다고 지적한다. 그는 김남주의 서정을 혁명적 낭만주의로 관련지으며 그에게서 드러나는 파토스적 정서를 부각시킨다. 지속적인 정신적 긴장을 바

21   임헌영, 「정치시와 서정시 – 김남주 시인의 서정성에 관하여」, 『시와시학』, 시와시학사, 2004.

탕으로 하는 이 강렬한 정서는 비수와 같은 날카로움으로 "단숨에 핵심을 찔러가는 놀라운 직접성"을 드러낸다. 이와 더불어 세계와 합일하고자 하는 보편적 서정을 담아낸 시들도 기다림의 정서와 그리움의 정서로 파악하여 설명하고 있다. 이 둘의 서정은 사랑의 정서에 기인하는 것이며 그는 전통적 정서와 전통적 형식 안에서 이처럼 복잡한 요인들을 함께 작용시키려 하고 있다고 평하고 있다.[22]

임홍배는 김남주의 숭고한 정신과 에너지가 저장된 원체험은 가난에 대한 기억이며 가난은 그의 삶과 문학을 지탱한 양심의 발원지이기도 하다고 설명한다. 죽음의 집에서 정지된 시간과 싸우며 시인은 일찍이 김수영이 설파한 사랑의 기술을 자신의 것으로 터득하였다고 보고, 그의 시에 나타난 시간성에 관한 연구의 필요성을 내비치고 있다.[23]

넷째, 외국 시인과의 비교 분석을 시도한 연구로서 정지창의 경우는 브레히트 망명시와 비교하고 있다. 그는 김남주가 "브레히트를 비롯한 서구 시인들로부터 시의 형식적 측면보다는 계급적 관점을 배웠으며 그러한 계급적 관점을 전투적인 정서로 단순, 명확하게 즉 압축과 긴장의 형식 속에 담아내는 것"이 목표였다고 설명한다. 김남주는 "브레히트를 비롯한 네루다, 아라공, 하이네, 마야코프스키 등에 심취하여 그들의 시를 번역하고 외우고 그들을 통하여 우리 시대가 요구하는 올바른 민족 형식을 발견하려 하였다"고 평한다.[24] 브레히트의 군더더기를

---

22  이은봉, 「김남주 시의 정서적 특질에 관한 고찰」, 『현대문학이론 연구』, 1999.
23  임홍배, 「시간의 화살, 사랑의 기술, 그리고 시의 양심」, 『시인』, 2004.
24  정지창, 「김남주의 옥중시와 브레히트의 망명시」, 『시인』, 2004.

덜어낸 직설적이고 소박한 단어들은 나치의 이데올로기를 계급적, 유물론적 관점에서 통렬하게 전복시킨다.

마지막으로 여성주의 관점에 대한 연구로 정순진의 것이 있는데 그는 김남주에게서 빈번하게 발견할 수 있는 여성 이미지는 학살당하고 능욕당한 모습으로 나타난다고 파악하고 있다.[25] 능욕당한 여성들을 바라보는 시인의 의식은 민족 문제나 계급 문제에 천착된다. 그가 성 문제를 인식하지 못하는 이유는 그 자신이 성차별 이데올로기에 깊이 침윤되어 있다는 사실을 입증한다. 또한 여성을 공적인 영역으로 인식하지 못하고 사적인 영역으로만 인식하여 편향적으로 신화화 또는 이상화시키는 경향이 있다고 지적한다. 그것은 어머니 또는 여성을 박제화시키는 결과를 초래할 수 있다.

박종덕의 경우도 부정적 메타포로서의 여성 이미지를 지적하면서 '여성-약자-순결-능욕-방출'의 주체화되지 못한 계열체로 규정하고 있다.[26] 이러한 여성성에 관한 김남주 의식은 비판의 대상이 될 수 있음을 지적하며 다양한 각도에서 연구될 필요성이 있음을 제기한다.

신성원의 '생태적 모성 연구'는 김남주 시의 여성 이미지에서 드러난 부정적 요소를 시대적 담론으로 인정하면서 상호 연대와 공존으로 나아가는 포용과 환원의 모성성에 주목하고 있다. 그는 김남주 시를 순환 구조로 파악하며 그의 시가 철저한 계급성과 강한 남성적 어조를 가지

---

25  정순진, 「인식의 사각지대, 여성문제 : 김남주 시를 중심으로」, 『여성문학연구』, 2003.

26  박종덕, 「김남주 시의 여성이미지 연구」, 『비평문학』, 2008.

고 있지만 그 심연에 깔려 있는 바는 결국 지배논리의 타파이며 부드러운 흙, 희생과 포용으로 생명을 키우는 생태적 모성이라는 것을 밝혀내고자 하였다.[27] 이는 그동안 탈식민주의적 관점과 '혁명전사로서의 김남주'라는 규정으로부터 자유롭지 못했던 연구 경향에서의 탈피라는 의의를 획득할뿐더러 김남주가 가진 여성성에 대한 페미니즘적 경향에서 진일보하여 그의 의식에 내재된 인간에 대한 사랑과 정서의 한 면을 구체적으로 검토하고 있다는 데 의미를 갖는다.

앞에서 살펴본 바와 같이 김남주의 시는 지금까지 주로 그의 민중성과 투쟁성을 부각시킨 연구가 많고 특히 혁명전사로서의 면을 그의 삶의 질곡과 관련하여 분석, 평가하고 있다는 것을 알 수 있다. 이는 그가 스스로 밝히듯 "전사로서의 인간과 무기로서의 시"[28]라는 명제 아래 그의 삶의 전부가 바쳐진 '진실'이기도 한 점에서 당연한 것이기도 하다. 반가운 것은 최근 들어 점점 그에 관한 다양한 각도에서의 연구가 속속 진행되어가고 있다는 것이다. 또한 필자의 논점과 관련하여 형식 면에서 사실주의의 전통을 잇고 있고 서구 모더니즘 계열의 정서에 기반을 두고 있는 김남주의 시가 이용악과 신동엽의 대지를 물려받고 김수영의 정신적 토양에 젖어 있었다는 발견은 정신적인 면에서 그의 시를 다양하게 분석해낼 수 있는 실마리를 제공한다. 그의 상상력은 대지와 바람, 불의 체계 안에 머물고 있으며 그것들이 풍자, 상징, 직설과 같은 장치들에 의해 구조화되고 있다는 논의 역시 필자의 논점과 관련을 맺

---

27  신성원, 「김남주 시의 생태적 모성 연구」, 공주대학교 교육대학원, 2011.
28  강대석, 『김남주 평전』, 한얼미디어, 2004 참조.

는 것이다.

신대철 시인의 경우는 1977년 첫 시집을 상재한 이후 23년 만에 두 번째 시집을 출간하는 등 과작의 행로를 보여주고 있음을 감안할 때 아직 연구 성과가 미흡한 수준에 머물러 있다. 그는 1968년 등단 이후 지금까지 4권의 시집[29]과 1권의 산문집[30]을 상재하였으나 그의 시적 행로와 깊이가 보여준 충격이 너무 뚜렷하여 앞으로 꾸준한 연구 진행의 필요성을 제기한다. 지금까지 그에 관한 평가로는 자연에 깊이 침윤된 "건조하지 않은 모더니스트"[31]라는 평가를 공통적으로 받고 있으나 그의 시 속에 숨겨진 다양한 이미지와 미적 구조들은 미시적이고 세부적인 문학적 조명의 대상이 되기에 충분하다.

이때 자연에 침윤된 모더니스트라는 말은 자연주의(Naturalism)와 모더니즘(Modernism)의 경계를 모호하게 설정해준다. 또 자연주의와 모더니즘이 한 시인의 시 속에서 어떻게 조화를 이룰 수 있는지 의문을 갖게 한다. 그런데 신대철 시인에게 자연은 형식 면에서 그의 시에 등장하는 소재들이 자연의 이미지라는 것을 뜻하면서도 전원주의나 목가주의를 일컫는 것으로 보이지는 않는다. 그렇다고 사실주의(Realism) 연장선상에서 자연과학주의(Natural Scientism)와 연계되는 요소를 찾아보

29  신대철이 시집 4권은 다음과 같다. 『무인도를 위하여』(문학과지성사, 1977), 『개마고원에서 온 친구에게』(문학과지성사, 2000), 『누구인지 몰라도 그대를 사랑한다』(창작과비평사, 2005), 『바이칼 키스』(문학과지성사, 2007).

30  신대철, 『나무 위의 동네』, 청아, 1989.

31  최원식, 「하산하는 마음」, 『누구인지 몰라도 그대를 사랑한다』, 창작과비평사, 2005.

기도 힘들다.

시인은 소재적인 면에서 자연을 불러들이되 묘사나 분석에 기대는 것이 아니라 무의식 속에서 그 자신이 자연이 되어가는 과정을 감각적으로 형상화시킨다. 그에게서 나타나는 자연은 그만의 독특한 자연이다. 그 자연은 '산' '물' '흰 눈' 등의 이미지를 통해 드러난다. 이미지들은 시인의 정신적 산물로서 묘한 시간적 차이를 구성하며 현실 '부정'과 '이탈' 등 모더니즘의 특징을 잘 드러내준다. 그에게 시간은 지금으로부터 분리된 과거의 복구된 시간이다. 그리하여 그의 자연은 낯설고도 친숙하며 전통적이면서도 새로운 복합성을 띠게 되는 것이다.

그에 관한 연구를 살펴보면, 자연과의 화해로운 삶을 희구하며 이미지와 의식의 상호 관계를 통한 상상적 측면을 부각시킨 연구,[32] 시간을 기억 속의 회귀로 보고 그것을 무한으로 향하는 삶으로 규정하여 시간성을 부각시키고, 그의 의식을 허무주의와 비극주의로 인식하여 세계관을 탐구한 연구,[33] 또 분단체제의 고통을 노래한 시라는 측면을 부각

---

32  김현, 「꿈과 현실」, 『문학과 유토피아』, 문학과지성사, 1997, 80쪽 참조 ; 남진우, 「태초의 시간, 극지의 상상력」, 앞의 책, 94쪽 참조 ; 손필영, 「굴절의 시학」, 『유심』 통권 10호, 2002.

33  최원식, 「하산하는 마음」, 『누구인지 몰라도 그대를 사랑한다』, 창작과비평사, 2005, 141쪽 참조 ; 김주연, 「새의 비극과 그 깊이」, 『개마고원에서 온 친구에게』, 문학과지성사, 2000, 109쪽 참조 ; 정훈, 「불내, 또는 내리는 빗줄기를 잡고 거꾸로 오르며」, 『신생』 제31호, 2007 ; 박주택, 「영혼의 原像과 신성한 密儀」, 『현대시학』 382, 2001, 286~292쪽 ; 박수연, 「지금 이전의 영혼과 역사들」, 『문학공간』, 2007 ; 황광수, 「은빛 푸른 영혼」, 『바이칼 키스』, 문학과지성사, 2007, 127쪽 참조.

시킨 연구와 방법론적으로 언어와 리듬의 운용을 다룬 연구[34] 등으로 분류해볼 수 있다. 대부분의 연구가 서평 형식과 비평 형식이 주를 이루고 있으며 학위 논문은 아직 나와 있지 않다.

김남주 시인의 연구가 한정적이지만 다양한 각도에서 다양한 방법론으로 평가되어온 것에 비한다면 신대철 시인의 기존 연구 성과는 훨씬 단출한 모습을 보여준다. 굳이 이유를 따져보자면 리얼리즘을 옹호하면서 활동 영역에 있어 의미가 분명하고 시대의 복판에서 존재의 가치를 확고히 드러내었던 김남주 시인과는 달리 신대철 시인은 '리얼리즘이냐 모더니즘이냐'라는 담론을 뛰어넘은 자리에서 외부와의 단절을 통해 내적 투쟁을 벌여온 이력을 들어볼 수 있겠다.

우선 자연과의 합일을 추구하는 의식과 이미지의 상호관계를 상상적 측면으로 부각시킨 연구로 황동규는 그의 산은 청록파의 자연, 특히 박목월, 조지훈의 전통적인 동양화 풍의 생활이 제거된 산이 아니며 도시 생활뿐 아니라 그 어디에고 따라다니는 '산'이라고 말한다. 그의 안개는 사물의 자세함을 잠시 가려주는 안개가 아니고 '안개' 자체이며 그의 달은 하늘의 공간을 채우기 위한 달이 아니라 산마을의 아이들을 홀려 몰고 다닌 '달'이다. 그의 산은 자기 체험에 다른 체험을 이끌어들이는 상징적 행위이며 아픈 자기 확인이라고 강조한다.[35] 이는 그의 언어가 청록파의 언어감각을 현대적으로 계승하고 있으면서도 유년의 체험과 동

───────

34  방민호, 「고유명사와 자유의 구원」, 『서정시학』 제18권, 2008 ; 방민호, 「오랜 무인도행에서 얻은 말건넴의 언어」, 『유심』 통권 10호, 2002 ; 황동규, 「시와 체험」, 『문학과지성』 16, 1974, 362~371쪽.
35  황동규, 「시와 체험」, 『문학과지성』, 1974, 362~371쪽.

화되어 묘하게 뒤틀린 감각적이고 입체적인 언어라는 말로 이해할 수 있다.

김현은 그의 유년시절의 추억들 중에서 제일 집착하고 있는 것은 '평화로운 잠'이라고 설명한다.[36] 평화로운 잠은 성인이 된 시인의 꿈이지만 인간은 하산하여 제 집을 가져야 하고 그 꿈의 실현은 거의 불가능하다. 산속의 삶에 대한 집착은 그의 시에 숱한 나무, 꽃, 동물, 곤충 등 자연의 물상들을 불러낸다. 그는 산속에서의 삶과 하산해서의 삶, 즉 억압 없는 놀이와 억압적인 노동 사이의 대립을 어머니의 따스한 품인 '산'과 살기뿐인 '생활'과의 비유로 드러내기도 한다. 어머니는 자연, 즉 산과 동일시되고 시인은 마침내 어머니 자체와 동일시된다. 스스로 산속에 든다는 것은 '어머니–자연' 속에 드는 것이다. 그는 이런 현상을 외디푸스 콤플렉스의 전형으로 보며 어머니 품속에서 떨어져 나온 후의 고통을 잊게 해주는 힘, 그 합일은 '잠–꿈' 속에서 가장 쉽게 이루어지는데 이것은 집단 무의식의 침잠 욕구라고 설명한다. 즉 시인은 어머니 뱃속의 편안함으로 회귀하고자 하는 것이다.[37]

또 기억의 한 유형은 '군대 체험'인데 이 체험은 시인의 꿈 자체를 분열시키는 기억이며 그의 꿈의 구조 즉 자연과의 교감을 파괴시키는 역할을 한다. 그의 꿈에 스며든 현실의 어둠은 산업사회 속에서 농사꾼의 자연언어가 아닌 도시인의 개념적 어휘로 생을 영위해가야 하는 '도회성'이다. 그의 시는 수평적 흐름에서 수직화하기도 하며 자기와 이웃,

---

36 김현, 「꿈과 현실」, 『문학과 유토피아』, 문학과지성사, 1997, 80쪽 참조.
37 위의 책, 91쪽 참조.

혹은 자기와 자연 사이에 질서를 가지려는 자기 형성의 시간적 의미를 획득한다. 이는 "근대성이 낳은 '인위적 삶'과 '도회성'은 거짓된 것이며 진실은 자연 속에 깃들어 있다는 것을 말해주는 동시에 시인 자신이 존재의 진실과 대면하는 장소와 시간은 '기억과 지속' 속에 들어 있다는 것을 알게 해준다.

남진우는 그의 자연시가 어떤 사회 역사적 환경 변화에도 불구하고 변치 않는 근원적인 힘과 항구적 가치를 일깨워준다고 설명한다. 탈자연의 세계 속으로 치닫고 있는 시대조건 속에서 그의 시는 친숙하며 낯설고 고답적인 만큼 환상적이며 당대성을 뛰어넘는 선구적 측면을 내장하고 있다는 것이다. 시인은 문명과 자연, 역사와 신화의 경계에 서서 이 양자를 아우르는 시세계를 모색하고 있다. 자연의 아이가 들려주는 아름다운 화음의 초기 시와 분단된 조국 현실의 아픔을 노래하는 근작시 사이엔 상당한 편차가 있는 것 같지만 이 두 주제는 동근원성을 내포한다는 것이다.[38]

신대철 시인에게 '산'은 영원한 안식처이자 지상에서 천상으로 향하는 수직적 초월의 매개항으로 설명된다. 죽음과 삶이 교차하는 지점인 산의 속성은 그의 시 「흰나비를 잡으러 간 소년은 흰나비로 날아와 앉고」(『무인도를 위하여』)에 잘 나타나 있다. 이 세상과 저 세상을 왕복하는 흰나비처럼 인간세계와 자연 세계 사이엔 심오한 연동이 관류하며 삶과 죽음은 상호소통하는 것이다. 또한 시인의 주도적 빛깔인 흰빛은 '눈' 이미지와 함께 그의 시의 남다른 편향을 드러낸다. 남진우의 지적

38 남진우, 「태초의 시간, 극지의 상상력」, 앞의 책, 94쪽 참조.

처럼 시인의 눈 이미지에서 주목해야 할 것은 그것이 "자신 속에 수분만이 아니라 불이라는 전혀 상반되는 속성의 원소를 함께 떠안고 있다는 점"이다. 그의 눈은 물에 이끌릴 때 지상으로 하강하여 세상의 불을 덮어주고 다독이는 모성의 손길이 되고 반대로 불 이미지와 연관될 때 가볍게 허공에 떠서 세상을 밝히는 눈꽃으로 피거나 떠돌이새가 되기도 한다.[39]

손필영은 그의 시를 '굴절의 시학'으로 파악하며 다양한 목소리가 동시에 울리는 시라고 정의한다. 그는 순환적인 물의 구조를 통하여 삶의 선험적인 것과 체험적인 것에 통합된 어떤 실체를 이해한다고 설명한다. 이는 자연의 순환구조를 이용하여 체험과 선험이 맞물려 굴절되는 시의 기법이다. 시인의 자아가 과거와 현재, 미래, 혹은 이드와 자아와 초자아처럼 셋으로 나뉘어져 입체적으로 나타남으로써 1970년대 초를 살아가는 시인의 고통을 강렬하게 드러낸다. 이때 시는 자연체험에서 출발하지만 단순히 자연과 주고받는 체험을 형상화한 것이 아니고 시인의 갈등에서 출발한 서정시이지만 자신의 고통보다 더 고통 받는 인간을 향해 시가 확산되어 있음을 지적하고 있다.[40]

둘째는 그의 시에 나타난 시간성에 주목한 평가들을 살펴 볼 수 있다. 그의 시에서 과거로의 회귀와 시간의식의 혼돈과 부재는 특징적인 주제로 드러난다. 이 시간의식은 그의 허무로 경사된 세계관과 결부하여 비극적인 이미지와 시적 비의를 생산해낸다. 최원식의 지적대로 그

---

39  위의 책, 109쪽 참조.
40  손필영, 「굴절의 시학」, 『유심』 통권 10호, 2002.

는 청록파 또는 전원파의 아류가 아니며 언뜻언뜻 비치는 강렬한 사회성과 초월에 대한 의식적, 무의식적 지향은 비의적 언어감각과 함께 탐구의 필요성을 분명히 제기한다. 최원식은 그의 서정이 너무나 근원적이어서 '건조한 모더니스트'라기에는 옳지 않은 '기묘한 모더니스트'라는 느낌을 받는다고 토로한다. 또한 그의 시간여행은 악몽의 기억으로부터 탈출하려는 염원과 그 기억의 정체와 대면하려는 의지 사이의 무한한 분열에서 비롯된 것이라고 설명한다.[41]

　김주연은 그의 방랑, 여행은 본원적인 욕구의 산물일 수도 있으나 그것은 '그대'와의 만남이라는 더 본질적인 문제와 관계된다고 말한다.[42] 그에게 있어 고향이 곧 상처라는 말은 꼭 맞지는 않다는 말이다. 자연과의 합일이 노래되고 있는 아름다운 시가 보여주듯 그는 나무이고 나무 또한 그이다. 그러나 그의 시 속에는 한 가닥 아픔이 숨어 있는데 그것은 과거의 상처와 현재의 자연이 교묘히 겹쳐져 드러난다. 또 내가 없는 곳에 내가 있고 그대가 없는 곳에 그대가 있다는 기묘한 존재 감각이 일종의 뒤집힌 시간과 관계되어 있다. 그렇기 때문에 그는 고향의 자연과 어울리면서도 "나는 왜 처마 끝에 깃들여 온몸으로 귀 기울이고 있는가" 하는 자의식을 고백하는 것이다. 또한 그의 자의식은 지상의 집에 안주하는 것 대신 '얼음집'을 통한 '불바다'를 인식하고 있는데 이는 그가 천착하는 '깊이' 때문이라고 설명한다. 그의 시는 자연 속에

41　최원식, 「하산하는 마음」, 『누구인지 몰라도 그대를 사랑한다』, 창작과비평사, 2005, 141쪽 참조.
42　김주연, 「새의 비극과 그 깊이」, 『개마고원에서 온 친구에게』, 문학과지성사, 2000, 109쪽 참조.

서 자라나 자연과의 친화를 당연한 것으로 수용하고 싶은 마음이 자연으로부터 받은 기묘한 배신감과 결합된 것이다. 또한 이것은 '근대'라는 시대조건과 사투를 벌인 왜소한 인간의 절망의 기록과도 같은 것이다.

정훈 역시 그의 허무성과 비극의식, 시간성에 주목하며 이것은 세상으로부터 절연된 고독에 머무는 것이 아니라 종국에는 무로 화할 존재태에 둘러싸인 체념적 주체인식을 거부하고 살아 꿈틀거리는 생성의 영역으로 들어가고자 하는 말 건넴의 의지라고 설명한다.[43] 시인이 자연을 본받는 것은 인간 사회의 모순과 부조리를 벗어나는 대척점에 자연이 놓여서가 아니라 그 시간이 잡아당기는 흡인력에 다가서고자 하기 때문이다. 그의 시는 삶과 죽음의 순환성에 마땅히 따라붙는 영원의 시간에 대한 확신이며 이것의 형상화를 위해 인간-자연으로 묶은 우주적 관계망의 압축을 잘 드러내고 있다.

박주택은 그에게 있어 자연은 의식을 습합시켜주는 동일화의 대상이거나 거주의 대상이라기보다는 가난과 가족의 비애, 자기 연민과 전쟁의 상처를 두드러지게 만들어주는 배경으로서의 역할을 담당한다고 지적한다. 이로 인해 그의 시는 전체가 어두운 색조를 띠며 시인의 피 속에 누적된 체험의 기억이 생생하게 물화되어 나타나는 특징을 보인다고 분석한다.[44] 이때 어두운 색조라는 말은 시인의 정서와 의식의 깊이를 드러내기 위한 평자의 의도로 이해된다. 이 어두움은 색깔 이미지이

---

43  정훈, 「불내, 또는 내리는 빗줄기를 잡고 거꾸로 오르며」, 『신생』 제31호, 2007.
44  박주택, 「영혼의 原象과 신성한 密儀 - 개마고원에서 온 친구에게」, 『현대시학』, 2001.

기보다는 그의 시 전편에 깔려 있는 비극적 정서를 가리키는 것이 아닐까 생각되기 때문이다. 그리고 그것은 과거와 현재, 과거와 미래가 서로 길항하거나 화해하면서 빚어지는 시의 화음과 같은 것으로 느껴지는 것이다.

박수연은 그의 시정신은 초월적 사유나 초탈한 삶의 태도로부터 비롯된 여유와는 거리가 있다고 설명한다. 그의 시적 관심사는 아주 오랫동안 잊혀졌던 '민족의 역사'라고 할 만한 국면에 도달해 있다. 그의 시적 관심은 역사를 재생시키되 자연과 동격인 존재로 역사를 환기하는 방식으로 전개된다. 이것은 탈근대적 사유와 그것의 문학적 표현으로서 생태주의나 반인간주의와는 다른 시적 사유이다. 그는 삶의 기원을 탐구하면서 탈시간적 사유의 또 다른 힘으로 은밀한 역사를 결합시키는 시간적 사유의 특이한 방법론을 성취시켰다고 평가한다.[45] 이것은 극지라는 한계상황에서 어떻게 그 고통을 뛰어넘어 그것과 화해할 수 있는가를 모색하는 고통의 치열성에 연유한다. 그는 생존을 포함한 모든 욕망이 무화되어 이 세계의 본래 자리인 태초로 돌아가는 상상적 공간을 희구하는 것이다.

황광수 역시 그의 시세계는 상처들로 환원될 수 없을 만큼 폭이 넓다고 말하며 시인은 우리 민족이 비롯되고 이동하고 정착하기까지 겹겹이 쌓인 시간이 지금 우리 몸속에 흐르고 있음을 느끼며 민족의 뿌리와 공존의 감각을 드러내려 한다고 설명한다. 즉 우리 몸속에 잠들어 있는 유구한 시간과 육친적 동질감을 내밀하게 드러낸다는 것이다. 그는 자

45  박수연, 「지금 이전의 영혼과 역사들」, 『문학공간』, 2007.

신의 마음이 가장 정일할 때 "은빛 푸른 영혼"과 함께 산소년의 기억을 심층에서 끌어올린다. 또 생의 감각을 넘어서면 바람도 제자리로 돌아오듯 고독도 죽음도 제자리로 돌아간다. 시인은 "과거와 현재, 저곳과 이곳을 겹쳐놓으면서 느낌과 의미로 충만한 시적 풍경"을 빚어내는 것이다.[46)

이 밖에도 그의 언어의 리듬과 운용을 눈여겨본 연구, 분단체제의 민족 현실에 관한 주제를 다룬 연구들을 살필 수 있다. 이문재는 "금강"은 자연인이자 분단 현실의 희생자인 시인 신대철이고 "개마고원"은 북에서 태어난 자연인이자 분단 현실의 희생자인 북쪽 사람을 가리킨다고 지적한다. 그에 의하면 1970년대 이후 한국 현대시에서 신대철만큼 분단 현실을 화두로 삼아온 시인은 거의 없다.[47) 분단 상황은 시인에게 그야말로 실존이었다. 낮이면 자유와 평화의 나라임을 강조하고 밤이면 공작원을 북으로 보내는 상황이 계속되었다. 시인의 회고에 따르면 "군대 생활이 민족 분단을 고착화하는 일이라는 자의식 때문에 심한 갈등과 씻기지 않는 죄의식" 속에 살아야 했다. 사람을 사지로 몰아넣고도 여전히 살았고 그 사람들의 생사는 전혀 모르는 상황이 거듭되었다. 시인은 무의식적으로 살았고 건성으로 살았다고 했다.[48) 이렇게 본다면 김남주, 신대철 시인의 삶은 나란히 '유신/반유신'이라는 정권의 희생양으로 왜소한 개인의 모습을 반영하는 것이다. 그들은 다만 다가오는

46  황광수, 「은빛 푸른 영혼」, 『바이칼 키스』, 문학과지성사, 2007, 127쪽 참조.
47  이문재, 「극지에서 마침내 화해하다」, 『문학동네』, 2003 여름, 286쪽 참조.
48  방민호, 「고유명사와 자유의 구원」, 『서정시학』 제18권, 2008.

현실에 맞서 치열하게 싸웠을 뿐이다.

방민호는 그를 분단체제의 고통을 노래한 시인으로 규정하며 더불어 시원에 대한 유체적 흐름의 정신적 측면과 언어감각의 특성 등을 동시에 조명하고자 한다. 이것은 비무장지대의 경험이 그의 시세계의 원점을 형성하고 있다는 것을 말해준다. 주체는 상상적 변신을 통해 한계를 뛰어넘고 무한에 다다르며 환상을 통해 현실을 초월해나간다. "나는 내가 없는 곳에서 무수히 태어나"는 것 말고는 무엇이 소멸 속에서 생성되는지 알 수 없는 상태를 경험한다. 이것은 "내가 나의 한계를 넘어 나 아닌 존재로 해체되고 나 아닌 것들이 모여 다시 나라는 존재로 화"하는 일종의 시원으로의 회귀로 이해할 수 있다. 그는 유년의 기억으로 자주 돌아가는데 이런 존재론적 단절의 상태 속에서 존재들 간의 은밀한 파동적 교감 상태를 예민하게 포착하곤 한다. 그것은 '그대' 혹은 '당신'으로 가시화되며 '나'와 '그대'는 고독한 존재론적 단절 상태에서 벗어나 내밀한 관계를 유지하게 된다.

그가 보여주는 내재율 및 산문율은 청록파의 맥락 위에 놓이면서도 한국어 리듬의 가능성과 한계를 시와 산문의 경계에 이르기까지 확장시킨다. 그의 리듬은 김수영의 산문정신을 서정주의 한국어 리듬에 끌어당긴 종류의 것이다. 이 말은 온몸으로 온몸을 밀고 나간 자연의 언어라는 말로 들린다. 그의 언어는 또 정지용의 산문율에 노래 요소를 통합시킨 박두진 계보를 충분히 강화시킨 방향으로 평가할 수도 있다. 결론적으로 그의 언어는 생활의 아픔과 근원적인 인간의 고독한 정신을 함께 드러낸 신성한 자연의 언어라 할 수 있는 것이다.

## 2. 직선과 굴절의 시학

이상에서 살펴본 바와 같이 김남주와 신대철에 관한 기존 연구를 보면, 두 시인의 시적 출발이 공통적으로 유년의 기억과 깊이 연관을 맺고 있음을 알 수 있다. 김남주가 가난했던 유년의 '생활상'에 깊이 천착하여 민중의 고통을 덜어주고자 하는 바람을 시적으로 형상화한 데 반해 신대철은 유년의 '자연'에 침잠하여 다시 그 시간을 되돌리고자 하는 원의를 드러냈다. 두 시인은 같은 시대의 자장 안에 있으면서도 서로 다른 시간을 선택하였으며 그 시간선 상에서 다른 궤적을 나타내 보이며 걸어갔다. 필자는 이와 같은 사실에 기반하여 나타나는 두 시인의 시를 비교 분석하고자 한다.

우선 김남주의 시가 "불"의 치솟는 상승 이미지에서 출발하고 있다면 신대철은 "물"이라는 하향 이미지로부터 시작되는 면모를 보인다. 이때 김남주의 "불"은 프로메테우스로 상징되는 영웅적 상상력과 결부되며 신대철의 "물"은 요나를 상징하는 산을 배경으로 흐르는 양수와 관련을 맺고 있다. 결국 두 시인의 시 세계를 규정하는 것은 의식의 '기억 전체의 모형'이라 할 수 있다. 베르그송(Bergson)은 의식이라는 연속체에서 새로운 차원을 드러냄으로써 상상력이 개화한다고 말한다. 이때 상상력은 무심한 꿈속에서는 잘 작동되지 않지만 지각이 주의를 기울이는 삶 속에서는 스스로 조정되는 일종의 존재 계측기 같은 기억력으로 귀착된다는 것이다.[49] 그러나 상상된 것과 기억된 것을 혼동해서는 안

---

49　Bergson, Henri, 『물질과 기억』, 홍경실 역, 교보문고, 1991 참조.

된다. 비록 상상력이 결과적으로 기억의 잔유물들을 통해 꾸며진다 하더라도 상상계의 고유 본질이 존재한다는 것은 엄연한 사실이다. 왜냐하면 상상이 의식과 다른 것은 지각에 의한 의식이 연속적 개산(槪算)과 점근(漸近)을 통해 서서히 형성되는 것인 반면 상상된 대상은 있는 그대로 즉각 주어지기 때문이다.

상상력을 통한 대상의 관찰은 아무것도 가르쳐주는 것이 없다. 즉 이미지와 의식(conscience imageanate)은 대상을 '무'로 상정하며 '존재하지 않음'이 이미지의 범주가 된다. 따라서 지각되는 현실의 불투명성이라는 장애를 상상력이 흡수해버리면 의식의 완전한 공백 상태가 이루어지고 완전한 자발성이 획득된다. 이렇게 하여 상상은 하나의 각성된 의식으로서 지적 열반(nirvana), 본질 결핍 상태에 이르게 된다.[50] 또한 상상의 본질인 이미지들을 직접 체험하기 위해서는 아주 겸허하여 이미지들을 가득 받아들일 수 있어야 한다. 이때 상상계는 그것의 해설 자료에 불과하며 "지각으로 환원된 이상, 기억의 회상, 반대로 일반적인 무엇에 대한 의식"으로 환원된다. 즉 상상력은 의식 현상들의 흐름과 구별되지 않는다.[51]

상상의 영역에서 이미지는 상상적 의미작용의 테두리 밖에서는 찾아낼 수 없는 의미를 자체적으로 내포하고 있다. 이미지가 구성하고 있는 유사물(analogon)은 결코 자의적으로 선택된 기호가 아니라 내재적으로

50  Durand, Gillbert, 『상상계의 인류학적 구조들』, 진형준 역, 문학동네, 2007, 20~21쪽 참조.
51  위의 책, 27쪽과 송태현, 『상상력의 위대한 모험가들』, 살림, 2005 참조.

동기부여된 것으로 다시 말해 언제나 상징이다. 이미지의 본질을 이루는 상징 속에는 역동적 구성력(dynamisme organisateur)을 바탕으로 하는 기표와 기의 사이의 동질성이 있어서 이미지는 자의적인 기호와 전적으로 다르다. 정신분석학에 이어 융(Jung)은 모든 사유가 일반적인 이미지들 혹은 원형들(archetypes) 즉 "무의식적으로 사유를 형성하는" "기능적 잠재력 혹은 구도들(schemas)"에 근거하고 있음을 파악한다. 바슐라르 역시 상상력은 이미지들을 형성하는 능력이 아니라 지각이 제공하는 실제적 복사물들을 "변형하는" 역동적인 힘이고 감각을 혁신하는 역동성은 정신적 삶 전체의 기초가 된다고 지적한다. 사유와 상징적 표현들의 결합은 마치 지속적 교정 과정 혹은 영속적 정제 과정처럼 보여진다.[52]

이상과 같은 사실을 바탕으로 필자는 두 시인을 한자리에서 조망해 가며 1970년대 한국 현대시의 지형도를 세심하게 밝혀보고자 한다. 먼저 김남주, 신대철 두 시인의 시세계를 구성하는 주요 주제들을 분류하고 지각과 기억의 현상들이 상상적 몽상의 빌미가 되는 것을 찾아내는 데 주안점을 두려고 한다. 여기에서 자연스럽게 앞의 이론들을 토대로 분극화되는 두 시인의 상상구조의 방향을 발견할 수 있을 것이다. 그것은 두 시인이 상승과 하강이라는 의식의 운동과 시간에 있어서 미래와 과거로의 시선을 의식하는 것에서 드러난다. 이러한 의식의 역동성은 시간의 흐름에 따른 이미지의 변용 양상을 예측하게 한다. 이때 두 시

---

52  Durand, Gillbert, 앞의 책, 32~34쪽, 그리고 Bachlard, G. 『바슐라르─바슐라르와 상상의 미학, 그 무한한 나라로의 여행』, 곽광수 역, 민음사, 2009 참조.

인이 교묘하게 합류한 '빛' 이미지는 은연중에 두 시인을 영겁회귀의 신화들에 대한 성찰로 이끌어간다는 결론을 도출하도록 한다.

또한 두 시인에게서 자주 등장하는 "상승 이미지/하강 이미지"는 대개의 경우 인간의 사회적이고 본질적인 욕망과 관련된 것이다. 두 시인에게 욕망은 결국 억압으로부터 시작되지만 사회적, 주변적 대상들과의 화합을 지향하고 있다. 따라서 "상상력이 억압의 산물이기보다는 억압 제거의 원천"[53]으로 작용하고 있다는 질베르 뒤랑(Gillbert Durand)의 지적을 거듭 확인하게 된다.

상상이 근본적으로 의도하는 동선은 인간의 몸짓들이 주변 환경으로 향하는 도정을 나타내준다. 기본적 몸짓은 견고성과 유동성 등의 현실 앞에서 인간이 취하는 태도이다. 몸짓에게는 물질이 필요하고 우주 환경에서 추출된 추상화된 물질은 모두 몸짓의 유물인 것이다. 이미지의 상징들이 성좌를 이루는 것은 그것이 동일한 원형적 테마의 전개, 즉 하나의 원형에 대한 변주이기 때문이다. 베르그송은 의미론적 동형성을 보이는 이미지들이 외양적으로 차이가 있음에도 동일한 유형의 주의 집중, 동일한 강도의 긴장을 일으키는 상징적 집합을 설명하고 있다.[54]

또한 상상력의 원형에 있어서 밝혀내도록 애써야 할 것은 그 집합, 구성적 중심을 향해 이미지들이 수렴되는 성좌이다. 가령 상승의 구도에서는 항상 후광이나 빛의 상징들이 나타난다. 낮, 광명, 창공, 광선,

---

53  Gillbert, Durand, 앞의 책, 27쪽 참조.
54  Bergson, Henri, 『사유와 운동』, 이광래 역, 문예출판사, 1993, 210쪽 참조.

위대함, 순수함 등은 동형이며 한정된 변형의 주제이다. 예를 들면 낮은 빛으로 이어져 광명과 합치될 수 있고 광명은 섬광이나 횃불 등으로 변조된다. 또 창공은 "흰빛" "새벽빛" "금빛"을 제시한다. 위대함의 상징은 높이를 드러내는 이미지로 나타나고 앞으로, 오르다, 일으키다, 하늘, 이마, 신 등으로 연결된다. 이와 같이 상승의 상징은 빛과 어둠의 변증법과 관계가 있고 수직의 방향, 대소의 크기와 관계가 있다. 이것은 모두 편극화, 분열화와 연관되는 것이다.[55]

반면 하강의 상상력은 이미지의 낮의 체제를 완전히 뒤집는 경우에서 시작된다. 그래서 하강은 도치의 상징이고 귀환의 변증법이라 할 수 있다. 이 체제에서 목표는 더 이상 정상으로의 상승이 아니라 중심으로의 스며들기가 되며 따라서 파내는 기술들이 상승의 기술들을 대체할 것이다. 하강은 추락의 급격함과는 구분되는 것으로 속도의 느림에 결부하는 것이다. 베르그송의 지적에서처럼 내면으로부터 그리고 구체적으로 계속해서 시간의 속죄와 구원이 이루어진다.[56]

하강의 상상은 요나 콤플렉스와 연결되며 따뜻한 내면의 이미지에 부드러운 침투와 소화, 성적인 배의 다정한 휴식이 합류한다. 이 과정은 비타협적인 이미지의 낮의 체제에서 발견할 수 있는 분열적 태도, 형식주의, 지적이고 도덕적인 순결주의와는 다른 정신구조가 존재한다. 태양은 내려가는 동시에 삼켜지고 동사는 능동과 수동의 두 가지 의미를 지니고 있어서 대상이 되는 상징도 두 양상을 드러낸다. 이렇게

---

55    Gillbert, Durand, 앞의 책, 53~54쪽 참조.
56    위의 책, 298쪽 참조.

중복에 의해서 전복된 의식 내에서 자체 중복될 준비가 되어 있는 이미지들이 선호의 대상이 된다. 신비주의 구조에서 언어들은 완곡화되고 물질은 어머니, 무덤은 행복한 장소와 요람으로 변한다. 그래서 위대한 신비주의자들에게 육체의 언어는 구원의 의미론을 감싸고 말씀 그 자체가 원죄이고 구원이 된다.[57]

이 책에서는 김남주의 상상세계가 분열 형태적 구조를 띠며 수직적 초월에서 하향곡선을 그리며 내려가듯이 이미지도 치솟는 '불' 이미지에서 서서히 '빛' 이미지로 변용하는 과정을 살펴볼 것이다. 이 과정을 따라가다 보면 의식의 변화가 시대상황과 시간의 흐름에 맞물려 있음을 발견할 수 있다. 이는 애초에 생각하였던 이미지 연구에 핵심이 있었음에도 연구하는 과정에서 연대기적으로 서술되는 면을 자연스럽게 드러낼 것이다.

또 신대철의 시가 '물'이라는 하향 이미지에 침윤되어 있으면서도 냉혹한 '불'이라는 강렬한 상승의지를 내비치고 있다는 것을 살펴볼 것이다. 그가 끝없이 찾아 들어가는 극지와 고원, 머나먼 이국의 변경은 수평적이지만 그것은 시간의 흐름을 입체적으로 보았을 때 수직의 방향과 통하고 있다. 필자는 시인의 상상세계가 신비적 구조를 가지고 있음에도 그것이 하향적으로 침잠하지 않으며 어떻게 수평적 파문을 통해 상승해가고 있는지 밝혀보고자 한다.

또한 두 시인의 상상세계 즉 "분열 형태적/신비적 구조"에 속하는 이미지들이 시간과 공간선상에서 어떻게 운동하고 있으며 그에 따른 두

---

57  위의 책, 409~416쪽 참조.

시인의 의식이 어떻게 변모해나가고 있는지 체계화하기 위해서 질베르 뒤랑의 상승과 하강, 수직과 수평운동 관계를 참조할 것이다. 이 체계 안에서 이미지가 시간과 공간에 작용하면서 변모하는 양상을 드러내고 서로 다른 양 극단의 두 시인이 이미지를 통하여 어떻게 합류하고 있는지 밝혀보고자 한다. 또한 베르그송의 기억의 개념은 두 시인의 시를 관통하고 있는 시간의식을 규명하는 데 유효하게 작용할 것이다.

앞에서 지적한 바와 같이 기억을 지속의 개념으로 파악하는 베르그송은 현재의 상황을 판단하고 지각하는 두뇌의 운동 사이에 연속성을 강조한다.[58] 이 연속성은 두 시인의 시에 나타난 유년의 기억으로부터 입체적으로 회전하는 순환적 시간의 흐름과 관계를 맺는다. 공간화된 "원의 시간"은 생성의 변덕스러운 운명들에 대하여 결정론적이고 안심된 관념을 지배적으로 드러낸다. 그리고 시간은 언제나 새로운 시작이며 반복되는 창조인 것이다. 인류 원형학에서 새로운 시작이 의도하는 증거들 중 하나는 통음난무(痛飮亂舞) 축제 속에 나타난다.[59] 통음난무 축제는 원시적인 혼돈 상태를 상징하는데 시인이 이미지와 만나는 순간은 바로 이와 같은 축제의 형태에서 찾을 수 있다. 이 순간은 시간을 없애버리는 단어들의 침입에 의해서 창조 이전의 혼돈과 같은 것이다.

두 시인은 이러한 혼돈의 체험을 스스로 밝혔듯 존재의 모험[60]인 '투쟁'과 거리감이 주는 인식[61]이라는 '여행'으로부터 획득하고 있는 것처

---

58  Bergson, Henri, 앞의 책 참조.
59  Gillbert, Durand, 앞의 책, 433쪽 참조.
60  김남주, 「벗에게」, 『나의 칼 나의 피』, 인동, 1987, 27쪽 참조.
61  신대철, 「나무들 사이에서」, 『나무 위의 동네』, 청아, 1989, 17쪽 참조.

럼 보인다. 다음 장에서는 두 시인의 상상세계를 체계화하기 위해서 시간의식, 공간의식에 따른 이미지 변용 양상을 개괄적으로 설명해볼 것이다. 이것은 구체적인 개별 작품에 나타난 이미지들을 분류하기에 앞서 필자의 관점을 진행하는 분석틀로서 역할을 담당해주리라 믿는다.

제2장

# 1970년대 시의 두 극점

# 1970년대 시의 두 극점

1960년대 이후 우리 사회는 정부가 채택한 개발 전략의 결과로 상당한 수준의 산업화가 달성되었다. 이 시기 경제적 효율성을 최고의 가치로 여기는 경제 제일주의 혹은 근대화 지상주의가 본격적으로 도래하였다. 그러나 1970년대가 시작되면서 한국 사회는 정치적, 경제적 성장의 양면에서 위기가 닥치기 시작하였다. 국가라는 타율적 주체에 의해 단기간 내에 이루어진 것으로 특화되는 한국의 산업화 과정을 볼 때 그 파행성이 가시화되는 시기는 1970년대였다. 정치적으로는 미국이 한반도의 긴장 완화를 위한 정책을 강요하였고 이런 속에서 1971년 이산가족 상봉을 위한 남북 적십자 회담이 진행되었다. 1972년에는 민족 대단결을 주창하는 7·4남북공동성명이 발표되었으며 일련의 사태는 '반공'을 정권 안보의 무기로 삼았던 정권에 치명적인 위협으로 다가왔다.[1]

---

1    신동욱, 『한국 현대 문학사』, 집문당, 2004, 213쪽 참조.

경제적으로는 1963~1969년 고도성장을 거듭해오던 것이 1969년부터 심각한 불황 국면에 접어들기 시작했다. 이 불황은 외자에 의존한 수출 경제의 구조적 모순이 나타난 것이었다. 무분별하게 들여온 차관은 원리금 상환에 대한 부담을 증가시켰고 신규 차관 도입을 어렵게 했다. 또한 경제위기와 함께 각종 사회적 모순들이 터져 나오기 시작했다. 1970년 11월 평화시장 재단사 전태일이 분신자살하는 사건이 있었고, 1971년 9월에는 한진상사 파월 노동자들의 KAL빌딩 방화 사건이 있었다. 이는 열악한 작업환경과 저임금에 시달려야 했던 노동자들의 분노의 절규였다. 이와 더불어 학생과 지식인의 저항도 거세게 일어났다. 1971년 대학생에 대한 교련교육 반대운동과 동아일보를 비롯한 전국 14개 언론기관의 언론 자유수호운동이 일어났다. 같은 해 8월에는 대학교수들의 대학 자주화 운동 선언이 있었다.[2]

일련의 사건들을 계기로 정국이 혼란에 빠지자 1972년 정권은 특별선언을 통해 비상계엄을 선포하고 국회해산 및 헌법의 일부 조항의 효력을 정지시키는 유신을 선포하였다. 유신체제는 폭력으로 대중의 불만을 억누르고 저임금, 저곡가에 기초하여 경제적 위기를 돌파하려 하였다. 정치적으로는 반공 이데올로기를 강화하여 위기를 벗어나고자 하였다. 또한 취약했던 정치적 기반을 중화학공업 진흥을 중심으로 닦고 수출 증대와 산업구조의 근대화를 꾀하려고 하였다. 그러나 중공업 우선 정책의 부작용도 만만치 않았다. 선진국에서 공해 문제 등으로 사양산업이 된 분야를 유치하는 과정에서 국내의 공해 문제가 심각하게

---

2    김당택, 『우리 한국사』, 푸른역사, 2006 참조.

한국 현대시의 두 국면

대두되었다. 또한 계속되는 수출 위주의 정책으로 경제의 대외 의존도 는 높아만 갔다. 이 시기 광공업, 제조업에 비해 농수산업이 낙후되어 대규모 이농이 발생하고 결국 도시, 농촌 간의 소득격차가 심각한 사회 문제로 대두되었다. 급속한 도시화는 자연의 난개발과 전 국토의 아파 트 공화국화를 초래하였으며 '소외계층/지배계층'이라는 계급구조 출 현의 계기가 되었다. 이러한 문화 변동의 혼란 속에서 예전의 문화는 "가난의 문화"[3]로 치부되었다. 정권은 학교와 매체를 통해 다양한 금기 체계를 만들어 전파하였으며 이에 대항하여 지식인, 학생, 사회단체들 은 조직적인 반대운동과 저항운동을 시작하였다.

이를 계기로 정권은 직접적인 인권탄압, 노동 통제, 언론 통제는 물 론이고 권위주의적 통치방식과 정보부를 통한 사회 전 영역을 통제, 감 시할 수 있는 억압체제를 제도화시켰다. 첨예화해가는 내부적 모순이 극에 달한 것은 1978년 국회의원 선거에서 야당이 득세하는 이변이 일 어나면서였다. 이에 힘입어 학생과 지식인 야당의 정치 지도자들은 유 신체제에 정면으로 도전장을 내밀었다. 1979년 들어서 학생 시위는 전 국 모든 대학의 일이 되었다. 이러한 가운데 1979년 8월 YH 여공들의

---

3   '가난의 문화'는 역사적 맥락 속에서 다양하게 나타난다. 그것은 흔히 문화변동 시기에 나타나며 안정된 사회 체제 속에서도 지속되는 수가 있다. 경제적으로 그것은 생존을 위한 끝없는 투쟁, 실업과 불완전 고용, 저임금, 잡다한 미숙련 직업, 미성년 노동, 저축 부재, 만성적 금전 부족, 고리채 사용 등으로 특징지어 진다. 사회적, 심리적으로 그것은 주거 공간의 부족, 사생활 보장의 불가능, 군 거, 알콜 중독, 잦은 폭력, 이른 성경험, 권위주의적 경향, 체념과 숙명론으로의 경사, 남자다움, 여자다움이 용기와 희생으로 과장되는 것도 그 특징이라 할 수 있다. 김현, 『문학과 유토피아』, 문학과지성사, 1992, 333쪽 참조.

강제 체포로 인한 김경숙 사망 사건이 발생하였고 야당의 지도자가 제명되었다. 전국은 유신세력과 반유신세력의 충돌이 연이어 일어났으며 1979년 10월 부마민주항쟁[4]은 양 진영 충돌의 정점이 되었다. 이로 인한 1979년 10월 26일 유신체제의 몰락은 당연한 귀결이 되었다.

이 시기의 문학도 이러한 시대적 분위기에서 자유로울 수 없었다. 문학계에서는 계속되는 위기 상황에 직면하면서 1960년대 후반부터 반민주적인 지배 담론에 대한 시적 응전이 활발하게 진행되기 시작하였다. 우선 1968년 참여/순수 논쟁을 계기로 1960년대를 주도했던 4·19세대의 동질성이 파괴되고 문학적 분화 현상이 뚜렷해졌다. 1970년대는『창작과비평』『문학과지성』을 중심으로 문학적 경향이 계열화되었을 뿐만 아니라 그에 따라 시집도 계열화를 이루면서 출간되었다.

이 시기의 시들은 이미 소외와 물화, 저속한 상업주의와 문화산업에 의해 지배되고 있는 사회의 양태를 드러냈다. '창비' 계열에서는 저항적 민족주의, 제3세계 문학론, 민중문학론이 대두되어 정치적 갈등의 문제와 도시 영세민, 노동자, 농민 계급의 삶의 문제를 전면에 내세우는 작품들이 쏟아져 나왔다. 이는 1960년대 이후 본격적으로 대두된 민족문학의 이념에 발전적으로 통합된 것이라 할 수 있다. 아울러 산업화

---

4  1979년 10월 16일 부산대학에서 유신철폐를 요구하는 대규모 시위가 발생하였다. 학생들이 거리로 진출하자 시민들이 가세하여 거리는 아수라장이 되었다. 밤이 되면서 파출소와 관공서를 파괴하는 등 대규모 시민 항쟁으로 발전하였다. 공격이 거세지자 18일 0시 부산지역에 계엄령이 선포되었다. 그러자 마산에서 다시 대규모 시위가 벌어졌다. 유신의 붕괴는 시간문제였다. 연이어 운명의 10월 26일 궁정동 중앙정보부 안가에서 유신체제의 수장인 대통령은 자신의 충복 김재규의 총에 맞아 세상을 떠났다. 김당택, 앞의 책 참조.

의 과정에서 소외된 농촌과 농민, 도시 빈민의 삶에 대한 문학적 관심이 고조되면서 소시민적 삶의 허위성을 고발한 작품들이 주도적 역할을 담당하였다.

1970년대는 그동안 문단의 주류를 차지하고 있던 기성 문인들이 퇴조의 기미를 보이는 한편 젊은 신인들의 눈부신 움직임이 각광을 받았다. 이 시들의 형식적 경향은 이른바 전통적 서정 양식을 계승하고 있었다. 김남주를 비롯하여 강은교, 이시영, 정호승, 이동순 등은 이러한 양식을 계승하면서도 현실의 모순에 사회 경제적으로 접근하는 면과 신변 생활과 관련된 내적 고뇌 등을 서정적으로 포착하는 방식을 보여주었다. 이 시기는 김남주의 경우처럼 사회 경제적 모순에 적극적으로 다가간 경우가 압도적 우위를 차지했지만 그에 못지않은 시적 활동이 모더니즘 시의 계열에서 이루어졌다.

4·19를 기점으로 황동규, 오규원, 정현종 등 시인들이 본격적인 문학 활동을 펼쳤고 1970년대 '문지' 계열에서 장영수, 신대철, 이하석, 김명인 등이 등장하였다. 이들은 내면 탐구와 언어적 실험을 중요시하면서도 동시에 당대의 현실과 역사적 조건을 진지하게 성찰한다거나 현실과의 긴장을 한결 의식적으로 드러냈다. 또 1970년대 도시적 경험을 탈심미적 방법으로 형상화하면서 문명비판적인 발상의 흐름을 형성하였다.

이 시기 신대철과 장영수는 1970년대 시인들 중에서 상당히 주목을 많이 받은 시인이라 할 수 있다. 특히 신대철은 도시적 감수성에 의거한 새로운 언어와 상상력을 바탕으로 자연과 도시적 삶, 시인 자신이 겪는 고통과 상실감, 자기 정체성의 혼란 등 주제를 전면화시켰다. 그의 시는 현실 세계에서의 탈출과 영원불멸의 이상향을 추구하는 일종의 구도적인 그리움을 도시적 감각으로 형상화시킨 것이라 할 수 있다.

앞에서 살펴본 바와 같이 1970년대는 정치적, 경제적 상황의 불황 국면이 첨예하게 드러나고 있었으며 문학계에서도 이러한 시대적 상황을 반영하듯 양 갈래의 진영이 대립하면서 병존하고 있었다. 특히 김남주와 신대철의 경우 특징적으로 드러나는 이질감은 정치적이고 문학적인 요소에서 뚜렷이 드러나고 있다. 1970년대 김남주는 반유신정권의 선두에서 치열하게 싸우다 희생당한 이력을 가지고 있다. 따라서 그의 시는 정치적 성향을 강하게 드러내고 있다. 신대철의 경우는 같은 시기 반공 유신정권의 수동적 하수인으로서 정신적 희생양이 되었다. 그것은 비무장지대에서의 군대 경험이었다. 그러나 그의 시는 정치성과는 거리가 있으며 다양한 문학적 장치를 통한 내적 승화의 면모를 보여주었다. 두 시인은 나란히 정권에 대한 희생양으로 깊은 상처에 연루되어 있다. 이로 인하여 두 시인의 시는 왜곡된 현실에 대한 상처의 기록이기도 한 것이다.

필자는 동시대 같은 현실에서 각각 출발하고 있는 두 시인의 시를 세심하게 살펴보고 그들 시의 대립구조를 시간 구조, 공간 구조, 이미지 변용 구조로 설정하여 그 시들이 지닌 상상의 지도를 구조화시켜보고자 한다. 이를 통하여 서로 반대편에 위치해 있던 두 시인의 상상세계가 이미지의 변화를 통해 합류하고 있는 지점을 밝혀보고자 하는 것이다.

## 1. 시간 구조 : 경험과 기대의 지평

김남주 시인은 1974년『창작과비평』에「잿더미」등 7편의 시를 발표하면서 등단했다. 이 시기는 급격한 산업화와 계급분화로 인한 경제적 불평등의 문제와 민주화를 둘러싼 정치적 갈등이 첨예하게 대두되던 시기였던 만큼 한국 시사의 흐름에서도 이와 관련된 시인들의 가치관 정립 문제가 중요한 이슈로 등장하였다. 시인은 이러한 와중에서 확고한 가치관을 내세우며 사회적 모순에 대한 저항의식을 시로 형상화시키려 하였다. 이 시기 우리 시는 새롭게 등장한 도시 영세민, 농민, 노동 계급의 삶을 다양한 시각으로 다루고 소시민적 삶의 허위성을 고발한 작품들이 주류를 형성하고 있었다. 그 가운데서도 김남주 시인은 김수영, 신동엽, 신경림의 뒤를 이어 또 하나의 강력한 경향을 드러내었다. 그는 형식 면에서 전통 서정 양식을 계승하고 있었으나 주제면에서 정치성, 투쟁성을 전면에 내세우며 시를 써나갔다. 그의 투쟁성은 농촌경제의 파탄과 고향의 해체, 가족들이 겪는 고통 등의 주제가 육화된 것이다. 그러기에 그의 시에 나타난 투쟁 정신은 강력한 호소력과 선동성마저 지니게 되는 것이다.

신대철 시인은 1968년『조선일보』신춘문예에「강설의 아침부터 해빙의 저녁까지」가 당선되어 작품 활동을 시작하였다. 시인은 청년 시절 가족의 해체를 경험하고 칠갑산에서 화전을 일구며 칩거 생활을 한 바 있다. 그는 민족이나 국가 같은 구조와는 동떨어져 삶의 가장 밑바닥으로부터 고독을 체험하며 주변의 경관이나 물상들과의 교감을 통해 시를 써나갔다. 그의 시는 산업화와 문명사회로부터 소외된 정신의 기록으로서 인간의 근원적 고독과 대면하게 만드는 힘을 내장하고 있다. 그는 현재의 시간을 과거로 되돌려 문명 이전 자연의 상태인 유년시절로 옮겨놓고자 한다. 그의 시에는 소년인 화자와 성인인 화자가 묘하게 뒤엉켜 낯선 미지의 시간을 창조해내는 마력을 지니고 있다. 시인은 또 하나의 특이한 경험을 가지고 있는데 그것은 ROTC 장교로서 1968년부터 1970년까지 2년 동안 GP장으로 비무장지대에서 근무한 이력이다. 이 시기 비무장지대의 산 체험은 분단과 민족에 대한 시인의 정체성 문제에 심각한 상처를 준 것으로 보인다. 그의 임무가 북파 공작원들을 송환하고 받아들이는 특수한 임무였던 만큼 국가라는 거대 스펙트럼 안에서 존엄성을 상실한 인간에 대한 죄의식이 커다란 상처로 남은 것이다.

이 장에서는 1970년대라는 현실적인 시간과 의식을 형성하는 개인적 시간과의 관계를 규명하고 두 시인의 시간의식이 어떤 방향으로 움직여갔는지 살펴보기로 하겠다. 우선 김남주 시인의 시간의식은 미래를 향해 뻗어나가는 적극적이고 진취적인 양상을 드러내는데 이것을 이 책에서는 '기대'라는 개념으로 설명해볼 것이다. 기대는 상상 속에서 다가올 것에 대한 준비이며 현재화된 미래로 아직은 아닌 것, 경험되지 않은 것을 지향한다. 코젤렉(Koselleck)은 희망과 공포, 소망과 의지, 염려, 호기심, 합리적 분석 같은 것들이 기대에 포함된다고 설명하고 있다. 코젤렉에 의하면 기대는 경험에서 도출된다는 특징을 갖고 있다. 경험이 없다면 존재할 수 없는 기대라는 시간 구조는 자신의 삶의 기억과 다른 삶의 가능성에 연관된다는 것이다. 이때 기대라는 미래 시간과 경험이라는 과거 시간은 현재를 기준으로 하여 서로 다른 방향으로 갈

라진다.[5]

김남주 시인의 시에서 현재에 대한 부정의식이 미래에 있을 희망과 관련을 맺으며 나타난다면 신대철 시인에게 현재의 부정은 과거에 있던 평화로운 꿈으로 퇴행 후 침잠하는 경향을 내비친다. 이는 현재를 인식하는 두 시인의 의식의 차이를 보여주는 예이다. 베르그송의 지적에 의하면 경험과 기대는 '기억'에 의존하는 개념으로 설명된다. 그에 의하면 기억은 지속과 동일한 개념으로서 존재론적으로 살아 있음을 느끼는 의식의 흐름을 지칭한다. 이때 시간성으로서 지속으로 파악된 의식은 변화의 의식이며 그에 따르면 시간성에서 성립하는 기억은 사유와 감관, 지각의 합동산물이다.[6] 기대는 시간적으로 추월되면서 과거와 미래라는 두 차원은 그때그때 새로운 방식으로 관계를 맺는다. 경험과 기대지평은 서로 정태적으로 관계하지 않는다. 그것들은 과거와 미래를 동일하지 않은 방식으로 교차하면서 오늘의 시간적 차이를 구성한다. 또 각 계층과 집단의 이해에 따라 엇갈리며 나타나는 미래와 과거의 시점들이 현재를 규정하게 된다. 현재는 앞으로 다가올 미래의 과거로서 혹은 과거의 지나간 미래로서 인식된다. 이때 과거로의 회귀는 퇴보를 뜻하며 유토피아인 미래를 앞당기겠다는 기대가 불러일으키는 시간의 가속은 진보만을 뜻하지는 않는다.[7]

코젤렉은 미래에 대한 꿈들과 구원에 대한 꿈들을 구분 짓는데 그에

5    Koselleck, R, 『지나간 미래』, 한철 역, 문학동네, 1998. 394쪽 참조.

6    Bergson, Henri, 『직관과 사유』, 송영진 역, 서광사, 2005. 137쪽 참조.
     Koselleck, R, 앞의 책, 423쪽 참조.

7    위의 책, 425쪽 참조.

따르면, 미래에 있을 석방과 귀향을 유토피아적으로 희망하는 꿈은 예외 없이 죽음의 징표를 나타낸다고 설명한다. 반면 구원에 대한 꿈이란 과거, 현재, 미래의 모든 시간 차원이 전도된 채 상상을 넘어서는 경험 속에서 미래에 대한 기대나 미래를 위한 행동 없이 무시간성으로 빠져드는 꿈을 말하며 이러한 꿈들은 역설적으로 생존의 징표를 나타낸다고 말한다. 이는 1970년대 양 극단으로 갈라진 두 시인의 시간의식의 차이를 보여주는 적절한 설명으로 보여진다. 그것은 전자가 죽음과 추락의 징표를 갖고 있는 김남주 시인의 미래를 향한 희망을 표시하는 것과 같이 후자는 신대철 시인의 시간의 전복을 꿈꾸는 무시간 의식과 시원을 향한 표시가 된다는 것이다. 즉 미래에 대한 기대와 과거 시간에 대한 침잠은 두 시인의 '시간 여행'에 관한 꿈의 반영이다. 두 시인의 다음 시를 살펴보면 이와 같은 시간의식의 특징을 뚜렷이 살펴볼 수 있다.

①
길은 내 앞에 놓여 있다
나는 안다. 이 길을, 이 길의 길이와 길이를
이 길의 역사를 나는 알고 있다

이 길에서 어디쯤 가면 비탈로 바위산이 있고
이 길 어디쯤 가면 가시로 사나운 총칼이 있다
이 길 어디쯤 가면

여기가 너의 장소 너의 시간이다
여기서 네 할 일을 하라!

행동의 결단을 채찍질하는 고독의 검은 섬이 있다
허나 어쩌랴 길은 가야 하고
언젠가는 누군가는 이르러야 할 길
가자, 가고 또 가면 이르지 못할 길이 없나니
가자 이 길을 가고 오지 말자

— 김남주, 「길」 부분

②

1

사람이 미치겠네 .산이 울면 사람이 죽는다지?
산 우는 소릴 들은 자도 죽는다지?
무서워, 저 소리, 안 들리다니?
아무도 받지 않아 산속을 떠돌잖아?
날 부르는 거지?
미친 사람이지?

2

문득 잠드는 산,
눈발이 날린다, 사람이 보고 싶다.
다시다시 산을 몇 바퀴 돌아야 한다.
오늘 걸어갈 길이 거친 눈발 속에 묻힌다.
나무, 나무, 새, 굴뚝새가 난다.
갈수록 불빛은
멀고 산속은 0시,
나는 밤 2시
그리고 손목시계는 밤 1시를 가리킨다.
모든 시간을 벗어나려면
오늘 몇 시에 맞춰 살아야 할까?
1시? 0시? 결국 밤 2시?

눈발이 점점 더 굵어진다.

— 신대철, 「처형 2」 전문

　위의 두 시편은 시간의식에 대한 서로 다른 방향을 잘 보여주고 있다. 이 시들은 그 내포하는 주제와 바라보는 대상이 주체가 처한 현재적 시간으로부터 다르게 뻗어나간다. 즉 ①의 길과 ②의 산은 각각 존재의 절박한 상황을 지시하는 결정적인 역할을 담당한다는 것이다. ①에서 '길'은 미래를 향하여 뚫려 있고 유동성을 내포하고 있다. 주체는 그 길의 어떤 험난한 역경도 이겨낼 준비가 되어 있다. 그는 역사로부터 뻗어 나온 그 길이 역사로 향해 나아가고 있다는 것을 확신하며 스스로 역사의 주인이 되고자 한다. 그 길의 "어디메쯤에는 반드시 다다라야 할 장소"가 있다. 그 장소는 승리가 예정된 곳이고 반드시 쟁취되어야 할 당위성을 지닌 곳이다. 주체는 그러한 강력한 의지를 내비치고 있다. 그러나 그 장소를 향해 뻗어 있는 길은 편안함을 담보하는 탄탄대로가 아니라 가시밭길, 비탈길, 바위로 험한 길, 사나운 총칼이 가로막는 길이다. 그 고행의 "길의 시간"을 화자는 "너의 장소 너의 시간"이라고 역설하고 있다.

　이 시간과 장소는 곧 존재가 처한 거소이며 모든 다가오는 상황들이다. 그곳은 고독의 작은 섬이고 "지금 바로 여기"의 시간이다. 주체가 선택한 시간, "지금 바로 여기"는 지속 속에서 단절된 '순간'일 것이다. 화자는 이 길의 "길이와 역사"를 알고 있다. 화자는 이 길이와 역사를 거슬러 가고자 하며 이 "길을 가고 오지 말자"고 단언한다. 그것은 지금 선택한 시간의 이행이 미래로만 뚫려 있다는 말에 다름 아니다. 또한

한국 현대시의 두 극점

미래에 있을 구원, 미래에 다다라야 할 장소, 선취해야 할 시간을 의미하는 것이다. 마지막 행의 "해방이여!"에서 보여지듯 모든 억압으로부터 구원되는 참 자유의 세계를 뜻하며 그것이 사회적 해방이든 자아의 해방이든 화자는 그 길의 성취를 확고한 믿음 위에 구축하고자 하는 것이다.

이처럼 확고한 믿음 위에 선택된 선명한 길이라는 시간적 이미지[8]와 대비되어 ②의 '길'에는 불투명한 시간 이미지가 깔려 있다. "사람이 미치겠네"로 시작되는 발화는 정체성의 혼돈을 보여주며 또 미친 사람과 교감하고자 하는 화자의 심기를 대변한다. 1은 화자가 위치해 있는 배경을 드러낸다. 그곳은 깊은 산속의 밤, 정적과 함께 들려오는 짐승 또는 바람의 울음소리를 연상케 한다. 나무들이 서로 부딪치는 소리에서 화자는 무서운 적막을 느끼며 죽은 영혼들이 산속을 떠돌면서 자신을 부르는 것으로 느끼고 있다. 그 순간 자신이 미친 것 같기도 하고 산이 미친 것 같기도 한 혼란, 현기증이 발생한다. 이 순간 세상의 질서나 개념들은 일순간에 정지되거나 도치된다. 그런 날 화자는 자기 안의 타자를 문득 마주 보게 되며 정적에 묻힌 산을 "몇 바퀴" 도는 것이다.

또한 화자는 '바로 지금' 걸어가는 길을 모른다. 길은 보이지 않고 눈발에 가려져 희미하다. "몇 바퀴"에서 보이듯 그는 돌고 도는 것이다. ②에서 '길'은 ①의 '길'과 확연히 대비되는 것을 볼 수 있다. 길은 현재를 의식하고 있으나 그 시간은 분명하고 뚜렷한 것으로 드러나지 않는

---

8    남진우, 「김남주 시에 나타난 불의 상상력」, 『나사로의 시학』, 문학동네, 2013 참조.

다. 갈수록 불빛은 멀고 "산속은 0시" "나는 밤 2시" "손목시계는 1시"를 가리킨다. 2의 다다라야 할 장소-"불빛"이 멀다는 것은 구원의 표징인 희망의 불빛을 인식하면서도 그 길이 어디에 있는지 찾지 못함을 의미한다. 또 시간의 교란이 일어난다. 우리의 개념 속에 박힌 시간의 의미는 화자의 의식 속에서 해체되어버린 것이다. 그래서 저마다의 시간이 다르고 세상이 정해놓은 '시계'라는 의미의 시간은 사라진다. 일반적으로 생각하는 통속적 시계 측정의 방법[9]인 주기와 회전은 시인에게 들어맞지 않게 되는 것이다. 즉 화자는 미래를 향한 '길'을 통하여 목표를 달성하고자 하는 것이 아니다. 화자는 '산속'-'문명 이전'으로 들어가 '미친 사람-세상의 것이 아닌 것'과 교감하면서 시간의 벗어남을 통해 '구원'에 다다르고자 한다.

　　그러나 두 시인의 시간의식이 현재를 기준으로 반드시 대비적으로만 형성되는 것은 아니다. 그것은 김남주 시인의 부정의식이 세상의 불의를 향하여 날을 세우면서도 자기 자신 속에 있는 수많은 자아를 향해 있을 때 드러난다. 시인은 종종 가던 길을 멈추고 주변과 자신을 되돌아보며 점검하고 검증해보는 면모를 드러낸다. 이럴 때 시간은 정지된 상태로 머물게 되며 세상의 개념들은 뒤집혀진 채 새로운 가치를 재정립하고자 한다. 시간의 좌표는 미래를 향하고 있으나 아주 더디게 이동하는 모습을 보여주는 것이다. 신대철 시인 역시 침잠으로서의 시간에 물들어 있으면서도 언뜻언뜻 내비치는 이미지를 통하여 현재의 무게를 의식하고 있음을 보이는데 "오늘 몇 시에 맞춰 살아야 할까?" 등의 물

---

9　Reichenbach, Hans, 『시간과 공간의 철학』, 이정우 역, 서광사, 1986, 151쪽 참조.

음은 이러한 시인의 현실인식을 뚜렷이 나타내는 예이다. 즉 전자는 미래를 향한 탄탄대로의 희망에 젖어 있는 것이 아니라 끊임없이 반문하며 회의하고 다시 일어서고자 하는 미래의식이며 후자는 과거로의 침잠과 죽음 충동 속에서 삶 쪽으로 시선을 둔 몸부림의 시간이라 할 수 있다. 다음 시는 이러한 두 시인의 시간의식을 잘 반영해준다.

①′
　그 사람이 그 사람이군요
　응 그 사람이 그 사람이여
　우리 생활은 어떠했대요
　우리? 우리가 우리고 우리가 우리라고
　그런 세상인걸 뭐 이를테면

　우리는 우리 아닌 곳과 닮아 가고 있다고
　우리 아닌 곳에 보이지 않는 우리가 있듯이
　우리 안에도 보이지 않는 우리가 있다고

　…(중략)…

　우리 안에도 우리를 유혹하는 패라다이스의 轉向이 있다고
　우리 안에 소문이 창틀에서 날개깃을 치듯이
　우리 아닌 곳에도 蜚語가 유령처럼 배회하고 있다고
　우리 아닌 곳에 껍데기가 판을 치고 있듯이
　우리 안에도 惡貨가 주먹을 휘두르고 있다고 이를테면
　16일 이전의 우리 생활이 생활인 것처럼
　17일 이후의 우리 생활도 생활이라고
　　　　　　　　　　　　　― 김남주, 「동물원에서 2」 부분

②′

길은 하나도 없었다. 집 앞 빈 말뚝에 매여 있거나,
낮에 가야 할 길을 다 못간 사람들이 길을 끌고
꿈속으로 들어가 계속 걷고 있는지?

…(중략)…

살아 움직이는 건 한기뿐이로군,
그는 앞서가는 자기 자신을 불러세우며 말했다.
한길 느낄 정도로 떨어져 있었나?
어디 짐승 발자국 속 같은 데라도 들어가 잠깐 쉬도록 하지.

…(중략)…

까마귀, 그가 아슬아슬 비켜 지나온 시간은
까마귀가 되어 죽어 있었다.

…(중략)…

꿈틀거려야지, 꿈틀거리지 않으면
시간은 모두 까마귀가 된다.

— 신대철, 「까욱, 까아욱」 부분

①′의 시는 김남주 시인의 분열 형태적 사유가 시간의식과 결합되어
드러난다. 이 시에서 "우리"라는 일상어는 다의성을 내포하면서 '적/나'
'부정/긍정' '껍데기/알맹이' '거짓/진실'이라는 이분법의 구도를 형성하
는 매개체가 된다. 시인은 '우리'의 '생활'이 어떠했는가를 자문하면서
우리 안에 도사린 모순과 욕망의 모습을 바라보고 있다. 여기서 '우리'

가 정의를 지향하는 자들을 가리킨다면 보이지 않는 '우리'는 거짓 정의를 외치는 자들을 지칭한다. 우리 안에는 수많은 보이지 않는 우리가 있고 생활은 우리를 기만하게 만드는 요소로 작용한다. 이 시에서 "패러다이스의 전향−소문의 날개깃−비어의 배회−껍데기의 판−악화의 주먹" 등은 부정적 요소로서 진정한 '우리'의 반대편에 위치한 것들이다. 비어가 의미하듯 상상적인 짐승으로 소 비슷하지만 외눈에 뱀꼬리가 달린 모습은 우리 속에 내재된 또 다른 자아의 형상이다.

시인은 16일 이전의 생활과 17일 이후의 생활을 대비적으로 제시하고 있다. 이것은 순수한 우리와 전향한 우리를 일컫는 말과 결부한다. 즉 우리 안에는 거짓된 자아와 진실된 자아가 병존한다. 인간의 모습은 결코 천사와 같지 않으며 흉측한 괴물의 일면을 가지고 있다는 말이다. 그리고 상황에 따라 두 얼굴의 인간은 각각 다른 모습으로 나타난다. 나약한 인간은 쉽게 변하며 악화의 주먹, 생활 등에서 보여지듯 먹고 살아가는 것의 위력 앞에서 쉽게 무너질 수밖에 없는 본성을 가지고 있다. 그러니 16일의 생활이 의미하는 진정한 우리와, 17일의 생활이 의미하는 전향한 우리는 '어제/내일, 과거/미래'의 모습인 동시에 그 둘은 '어느 것이 정의다'라고 함부로 말할 수 없는 자체의 진정성을 가지고 있다.

그러므로 한 인간 속에 내재된 다양한 형상들은 그때그때의 상황과 관계하며 드러나는 것이다. 이때 과거와 현재가 동떨어져 있는 것이 아니라 이어져 있고 그 둘은 서로 연속성을 가지고 있다는 시간의식이 발생한다. 또한 시인의 미래를 선취하고자 하는 욕망은 무조건적으로 뻗어 있는 것이 아니라 상황과 본성의 다양한 면을 아우르면서 앞과 뒤로 반복적으로 운동하는 양상을 보여준다.

"길은 하나도 없었다"로 시작되는 ②´의 시는 죽음 이미지가 전면에 깔려 있다. 길이 앞으로 뚫려 있는 것이 아니라 빈 말뚝에 매여 있거나 꿈속으로 끌려 들어가는 형상으로 나타난다. 매여 있거나 끌려들어가는 길은 지극히 수동적이며 퇴행적인 의미를 반영한다. 이 시에서 "없는 길–한기–까마귀" 등은 화자가 대면한 죽음 충동을 드러내는 이미지로 보인다. 그것은 현실적으로 절망의 시간을 가리키겠지만 화자는 계속 걷고 있다. 시인은 끊임없이 과거의 시간으로 침잠해 있으면서도 정체되어 있지 않은 모습을 보여준다. 살아 있는 건 한기뿐인 그 순간에 있어서조차 시인은 앞서가는 자기 자신을 불러 세우며 위로의 말을 건넨다. "짐승 발자국" 같은 데서 쉬어 간다는 말은 생존을 향한 치열성의 의미, 짐승의 순수성 안에서 더러움을 씻어보라는 의미와 통하는 것으로 보인다. 그러나 현실의 화자는 매우 지쳐 있고 아슬아슬 비켜온 시간마저 까마귀가 되어 죽어 있다. 이 죽음의식은 시인의 시 전편에 드리워진 비극성을 발산하는 요소가 된다. 이렇게 '죽음–삶'의 과정이 반복적으로 변주되는 가운데 시간의 침잠은 가까스로 꿈틀거림에 다다르게 된다. 꿈틀거리지 않으면 진짜 죽게 되는 시간은 죽음에 침윤되어 있으면서도 삶을 원하고 있는 것이다.

이처럼 두 시인은 자기 자신의 고유한 시간을 서로 다른 방향으로 귀속시키면서도 '존재'가 고독하게 들어 올려지는 하나의 시간, 즉 구원에 대한 희망이라는 하나의 전망을 가지고 있음을 드러낸다. 두 시인의 시간의식이 전자가 현실의 절망으로부터 솟구쳐 오르는 미래에 대한 확신이라면 후자는 현실의 절망으로부터 끝없이 과거로 퇴보하여 무시간 속에 침잠하는 기억의 꿈이다. 그러나 두 시인의 시간운동이 언제나 한 방향으로 펼쳐져 있는 직선의 형태로 보이지는 않는다. 이들의 시간 관념은 대상과의 연락관계를 통하여 솟구쳐 오르면서 침잠하고 과거로 회귀하면서도 다시 수평적으로 파문을 일으키며 확산되어나가는 이중 적 양상을 보여준다.

이는 시간이 멈출 줄 모르는 속도와 진보로써 앞으로만 뚫려 있는 것 이 아니라 그 선을 되돌리거나 멈추게 하려는 의도가 다분히 깔려 있는 욕망의 징표[10]로 볼 수도 있다. 두 시인에게는 사라진 순간을 보는 방법 으로 경험으로서의 과거를, 기다림을 보는 방법으로 기대로서의 미래 를 기억하는 의식이 위치하고 있는 것이다. 이것은 어렵게나마 하나는 욕망의 징표로서 하나는 기억의 징표로서 순간화된 형이상학이라는 결 론을 도출하도록 이끌어준다.

두 시인의 의식은 현재라는 동시적 시간을 다른 방식으로 지각하여 연결된 시간에 대해 서로 반대 방향으로 자신을 결부시키고 있지만 시 적 순간에 연결된 의식의 양면 감정은 때때로 상반된 조화로운 관계에 서 결합되는 면모를 보여준다. 예를 들어 기억이 미래를 교차하여 과거 로 퇴보하거나 과거에서 다시 미래로 진입하고자 하는 욕망을 대상과 의 끊임없는 관계를 통해서 보여주는 것이다. 적절하게 결합된 양면 감 정은 남성적이고 용감한 시간을 획득하는가 하면 후회하고 눈물 흘리 며 부드럽고 유순한 시간으로 후퇴하기도 하는 것이다. 이 같은 양면 감정의 특징은 김남주 시인의 경우 주제 면에서 정치적 편향을 드러낼

---

10  Guattari Felix, 『욕망과 혁명』, 윤수종 역, 문학과학사, 2004 참조.

때와 고향과 유년의 기억을 드러낼 때 빈번하게 교차하면서 드러난다. 마찬가지로 신대철 시인의 경우에도 끝없는 유년으로의 퇴보가 극지라는 미지의 세계로 확장되어나가면서 시간에 대한 양면 감정을 내비친다. 이와 같은 시간의 이동은 다시 장소와 장소의 이동을 전제하며 공간의식에 대한 연구를 염두에 두도록 한다.

그러면 다음 절에서는 두 시인의 공간의식이 어떻게 변모해나가고 있는지 개별 시에 드러난 상상구조물을 분석해봄으로써 밝혀보겠다.

## 2. 공간 구조 : 수직적 상승과 수평적 확산

앞 절에서 살펴본 대로 두 시인의 시간 경험이 역방향을 이루고 있음은 상상 속에서 그려진 공간의 좌표 또한 서로 다른 대응 관계를 보여주리라는 것을 예견케 한다. 우선 김남주 시인의 상상공간은 가장 낮은 공간으로부터 가장 높은 공간으로의 도약을 꿈꾸는 것으로 상정되는데 이 꿈은 하늘을 향해 수직적으로 뻗어 있는 차원을 보여준다. 질베르 뒤랑은 상상계의 낮의 체제에 관하여 추락의 형태를 한 상징들과 분열의 구조, 이에 따른 상승의 상징들, 빛나는 상징들과 분리의 상징들을 예로 들어 제시하고 있다.[11] 이 구조들은 김남주 시인의 시를 공간적으로 분석하는 데 실마리를 제공하여준다. 그의 시가 추락의 미궁에서 출발하여 공간 위쪽을 향한 치열한 상승의지를 내비치는 것과 같이 빛나

---

11   Durand, Gillbert, 『상상계의 인류학적 구조들』, 진형준 역, 문학동네, 2007 참조.

는 것에 대한 욕망은 수직과 곧추세움 같은 이미지를 통해 드러난다.

신대철 시인의 경우 상상공간은 수평적으로 펼쳐진 양상으로 나타나는데 기억 속의 한 점에서 출발하여 파문을 일으키며 확산되는 차원을 보여주고 있다. 그의 시에 자주 등장하는 산속, 물소리/수평선, 먼 바다, 극지, 고원 등은 이와 같은 맥락을 잘 보여주는 이미지이다. 기억 속에서 '산속-유년'으로의 퇴행은 회귀를 의미한다. 미성숙한 화자는 골짜기의 물을 마시며 성장한 후 '먼 바다ー진정한 본향'을 향해 나아가고자 한다. 뒤랑은 이미지의 밤의 체제에 대하여 상상의 신비적 구조를 통한 신화의 의미화를 분석하며 도치의 상징들과 내면의 상징들, 순환의 상징들을 설명하고 있다. 시인의 시에서 자주 등장하는 이미지인 산, 물, 꽃, 나무 등은 시인의 편안함에 대한 갈망을 받아주는 존재들이다. 시인은 존재를 축소하여 동굴, 배 같은 의미를 지닌 곳으로 숨어들고 치유받고자 하는데 그의 시에서 미성숙한 화자로 등장하는 소년은 이와 같은 맥락에서 불완전한 존재를 대변해준다.

필자는 두 시인의 시가 이성의 진보에 대한 낙관이 사회적 삶의 소외에 대한 의식으로 급변하는 지점에서 출발한다고 본다. 1970~1980년대는 해방 이후 우리 역사에서 하나의 '시대문턱'[12]으로 상정할 수 있다.

---

12  야우스가 말하는 '시대문턱'은 한 시대에서 다른 시대로 이행되는 기점을 가리킨다. 그는 1789년의 정치혁명과 같은 극단적인 방법에 의해 시대가 교체되는 지점을 시대문턱으로 상정한다. 또 20세기로 넘어가는 근대화 과정에서 점점 더 인간성의 상실을 동반하며 기술문명에 대한 자연의 종속화를 초래하였는데 이와 같은 문화 교체 현상도 시대문턱으로 간주하고 있다. 이러한 현상은 점증적이거나 극단적인 형태로 정체성의 혼란을 초래하며 다른 양식의 문화를 생산해낸다. Jaus, Hans Robert, 『미적 현대와 그 이후』, 김경식 역, 문학동네, 1999,

이 시기는 전통과의 단절이 극에 달한 시기이며 자연의 상실과 인간성의 말살이 문화적 '아포리아'[13]와 '혼돈'을 형성하던 시기였다. 이러지도 저러지도 못하는 상황 속에서 현대인들은 정체성을 잃어버리거나 자기만의 대응 양식을 모색해나갔다. 한편 정치혁명, 즉 4·19, 유신, 광주 등 역사적 과업의 주도 아래 모순된 사회구조와 인간의 자기 소외라는 문제가 등장해 계층 간의 첨예한 대립이 최고조에 달했던 이때, 역설적으로 새로운 예술이 가능할 수 있는 영역이 확대되기도 했다. 이런 현상을 반영이라도 하듯 김남주의 삶과 시는 투쟁성을 전면에 내세우며 등장하였고 신대철은 자기만의 고독한 투쟁방식으로 문명이라는 적에 맞서는 방법을 선택했다.

① 
　그대는 타오르는 불길에 
　영혼을 던져 보았는가 
　그대는 바다의 심연에 
　육신을 던져 보았는가 
　죽음의 불길 속에서

---

374쪽 참조.

13　아포리즘의 단면적 형식은 일종의 혁명적 특징을 논하는 데 유효하다. 슐레겔에 의하면 기괴하고도 '일그러진' '흥미로운 것' 등의 혁명성을 가리키기도 한다. 이를 통해 모든 인간, 또는 생산물들은 무한히 새롭게 변화하는 과정에 내맡겨진다. 아포리즘(혼돈) 형식의 자기성찰은 혁명적 사건의 연쇄 고리로 신비스럽고 독창적인 어법을 통해 무한한 것의 조망을 표현한다. F, Schlegel, "Athenaum-Fragmente"(아테네움 단장), *Kritische Schriften*, p.83 ; Bohrer, Karl Heinz, 『절대적 현존』, 최문규 역, 문학동네, 1995, 23쪽 참조할 것.

영혼은 어떻게 꽃을 태우는가
파도의 심연에서
육신은 어떻게 피를 흘리는가

…(중략)…

파도의 침묵 불의 노래
영혼과 육신은 어떻게 만나
꽃과 함께 피와 함께 합창하던가
숯덩이처럼 검게 타버리고
잿더미와 함께 사라지던가

…(중략)…

그대는
難破船의 침몰을 보았는가
昇天하는 불기둥을 보았는가
沈沒과 불기둥은 무엇을 닮고 있던가
　　　　　　　　　　　　　— 김남주, 「잿더미」 부분

② 

불쑥 산속이 펼쳐진다.
얼마 전 난파선에서 실종된
친구가 돌아와 마른 잎을 긁고 있다.
산 끝에서 기다리는 바다를 끌어와
우리에게 바다냄새를 보여준다.
바다로 가자, 산사람은 산사람으로 죽었다,
바다로 가자, 바다로 가자,

바다로 그가 떠난다.

　　　　　　　　　　　　　　　　　　　— 신대철, 「打」 전문

　위에서 인용한 시편들은 두 시인의 상상의 방향을 뚜렷이 보여준다. ①에서 '불'은 시 전체를 아우르고 있는 이미지이다. 이 시에서 불은 수직적으로 활활 타오르는 강력한 불로 모든 것을 삼켜버릴 수 있는 방화력을 갖고 있다.[14] "타오르는 불길에 영혼을 던지고 바다의 심연에 육신을 던"진다는 말에서 보이듯 시인의 전신 감각 속에는 뜨거움이 지나치게 내장되어 있음이 확연히 드러난다. 시인의 결연한 다짐으로 보이는 죽음에의 투신과 각오는 다가올 고통과 시련을 예고하는 듯 화염의 불길이 시 전편 곳곳에 드러나고 있다. 이때 '불'의 수직적 상승은 추락, 어둠 앞에 있는 인간 고뇌의 실존적 표현이라는 바슐라르의 지적을 상기하게 한다. 불은 추락하는 방향으로 급격하게 위치가 변화된 일련의 주된 반사작용이라는 의미를 갖는다. 즉 상승은 추락의 체험 옆에 위치한다는 것이다.[15]

　그리하여 상승의 원형은 부정적인 가치를 부여받은 상징, 도피의 운명과 죽음에 대한 승리의 상징체계를 드러내게 된다.[16] '영혼'과 '육신'의 간격은 바로 '추락'의 현실과 승리에의 '기대'라는 미래를 지시할 수 있는데 화자는 바다의 가장 깊은 곳으로의 추락으로 말미암아 가장 높은 곳으로의 도약을 추진할 수 있으리라는 의식을 내비치고 있다. 추락은

---

14　남진우, 앞의 글, 앞의 책, 291쪽 참조.
15　Durand, Gillbert, 앞의 책, 162쪽 참조.
16　위의 책, 161쪽 참조.

파도의 심연과 위험 속에서 시간의 어두운 얼굴을 통과할 수밖에 없지만 그것은 그만큼 강렬한 빛 이미지에 구마 가능성을 부과해준다. 육신은 피를 흘리면서도 노래를 부른다. 이것은 하나의 투쟁이다. 모든 육신적인 것과 모든 정신적인 것의 대결이다. 상상력은 의식을 하나의 결투장으로 끌어낸다. 이때 부정적인 것과 어둠의 요소들은 과장법의 움직임 안에서 영향을 받게 되고 반대편에서 의식은 그만큼 선명한 순수성 안에 자리잡게 된다.

불-영혼-꽃/심연-육신, 피-숯덩이-잿더미 등, 상승과 하강의 대조, 그리고 분리의 구도는 어둠이나 동물적인 것, 육욕적인 것의 정확한 반대편에 자리잡고 있다. 이 같은 대조는 정신을 빛과 높은 곳으로 인도하려는 영웅적 정신의 표현과 결부된다. 죽음의식은 핏덩이에서 숯덩이로 잿더미로 점층되어가면서 추락을 최후까지 밀고 나가는데 이는 상상 속에서 영혼의 승천을 예고하는 영웅의식의 소산이라 할 수 있다. 2연에 등장하는 "새벽" "승천하는 불기둥" "꽃" "태양"은 상승의 상징들 중에서도 특히 빛 이미지의 선명함과 수직성을 잘 드러내준다. 마찬가지로 "폐허" "황혼" "피" "침몰" "죽음" "사라지는 달" 등은 지하의 이미지로서 시인이 처한 현실의 어둠, 존재의 위기를 대변하는데 이때 어둠은 혼란과 연결되지 않으며 자세 반사를 구성하는 몸짓, 즉 솟구침의 전조현상인 추락과 연결된다.[17]

---

17 질베르 뒤랑은 수직화의 구도들에 힘입어 상승에서 비상에 이르는 수직성의 표현을 다음과 같은 이미지들이 대표하고 있음을 설명하고 있다. 즉 힘겨운 언덕길, 절정, 계단, 사다리, 날개, 태양, 금빛, 흰빛, 산, 높은 제단, 첨탑, 화살, 번개, 칼, 섬광, 명징, 머리, 이마, 눈, 하늘, 별, 뿔, 불, 순수성, 남근, 무기, 정화의

"죽어버린 별–죽으러 가는 별–죽음을 기다리는 별"에서 보여지듯 점점 더 적극적으로 죽음에 투신하려는 의지는 마지막 행의 "별과 달의 부활"을 이미 선취해버린 '자기 확신'의 표징으로 보인다. 이처럼 상승은 분리와 추락, 그리고 높은 곳으로의 도약, 빛 같은 이미지들이 뚜렷한 자세 반사의 몸짓을 취하고 있다. 그리하여 우발적인 상황으로 인해 몸의 균형이 무너질 때 곧바로 자세를 바로잡는 인간에게 시각적인 전망에서 수직의 구도가 알맞다는 것을 알게 해준다.

반면 ②에서는 확연히 하강의 이미지가 내재돼 있음이 드러난다. 화자가 처한 곳은 '산속'이다. 산속에서 다시 산속이 펼쳐지는 형식이다. 그곳엔 얼마 전 "난파선"에서 실종된 친구가 돌아와 있다. ②의 "난파선"은 ①의 "난파선"과 좀 다른 의미를 지닌다. ①의 난파선이 침몰된 자아를 가리켰다면 ②는 자아를 침몰시킨 타자로서의 역할을 담당한다. 산속은 이미 되돌아와 있는 화자와 뒤늦게 되돌아온 친구가 함께 존재하는 곳이다. 즉 산속은 되돌아온 사람들의 안식처인 것이다. 난파선에 침몰당한 지친 사람들이 되돌아와 다시 삶을 펼치고자 하는 곳이다. 그렇다면 산속은 도피의 장소이자 부활의 장소가 될 것이다. 그곳에서 사람들은 마른 잎을 긁고 있다. 마른 잎을 긁는 행위는 소생을 위한 현실적인 일과는 동떨어진 행위이다. 이들은 아무런 소득이 없는 무익한 일을 반복하며 시간을 보내고 있는 것이다.

②에서의 인물들은 ①처럼 빛의 탄생을 위해 어둠을 몰아내겠다든가, 결투를 벌여보겠다든가 하는 뚜렷한 목적을 가지고 있지 않다. 하

한국 현대시의 두 국면

---

도구(물, 집, 공기),투명성 등이다. 위의 책, 185쪽 참조.

물며 그 끝은 '빛'이 아니라 '심연'이다. 산속에서 기다리는 것은 "바다"이며 이 휴식이 끝나면 가야 하는 곳이기 때문이다. "바다로 가자! 바다로 가자!"라는 발화 속에는 스스로를 심연과 죽음 쪽으로 몰아가고자 하는 강한 소망이 담겨 있음을 어렵지 않게 읽어낼 수 있다. 그렇다면 화자가 취하는 휴식은 죽음으로 향하는 도정에 있는 행위에 다름 아닌 것이다.

여기서 친구는 실제로 존재하는 사람일 수도 있지만 자기 안에 있는 또 하나의 타자일 수도 있다. 그 타자는 죽음의 냄새를 끌어와 죽음 쪽으로 화자를 인도한다. 역시 "산사람은 산사람으로 죽었다"는 말은 이중적 의미를 내포하는 듯 보인다. "산"은 상승의 상징으로 삶으로 향하는 매개가 될 수 있지만 "산사람은 죽었다!"는 경고에서 보이듯 삶의 에너지보다는 죽음 충동에 더 침윤되어 있는 듯 보인다. 화자는 휴식을 통하여 삶 쪽으로 에너지를 충전받고자 하나 그 의지는 매우 미약하게 드러난다. 오히려 살아 있는 사람으로 살 수 없다는 뜻의 죽음 이미지와 문명 안에서 질서화되고 훈육된 정상적인 사람으로 살 수 없다는 절망과 자포자기에서 스스로 자유롭지 못한 모습을 내비치는 것이다. 진정한 삶을 영위할 수 없는 사람이라는 뜻의 죽음 이미지는 시인의 흰빛에 대한 편애와 물에 경도된 화법을 통해서 자주 드러난다. 어쨌든 화자는 죽음을 선고받은 운명의 소유자로서 자기 스스로 삶을 선취할 수 없는 어떤 상태를 표현하고 있다.

바다로 떠나고 있는 도정인 죽음의 길은 초월성을 내포하면서도 초연하고 신성한 분위기를 자아내고 있다. 이 시에서도 상상은 산에서 바다로 퍼져나가는 수평 지향적인 의미가 강화된다. 또한 '산속'이 말해주듯 어떤 '중심으로 스며들기'라는 어법이 나타나는데 이 중심으로 향한 길은 구불구불한 미로처럼 어려운 길인 것 같기도 하고 심연처럼 불안해 보이기도 한다. 이 시는 몽상의 깊이가 점점 확대되면서 주체가 사라졌다가 부재하는 이미지의 편린을 보여주고 있다. 여기엔 상승의 상상구조에서는 잘 보이지 않는 불확실함과 막연함이 있다. 이러한 내면의 상징들은 요나 콤플렉스에서 살펴지는 보호받고 있는 내면으로 침투하기 위해 스스로 부여한 장치들로 보인다. 상승이 외부를 향한 청원이고 더욱이 육신 너머를 향한 청원이라면 하강의 축은 내부의 연약하고 부드러운 축이다. 상상에서 되돌아감은 이 시에서처럼 전신 감각적이고 내장과 관련된 귀향이다. 계속적인 귀향, 돌아감에 의해 속죄와 구원이 이루어진다.

①
　동해바다
　무한한 공간의 저 영원한 침묵
　그대로 둬라
　섭섭하거든 화가여
　꼭 하나 무엇 그려넣고 싶거든
　화가여, 저 높은 곳에
　천둥이나 하나 큼직하게 달아 놓아라
　너무 빨리도 말고 너무 늦게도 말고
　그것이 시인의 마음이나니
　　　　　　　　　　　　　— 김남주, 「화가에게」 전문

②
　집 밖으로 밀려나 조용히 한 떼의 사람들이 살고 있습니다.

사람들에 밀려 풀꽃들에 밀려 도달한 곳,
여기도 생명붙이가 사는 땅?

일생을 숨어 살아온 자가
숨어들어
깨끗이 꿈속을 비우거나
꿈의 위치를 바꿔놓습니다, 바다 쪽으로

오, 몸부림쳐 시원하게 몸부림을 버리는 바다.
　　　　　　　　　　　　　　— 신대철, 「망초꽃 2」 전문

　①의 시는 시인의 상승 지향 의식이 치솟는 '불길'의 몸부림에서 동해 바다의 '침묵'으로 이동해가는 것을 보여준다. 무한한 공간과 대비된 큼직한 "천둥", 저 높은 곳에 달려 있는 "천둥"은 시인의 주된 이미지인 "불길"과 통하면서 소망의 간절함과 진중함의 무게를 반영하는 이미지이다. 천둥의 속성이 떨어지는 것에 있는 것을 고려할 때 높은 곳에 큼직하게 달려 있는 천둥은 언제든지 떨어질 준비가 되어 있는 상태를 나타내 준다. 이 천둥은 비와 폭풍을 내장한 것으로 세계를 초토화시킬 수 있는 힘을 가지고 있다. 불길의 소음과 현란함에 비추어본다면 무한한 공간의 고요 속에 달려 있는 천둥은 침묵과 결부하면서 더욱 확고한 결의와 의식의 견고함을 내비치는 것이다. '불/유동성, 천둥/부동성'으로 엇갈리며 나타나는 시인의 상승 지향 의식은 너무 빠르지도 않고 너무 느리지도 않은 균형감 속에서 욕망을 실현하고자 하는 매개체가 된다.
　②의 공간은 무한한 동해바다와 큼직한 천둥의 확고한 존재감이 상실된 곳이다. "집 밖으로 밀려나–사람들에 밀려–풀꽃들에 밀려"에서

보여지듯 반복되는 밀려남의 이미지는 2연의 "숨어들어—숨어"와 연결되면서 '들어감'과 '뒤섞임'의 속성을 드러내준다. 숨어들어감의 이미지는 수동적인 귀향을 의미하고 시인의 하향의식과 신비적 구조의 특징인 축소화의 일면을 뚜렷이 보여준다. 또 "여기가 생명붙이가 사는 땅?"에서 보여지는 반어적 물음표는 생명붙이가 살 수 없는 요소를 지닌 곳에 화자가 위치해 있다는 의미를 드러내준다. 화자가 처해 있는 사람이 살 수 없는 곳은 시인의 시에 자주 등장하는 '짐승을 길들이는 곳'을 연상케 하며 그가 그토록 알고자 했던 '산'의 어느 언저리를 떠오르게 한다. 화자는 자신을 망초꽃과 동일시하며 망초꽃이 사는 메마르고 인적이 없는 공간에 자신이 내던져져 있음을 이렇게 표현하는 것이다. 즉 버려진 존재로서 죽음의 공간에 내맡겨진 모습의 편린인 것이다.

시인의 수동적 퇴행은 2연의 3행에서 능동적으로 뒤바뀌는 모습을 보여준다. 그것은 꿈속을 비우거나 꿈의 위치를 바꾸는 것이다. 깨끗이 꿈속을 비우는 행위는 스스로 정화되는 차원을 보여주고 위치를 바꾸는 행위는 지금까지의 습관적 태도를 전환시키겠다는 의지의 표현이다. "바다 쪽으로"에서 보여지듯 시인이 자주 의식하는 '바다'는 여기서 죽음이 아니라 삶이다. 수평적으로 확산되어 나아가는 바다의 속성은 사람이 살 수 없는 과거의 공간에서 현실의 공간으로 이동해가는 매개체로서 생명력의 상징이 된다. 마지막 연에서 "오! 몸부림쳐 시원하게 몸부림치는 바다"는 생명력의 절정을 드러내는 데 충분한 역할을 담당해준다. 이렇듯 시인의 시는 반복적으로 과거에서 현실로, 침잠에서 확산으로 이미지가 변주되면서 화해와 합일을 모색해나가고자 하는 것이다.

위에서 살펴본 대로 두 시인의 상상의 축은 하나는 수직적 상승으로 뚜렷하게 뻗어 있고 하나는 수평적 하강[18]으로 스며들거나 퍼져나가는 형태를 취하고 있다. 좌표 평면상으로 이들의 상상세계를 나타내보면 김남주의 시는 X축을 기준으로 하여 수직 방향으로 오른쪽 위에, 신대철의 시는 X축을 기준으로 하여 왼쪽으로 낮은 기울기의 아래쪽에 분포되어 있음을 알 수 있다. 특이한 것은 이 좌표가 평면 위에 그려진 것이 아니라 '구'라는 입체적 구도로 그려진다는 것이다. 그리하여 시간의 흐름에 따라 움직이면서 좌표는 '구' 안에서 서로 일치하게 되는데 그 지점은 바로 두 시인의 지향점이 만나게 되는 것을 상정한다. 하딩은 그노시스주의자들을 인용하면서 "상승이든 하강이든 결과는 마찬가지다"[19]라고 설명하고 있다. 왜냐하면 이러한 가치전도의 개념은 하강 역시 절대에 도달하는 길이라는 신비주의 독트린과 연결되는 것이며 역

---

18 질베르 뒤랑에 의하면 하강의 상상력은 특히 요나 콤플렉스에 영감을 준다. 요나는 우선 삼킴의 완곡화이고 이어서 삼키는 행위의 상징적 내용의 반어법이다. 하강은 태양이 내려가는 곳이며 동시에 태양이 삼켜지는 곳이다. 또 동사의 능동과 수동의 이중적 이미를 거느린다. 능동과 수동이 융합되어 있다는 것은 어떤 행동을 표현할 때 어떤 주체에 부여된 행동보다는 동사의 의미 자체가 더 중요하다. 수동태와 능동태가 문법적으로 분화되어 있다는 것은 부정을 문법적으로 통합한 것이다. 하강의 상상력에서는 이렇게 중복에 의해 전복된 의식 내에서 그 자체 중복이 될 준비가 되어 있는 이미지들이 선호의 대상이 된다. 하강 이미지의 예로는 동굴, 심연, 바다, 용기, 물고기, 배, 조개껍데기, 축소된 것, 모자, 혼합된 색, 자궁, 물, 완곡한 것, 변장, 비밀의 사다리, 사랑의 결합, 샘, 꽃, 흩어져 있는 것, 녹는 것, 회귀하는 것의 은유적 이미지들이 자주 드러난다. 위의 책, 367쪽 참조.

19 Harding, *Les Mysteres de la femme*, Paris: Payot, 1953, p.165 ; 위의 책, 301쪽 참조.

설적이게도 시간을 거스르기 위해 내려가고 출생 이전의 평온을 되찾기 위해 내려가는 것이라는 것이다. 이렇게 볼 때 동굴을 의미하는 산속을 배경으로 수평선을 향해 완만한 상승곡선으로 퍼져나가는 신대철의 상상구조와 뚜렷한 수직구도로 치솟는 김남주 의식의 상승구조는 서로 반대편에 위치에 있으면서도 잃어버린 낙원을 되찾겠다는 모험이라는 면에서 상응하는 일면을 보여주는 것이다.


## 3. 이미지 변용 구조 : 불에서 빛으로, 물에서 빛으로

앞 절에서 두 시인의 상상운동은 시간적/공간적으로 서로 역방향을 취하고 있으며 공간적으로는 입체적인 '구'의 공간 안에서 하나는 수직으로 하나는 수평으로 향하고 있음을 밝혀보았다. 김남주의 시는 수직의 높은 방향으로 치솟았다가 서서히 아래쪽으로 기울어져가는 면이 있고 신대철의 시는 하강의 수평축에 잠겨 있으면서도 상승의 기미를 보이면서 위쪽을 향해 기울기를 형성하고 있었다. 이 '구'의 운동은 시간의 흐름에 따라 서로 일치하는 지점을 발견하게 되는데 시인의 개별 시들에 나타나는 이미지의 현상은 그 궤적을 뚜렷이 보여준다. 이 장에서는 두 시인의 시세계를 점유하고 있는 두 개의 이미지, 즉 불과 빛, 물과 빛 이미지가 갖는 상상적 운동을 두 시인의 의식의 변화에 대비시켜 분석하여볼 것이다.

바슐라르의 지적처럼 "인간은 편애하는 하나의 이미지 하나의 원초적 감정에 근원적으로 지배당하"고 있는 듯하다. 그리하여 한 인간의 믿음, 정열, 이상, 사고의 심층적인 세계를 파악하고자 한다면 그 것을 지배하는 물질의 속성을 파악하는 것이 가장 중요할 것이다. 어 떻게 때로 아주 특이한 이미지가 정신 전체의 응축된 것으로 나타 날 수 있는가? 라는 물음에 대해 시는 정신과 달리 '혼의 현상학(soul Phenomenology)'[20]이기 때문이라고 단언할 수 있겠다. 혼은 하나의 시 적 이미지에서 끌어내지는데 이미지가 전달되는 것은 독자의 혼의 깊 이에 불러일으키는 울림을 통해서이다.

김남주 시인의 시에서 불은 이러한 움직임의 현상을 가장 강렬하게 내포하고 있다. 불의 존재는 강렬함의 존재이다. 불의 시간 경험은 심 리적으로 솟구치거나 흐르고 넘실거리거나 하는 삶 속에 있다. 불의 삶 은 수직적이며 수평적 평온과는 거리가 멀다. 물론 불이 사그라질 때 획득되는 온기는 수평과 관계하지만 이때의 불은 온기, 즉 빛으로 화한 것이다. 그래서 불은 양가성을 띠게 되는데 바로 '아니무스(animus)/아 니마(anima)'의 변증법에 의해서이다.[21] 이 불의 양가성은 '난폭함/위안'

---

20  Bachlard, Gaston, 『순간의 미학』, 이가림 역, 영언, 1993과 Bachlard, Gaston, 『몽상 의 시학』, 김웅권 역, 동문선, 2007 참조.

21  융에 의하면 아니마(anima)는 심혼을 일컬으며 매우 경이로운 것, 불멸의 것을 나타낸다. 아니마는 자연 그대로의 원형이며 원시적인 정신이다. 사람이 그걸 만들 수는 없으며 선험적인 기분, 선험적인 충동이다. 아니마가 접촉하는 것은 신성한 힘을 얻는다. 또 모성 원형으로서 그것은 여성적인 것의 마술적 권위, 상 식적 이해를 초월하는 지혜와 정신적 숭고함을 제공한다. 아니무스(animus)는 여성의 무의식 속에 전승된 남성적 요소로 4단계의 발전적 요소를 갖는다. 첫째 는 육체적인 영웅이며 둘째는 낭만적인 남성, 셋째는 행동적인 남성으로 전쟁 영웅의 이미지다. 넷째는 종교적 체험의 중개자로 영적 진리로 이끌어가는 지 혜로운 안내자의 이미지 단계이다. C.G. Jung, 『원형과 무의식』, 융저작번역위

의 이미지, '분노/사랑'의 이미지로 각각 드러난다. 그의 시에서 불의 양가성은 초기에는 강력한 방화력을 가진 난폭한 불 이미지가 후기 시로 갈수록 또는 여성, 아이와 관계를 맺으며 위안의 이미지로 나타난다. 이때 불은 내면적으로 풍요로워지면서 '빛' '별' 등과 결부되는 것을 흔히 발견하게 되는 것이다.

①
　(신으로부터 불을 훔쳐 인류에게 선사했던 프로메테우스가 인류의 자랑이라면
　　부자들로부터 재산을 훔쳐 민중에게 선사하려고 했던 나도 나의 자랑이다)

　　나는 듣고 있다 감옥에서
　　옹기종기 참새들 모여 입방아 찧는 소리를
　　들쑥날쑥 쥐새끼들 귀신 씻나락 까먹는 소리를
　　왜 그런 짓을 했을까, 왜 그렇게 일을 했을까
　　좀 더 잘할 수도 있었을 텐데,

　　프로메테우스가 불을 달라 제우스에게 무릎을 꿇고 구걸했던가
　　바스티유 감옥은 어떻게 열렸으며
　　센트 피터폴 요새는 누구에 의해서 접수되었는가
　　그리고 쿠바 민중의 몬까타 습격은 웃음거리로 끝났던가
　　그리고 프로메테우스의 고통은 고통으로 끝났던가

원회 역, 솔, 2006. 135~207쪽 참조.

혁명은 전쟁이고
피를 흘림으로써만이 해결되는 것
나는 부르겠다 나의 노래를
죽어 가는 내 손아귀에서 칼자루가 빠져나가는 그 순간까지

나는 해방 전사
내가 아는 것 다만
용감해야 한다는 것
투쟁 속에서 승리와 패배 속에서
자유의 맛 빵의 맛을 보고 싶다는 것
　　　　　　　　　— 김남주, 「나 자신을 노래한다」 부분

② 

봄이면 장다리 밭에
흰나비 노랑나비 하늘하늘 날고
가을이면 섬돌에
귀뚜라미 우는 곳
어머니 나는 찾아갈 수 있어요
눈을 감고도 찾아갈 수 있어요 우리집

그래요 어머니
귀가 밝아 늘상
사립문 미는 소리에도 가슴이 철렁 내려앉고
목소리를 듣고서야 자식인 줄 알고
문을 열어주시고는 했던 어머니
사슬만 풀리면 이 몸에서 풀리기만 하면
한달음에 당도할 수 있어요 우리집

장성 갈재를 넘어 영산강을 건너고

구름도 쉬어 넘는다는 영암이라 월출산 천왕 제일봉도
나비처럼 훨훨 날아갈 수 있어요
조그만 들창으로 온 하늘이 다 내다뵈는 우리집
　　　　　　　　　— 김남주, 「봄날 철창에 기대어」 전문

　먼저 ①의 시를 보면 화자의 의지를 내비치는 구절이 앞부분에 별도
로 제시되어 있다. 그만큼 화자는 이 구절을 통해 자신의 심정을 확고
히 드러내고자 하는 것 같다. 그것은 바로 '신으로부터 불을 훔쳐 인간
에게 선사'하고자 했던 프로메테우스의 정신을 본받고자 하는 화자의
의지이다. 프로메테우스는 신화 속에서 제우스의 만류에도 불구하고
인간에게 불을 선사하여 인류 도약을 일으켰다. 인간은 불을 이용하여
무기를 만들어 동물을 정복할 수 있었고 토지를 경작하여 부를 축적할
수 있었다. 몰래 불을 훔친 죄로 제우스의 미움을 산 프로메테우스는
바위에 쇠사슬로 묶여 독수리에게 간을 쪼아 먹히며 고통을 당했다. 그
는 신이었기에 죽지 않고 끊임없는 형벌 속에 살아갔다. 프로메테우스
가 인간을 위해 한 일, 즉 불을 훔친 것은 제우스의 권위에 대한 반항이
었다.[22]

　그리하여 그는 부당한 수난에 대한 영웅적인 인내의 상징이며 압제
에 저항하는 의지의 상징인 것이다. 화자가 맨 앞줄에 이와 같은 신화
적인 맥락을 통하여 자신의 심정을 토로한 것은 자신도 그와 같은 사람
이 되겠다는 강조된 의지의 표명이자 방법론적으로 이 세상의 악과 싸
우겠다는 투쟁 의지의 결단을 드러낸 것이다. 지배구조에 맞선 프로메

22　Apollodoros, 『그리스 신화』, 천병희 역, 숲, 2004 참조.

테우스의 죄가 인류에게는 '은총'이었듯이 화자는 자신의 죄, 즉 합법적이지 않은 행동을 하는 것 등은 부끄러움이 아니며 오히려 자랑이 될 것이라고 확신하는 것이다. 이미 지적했듯 불은 이러한 부와 권력 속에 내재된 모순된 구조에 대한 저항의 표지가 되며 죽음을 불사하면서 타오르는 무기가 되는 것이다.

1연과 2연에선 자기 확신이 없는 인간들, 엉거주춤 이러지도 저러지도 못하는 인간들의 행위가 드러난다. 화자는 그런 행위를 거침없이 질타한다. 그들이 서로 입방아를 찧으며 왜 그런 짓을 했을까, 좀 더 잘할 수는 없었을까 등 거짓 후회와 반성을 일삼는 것은 아직 불의 인간이 되지 못했기 때문이다. 불의 인간이 된다는 것은 가장 순수한 열망에 사로잡혀 있는 상태, 즉 백열의 상태로 화한 인간이 된다는 것이다.[23] 불의 인간은 거짓 죄의식과 자기기만을 참을 수 없는 것이다.

그는 불의에 저항한 인간들이 역사적으로 어떤 대접을 받았으며 어떻게 행동하였는지를 하나하나 거론하면서 진정한 불이란 어떻게 타올라야 하는지를 역설한다. 여기서 보여지는 프로메테우스 콤플렉스[24]는 바로 화자의 영웅의식의 반영이며 저항의식의 반영이다. 이토록 활활 타오르는 수직의 순수성 앞에서는 그 어떤 감상적인 부드러움도 패배주의도 끼어들 여지가 없다. 5연~8연에 연이어 등장하는 분리와 뜨거움을 상징하는 어휘, 투쟁, 혁명, 피, 죽음, 칼자루, 전투, 나팔 소리,

---

23  남진우, 앞의 글, 앞의 책, 285쪽 참조.
24  Bachlard, Gaston, 『순간의 미학』, 163쪽과 Bachlard, Gaston, 『불의 정신 분석』, 김병욱 역, 이학사, 2007 참조.

굶주림, 추위, 적, 해방 전사, 승리와 패배, 자유와 빵 등을 보더라도 화자의 부정의식이 얼마나 강렬한가를 알 수 있다. 그리고 이 부정의식은 그만큼 강렬한 분노를 내장한 이분법의 구도를 산출해낸다. 이때 시인의 의식은 잠시도 휴식을 모르고 타오르는 불길, 불기둥과 같다. 이 불기둥은 죽지 않고서는 잦아들지 못하는 긴장 속에 있기 때문에 육체와 영혼은 깊은 피로와 상처에 연루될 수가 있다.

한편 불의 양가성은 아니무스의 영향을 받아 난폭해졌다가도 아니마의 영향 아래 있으면 부드러운 위안과 사랑의 이미지로 변화되기도 하는데 김남주의 시에서 이 특징 또한 확연히 드러난다. 그는 '어머니'와 '여인' '고향' '형제'들과의 사랑에 깊이 침윤되어 있어 그들과 관련을 맺으면 불 이미지는 급속히 부드러워지면서 온기를 띠고 환한 '빛'을 발산해낸다. 말하자면 그의 투쟁의식도 지극한 사랑의 반대급부의 작용으로 볼 수 있는 것이다.

②를 보면 고향은 화자에게 봄이라는 생성의 계절로 다가온다. 장다리 밭이 있고 그 위로 흰나비가 날아간다. 장다리꽃의 밝은 노란빛과 흰나비의 조화를 상상해보면 그 정경의 평화와 아름다움이 저절로 느껴진다. 이때 바람은 동풍이든 서풍이든 미풍으로 불고 그 바람결을 따라 나비와 꽃은 '하늘하늘' 흔들릴 수밖에 없다. 그 다음엔 가을이 생각나는데 섬돌에 신발이 있고 귀뚜라미가 한적하게 우는 그런 계절인 것이다. 그곳에 '우리 집'–'고향'이 있고 '어머니'가 있다. 그 집을 화자는 눈을 감고도 찾아갈 수 있다. 장성 갈재를 넘고 영산강을 건너고 구름도 쉬어 가는 깊고 험한 능선을 가진 월출산 제일봉도 나비처럼 가볍게 훨훨 날아 한달음에 당도할 수 있는 집은 화자에게 최고의 존재로 다가

온다.

여기서 더 엿볼 수 있는 것은 이미지의 운동감각이다. 이미지들은 부드럽지만 유연하고 빠르다. 이것은 또한 화자가 가진 의식의 한 면이기도 한데 그 의식은 이 집의 조그만 창을 통해서도 온 하늘의 전체를 바라보고 껴안을 수 있는 넉넉한 품을 가진 고향의식이다. 이렇게 불은 양가성을 통해 그의 시 전체를 아우르고 있다. 때로는 강렬하게 때로는 부드럽게 사물들의 존재 의미를 드러내면서 자신의 실재를 바라보는 것이다.

위에 인용한 두 편의 시는 불이 자신의 전심전력을 다하여 타오르는 모습과 불이 아니마의 영향 아래서 부드러워지면서 빛의 색조를 띠는 양상을 각각 드러낸다. 이러한 양상은 이 두 편의 시뿐만 아니라 김남주 시인의 시 전편에 특징적으로 나타나는 면모를 보여주는데 이는 시인 의식의 '사랑/분노'라는 분열 형태적 구조와 결부되는 것이다.

반면 신대철 시인의 주된 이미지인 '산'과 '바다'는 그의 퇴행적 시간의식과 수평적 공간의식에 각각 결부된다. 이미지들은 '요나' '죽음 충동'과 관련을 맺으며 삼킴과 내면성의 구도로 기울기를 형성하도록 한다. 그러나 신비주의에서는 삼킴과 내면성의 구도뿐만 아니라 부활, 소생의 순환적 구도, 나무의 상징체계와도 연결되는 면을 보여준다.[25] 이는 그의 상상공간이 수평축의 낮은 왼쪽 위에 자리하고 있는 것과 관련이 있다. 그의 시에서 하강적 이미지를 대표하는 '물' 이미지는 세상과 존재들을 잉태하고 있는 자궁을 의미하고 그 심연의 바닥은 모든 것을

---

25  Durand, Gillbert, 앞의 책, 395쪽 참조.

삼켜버리는 죽음을 가리키지만 정화수의 맑은 물이 가리키듯 모든 생명의 재생을 담보하는 이중화된 물질이다. 물의 이중성은 '우리는 자신의 내면을 통해 외면을 바라보아야 하고 인간의 저 깊은 곳에는 어두우면서 깊은 거울이 있는데 그곳에서 어두운 밝음'과 마주하게 한다.[26] 이 이중화의 특징은 삶과 죽음, 현실계와 상상계, 과거와 미래, 소통 가능한 것과 불가능한 것, 높은 것과 낮은 것이 모순으로 인지되는 것을 그치게 하고 낮−상승의 가치를 뒤집어 '겹'과 '중복'의 상징들을 복권시키려고 한다.

신대철의 시에서 이미지는 '어두운 밝음'이 내포하는 수평적 파문이 확산 형태로 특징을 이루고 있다. 이것은 그의 상상공간이 산이라는 '동굴 이미지'와 물이라는 '재생 이미지'가 '죽음/삶'을 동시에 껴안고 있는 것과 연관된다. 이와 같은 신비적 차원에서 이미지의 현상은 초기 시에서부터 근작 시에 이르기까지 한 편의 시에서도 서로 교차하면서 드러난다.

① 
죽은 사람이 살다간 南向을 묻기 위해
사람들은 앞산에 모여 있습니다

죽은 사람은 죽은 사람, 소년들은 잎 피는 소리에 취해 산 아래로 천개의 시냇물을 띄웁니다. 아롱아롱 산울림에 실리어 떠가는 물빛, 흰나비를 잡으러 간 소년은 흰나비로 날아와 앉고 저 아래

---

26  위의 책, 311쪽 참조.

저 아래 개나리꽃을 피우며 활짝 핀 누가 사는지?

조금씩 햇살은 물살에 깎이어 갑니다. 우리 살아 있는 자리도 깎이어 물밑바닥에 밀리는 흰 모래알로 부서집니다 죽은 사람은 죽은 사람, 흰 모래 사이 피라미는 거슬러 오르고 죽은 사람은 죽은 사람, 그대를 위해 사람들은 앞산 양지쪽에 모여 있습니다.

— 신대철, 「흰나비를 잡으러 간 소년은
흰나비로 날아와 앉고」 전문

②
박꽃이 하얗게 필 동안
밤은 세 걸음 이상 물러나지 않는다.

벌떼 같은 사람들 잠들고
침을 감춘 채
뜬소문도 잠들고
담비들은 제 집으로 돌아와 있다.

박꽃이 핀다

물소리가 물소리로 들린다

— 신대철, 「박꽃」 전문

① 은 물 이미지가 죽음의 하강으로부터 삶의 상승으로 이어지는 순환의 상징으로 나타난다. 시간의 흐름에 따른 이 순환구조는 존재의 덧없음을 인식하는 허무주의와 상동하는 면이 있다. 하지만 이것은 생명의 순환을 하나의 유희로 바라보는 종교에서의 전례의식처럼 신성성

과 원초성이 내포된 '허무' 또는 '덧없음'으로 읽혀진다. 죽음과 삶은 원래 분리된 것이 아니며 자연 속에서 상생하고 병존하는 것이다. 신대철의 많은 시에서 배경으로 위치하고 있는 '산'은 이러한 존재들이 잉태되고 태어나고 성장하며 다시 자연으로 돌아가는 순환의 원초성을 상징하는 매개체이다. 바로 어머니의 뱃속과 같은 역할을 담당한다는 것이다. 그리하여 산은 성스러우면서도 따뜻하고 무서우면서도 아늑한 존재이다. 이미지들은 산속에서 구애받지 않고 자기의 할 일을 한다. 화자는 죽은 사람을 묻기 위해 남향의 무덤 앞에 모인 사람들을 바라보고 있다. "죽은 사람은 죽은 사람"이라는 구절에서 보이듯 사람들은 죽음을 슬퍼하지 않는 것처럼 보인다. 이승과 저승은 분리되어 있지 않고 만남과 떠남은 자연의 일부처럼 사람들에게 받아들여지는 것이다. 그것은 장례가 하나의 종교의식처럼 신성한 것으로 탈바꿈하게 되는 이유이다.

화자는 "죽은 사람이 살다간 남향을 묻는"다고 표현하고 있다. 무덤을 남향 쪽으로 내는 이유는 흔히 '무덤-집'이 통풍이 잘 되고 빛을 잘 받아 에너지의 순환이 잘 되어 평안하기를 바라는 산자들의 소망의 표현이다. 이것은 풍수지리의 영향을 받은 사유의 소산이자 자연과 인간, 삶과 죽음이 다르지 않다는 순환론적 사고에서 비롯된 것이다.[27] 이처

한국 현대시의 두 국면

27  풍수란 곧 풍수지리를 뜻하며 이는 자연지리현상을 산세, 지세, 수세 등을 인간 생활에 편리하게 이용함으로써 행복을 추구하려 한다. 풍수지리사상은 크게 陽宅風水와 陰宅風水로 분류된다. 양택풍수는 생기가 많이 모이는 곳 중에서도 주로 외기를 중심으로 바람을 피하면서 햇빛이 잘들고 물을 얻을 수 있는 곳인 길지를 찾아 주거함으로써 사람이 직접 생기를 받을 수 있도록 하는 것이고 음택풍수는 생기가 많이 모이는 곳인 혈을 찾아 그곳에 조상의 유해를 안장시킴으로서 조상의 유골로 하여금 생기를 흡수하게 하여 간접적으로 후손이 그 영

럼 남향은 긍정적인 의미를 가지며 삶/죽음의 어두운 밝은 면이 그대로 남향의 무덤으로 이동하는 것으로 인식한다는 표현이다. 화자는 삶과 죽음을 따로 분리하는 것이 아니라 하나의 존재로 느끼기 때문에 그 장례의 풍경은 슬프거나 애통하지 않고 담담하게 다가오는 것이다. 또한 화자는 죽음에 침윤되어 있으면서도 남향의 삶을 그대로 이동시키는 것과 같이 죽음 또한 그 빛을 유지할 것이라고 믿는다. 또한 죽음 속에서 삶이 다시 생동하면서 산속으로부터 천개의 시냇물이 퍼져나감을 인식하는 것이다.

시인의 상상 속에서 수평적 확산이라는 테마가 확연히 드러나는 것도 여기에서이다. 산이 띄워 보낸 천 개의 시냇물을 따라 천 개의 물빛이 떠가고 햇살은 물살에 깎이어 간다. 이미지는 물과 빛을 혼합하면서 이중적으로 하강과 상승이 교차하는 면을 보인다. 이 교차는 서로 분리가 아니며 혼합이기 때문에 어떤 경계를 무화시키는 힘을 지닌다. 여기에서 삶과 죽음, 현실계 또는 상상계 등의 모순이 경계를 잃고 하나가 된다. 그러니 '흰나비'를 잡으러 간 소년이 의미하는 것도 죽음이건, 삶이건 상관없이 순환 속에서 '흰나비'로 돌아와 있는 것이다.[28] 물론 이 문장 속에서의 의미는 죽음에 가까운 것처럼 보이지만 화자에게 죽음과 삶은 별로 다를 바가 없는 것이기 때문이다. 이 죽음의 의례와 상관없이 우리 삶의 자리는 계속 깎이고 물밑의 '흰 모래알'처럼 이리 밀리

---

향을 받는 것이다. 공주대학교 정신과학 연구소편저, 공주대학교 대학원 역리학과 감수, 『풍수지리 문화의 이해』, 형지사, 2007, 57쪽 참조.
28  남진우, 「태초의 시간, 극지의 상상력」, 앞의 책, 98쪽 참조.

고 저리 밀리는 세상의 복판에 버려져 있다. '흰 모래알=사람들'은 일상
적인 삶을 영위해가는 보통 사람들일 텐데 이 사람들을 거슬러 '피라미'
는 오른다. 거슬러 오르는 피라미는 삶의 다른 경험을 선택한 존재로서
흰 모래알과 대비되는 존재이다. 이 시에서 물은 내려가는 태양을 의미
하며 빛과 혼재되어 하강 이미지를 생성한다.[29] 그러나 신대철의 다른
시에서와 마찬가지로 하강은 항상 상승을 동반하는 어떤 것이다. '산'이
나 '거슬러 오르다' '빛' 같은 상승 이미지는 시인의 내밀한 상승 지향을
드러내며 물과 함께 혼재되어 나타난다.

②′에서도 마찬가지로 '흰빛'의 색깔 이미지가 주조를 이룬다. 여기
서는 오히려 "박꽃"과 "하얗게"가 반복적으로 등장함으로써 흰빛의 심
화된 정서가 획득되는데 시간적으로 밤과 연결되면서 흰빛과 검은빛의
대조를 통한 강렬함이 부각되고 있다. 오히려 "밤은 세 걸음 이상 물러
나지 않는다"에서 보여지듯 흰빛의 강렬함에 대면한 밤 이미지는 애써
자기의 존재를 유지시키려는 안간힘으로 드러난다. 이토록 강렬한 흰
빛, 침묵과 어둠으로 인해 한층 고조된 환함 속에서 "벌떼 같은 사람들
은 잠이 들고" 사물들은 자기의 자리로 돌아와 있다. 이러한 잠의 평화
속에서 박꽃은 또 핀다. 시간의 운행 속에서 실제로 박꽃의 개화는 흰
빛의 상징이 돌올하게 더욱 빛나는 때이며 존재가 자기의 모습을 고스
란히 드러내는 순간의 현현이다. 그때 물소리가 물소리로 들린다. 여기
서 박꽃의 피어남은 생명의 약동함과 결부된다. 흰빛은 죽음에 경도되
어 있지만 이 시에서 흰빛은 오히려 깨끗함과 순결함 어둠 속에서도 빛

---

29  위의 책, 99쪽 참조.

나는 것 등의 의미가 더 강하다고 할 수 있다.

이처럼 신대철의 시에는 '물'과 '빛'의 이미지가 혼재하는데 이 이중성은 하강의 상상 속에서도 완전한 심연, 어둠으로의 잠김이 아니라 빛을 방사하는 중심 운동이 있다는 것을 말해주는 것이다. 이것은 이미지들의 운동이 섞이거나 스며들어가면서도 그것이 어둠의 동굴 속에 유폐되거나 침잠하지 않고 언제나 환한 색조를 띠면서 다시 퍼져나가기를 희망하는 것에서도 드러난다. 상상력을 통해서 상기하거나 만들어지는 실재적 혹은 비실재적 모습 즉 이미지는 다원적 현실에 통일성을 부여한다. 말하자면 대립되거나 무관심하거나 서로 동떨어진 요소들을 가깝게 하고 결합시키는 것이다. 화자와 대상 간의 시적 교감은 하나의 편애된 이미지로 육화된다. 이미지는 인간을 변화시켜 상반되는 것들이 서로 융합되는 공간 즉 합일점을 탄생시킨다. 옥타비오 파스(Otavio Paz)는 이미지가 되는 것은 타자가 되는 것이라고 설명하면서 이미지와 타자가 만날 때 "태어나면서 찢겨진 인간은 자기 자신과 화해한다"[30]고 말한다.

시는 변신이며 변화이고 연금술이다. 시는 인간이 자기 자신으로부터 빠져나오는 동시에 원초적 존재로 돌아가게 만든다. 신대철 시인의 시에서 산과 물의 이미지는 언젠가 지각한 일이 있는 대상을 자신 안에서 되살려내도록 충동하는 매개체로 작동한다. 그의 시에서 흰빛은 '밤' 또는 '추위'라는 상반된 공간의 냉기와 결합되어 발산되는 면모를 보이는데 이는 그가 지각한 현실에 대한 냉정한 태도를 반영하며 본 것, 들

---

30  Paz, otavio, 『활과 리라』, 김홍근 · 김은중 역, 솔, 1998, 22쪽 참조.

은 것, 경험한 것에 대한 시인의 비전을 보여주는 것이다.

　지금까지 두 시인의 시에 나타난 시간의식과 상상적 공간의식을 살펴보고 그 차이점과 공통점에 관하여 입장을 정리해보았다. 또 시간의 흐름에 따른 의식의 변화와 그 이미지의 변화가 어떻게 이루어지고 있으며 개별 시들에서 어떻게 드러나는지 분석틀로 제시하여보았다. 두 시인의 시간의식은 각각 미래를 향한 기대의 지평과 과거로의 침잠의 구조를 보여주었다. 그러나 이 시간의식은 언제나 한 방향으로만 뻗어 있는 것이 아니라 멈춤과 서행과 되돌아감을 반복하면서 세심하게 변주되는 면을 드러내었다. 이에 따라 공간선상에서 나타나는 '수직구도/수평구도'에서도 끝없이 '위/아래'로 펼쳐지는 것이 아니라 시간의 흐름에 따른 변용 양상을 보이며 입체적으로 움직여갔다. 그리하여 두 시인의 의식의 운동 양상에 따른 수직과 수평의 구도는 역설적으로 합류하는 지점이 발생하게 되었다. 이 장에서는 이것을 두 시인의 시에 빈번하게 드러나는 이미지 분석을 통해 밝혀보았다. 그러면 다음 장에서는 두 시인의 시세계를 질베르 뒤랑의 '분열 형태적/신비적 구조'에 입각하여 조망해봄으로써 이런 관계의 구조를 구체적으로 살펴보기로 하겠다.

제3장

# 김남주 시의 분열 형태적 구조

# 김남주 시의 분열 형태적 구조

김남주 시인의 시에서 분열 형태의 구조[1]를 읽어내는 것은 어렵지 않은 일이다. 그의 시에 자주 등장하는 이미지들은 분열 형태의 특징인 분리의 상징, 대조법, 역동성, 영웅이 갖추고 있는 지배력 등과 쉽게 관련을 맺기 때문이다. 이것들은 그의 시에서 논쟁적인 주제로 드러나는데 주로 지배자에 대한 저항의 표현으로 상상된 것이다. 뒤랑은 분리의

---

1 질베르 뒤랑에 의하면 이미지의 낮의 체제는 검과 상상계의 분리적인 태도를 통해 이뤄진다. 낮의 체제는 본질적으로 논쟁적이다. 낮의 체제를 표현하는 대표적인 문채(文彩)는 대조법이다. 또 낮의 체제는 칼과 정화에 의해 초월적인 사유를 재확립하고 필연적으로 세속적인 삶과의 결별로 이른다. 낮의 체제에 속하는 이미지의 성좌는 분열 형태적인 구조를 명백히 드러낸다. 즉 합리주의, 반사적 태도, 수직 자세, 기하학적 대칭, 대조법 등의 특징이 두드러진다. 분열 형태적인 묘사에서는 "잘린, 분할된, 분리된, 둘로 나뉘어진, 파편화된, 이가 빠진, 잘게 찢긴 같은 용어들이 끊임없이 나타난다. Durand, Gillbert, 『상상계와 인류학적 구조들』, 진형준 역, 문학동네, 2007, 263~273쪽 참조.

상징을 설명하며 "수직화의 노력과 비상의 구도는 거대함과 상승에 대한 야망을 나타내기 위해 세계를 축소하는 경향이 있다"고 밝힌 바 있다.[2]

또 상승은 추락에 반하여 설명되고 빛은 어둠에 반하여 상상된다. 어둠이나 심연에 완강히 대항하는 투사의 영웅적인 얼굴은 '상승'이나 '빛-불'의 상징 아래서 나타난다. 이때 프로메테우스의 반항은 자유로운 정신의 신화적 원형이 된다.

김남주 시인의 시에서 무기, 즉 죽창, 불, 쟁기 같은 호전적 분리 수단들은 항상 정화의 의도를 수반한다. 우뚝 세우는 무기의 상징은 남성성의 상징이고 초월성의 상징이다. 초월성 역시 빛처럼 언제나 구별의 노력을 요구한다. 때문에 세계를 합리화하고 단절, 분리하려는 시인의 태도는 정화와 초월에 대한 욕망으로 볼 수 있다. 이것은 "세계의 속박을 끊고 삶의 끝없는 노예 상태를 넘어선 사람, 분별하는 인식의 날카로운 칼을 휘둘러 모든 사슬에서 해방된 사람의 초상"[3]이다. 시인의 시에서 주된 이미지인 '불' 역시 정화와 초월의 속성을 갖고 있다. 왜냐하면 정화에 대해서는 누구나 육체의 미지근함이나 정신적 혼란의 희미함과의 단절을 요구하기 때문이다. 정화하는 불은 심리적으로 불화살, 번개 같은 하늘의 불타오르는 타격과 유사하다.

이 장에서는 김남주 시인의 분열 형태적 구조를 이루는 이미지들이 '분리-정화-초월'의 주제에 근접하고 있는 것을 살펴볼 것이다. 그러

2  위의 책, 233쪽 참조

3  위의 책, 250쪽 참조.

기 위해서 먼저 추락 지점에서 시인의 고통과 절망이 확산, 발광, 솟구침의 이미지 망을 통해 어떻게 시적으로 변용되었는지 분석해보고자 한다. 이어 시인이 추구했던 이상적 세계는 과연 무엇이었으며 그런 이상적 낙원이 상실된 현재는 어떠한 모습을 띠고 있는지 살펴볼 것이다. 이를 통해 시인이 궁극적으로 도달하고자 했던 의식의 지향점과 실현의 실제상들을 구체적으로 밝혀보도록 하겠다.

## 1. 프로메테우스와 위기의 시학

김남주는 대학 재학 시절인 1969년부터 이미 3신개헌 반대운동과 교련 반대운동을 벌이는 등 범상치 않은 반항아의 기질을 가지고 있었으며 1972년 반 유신투쟁 지하신문 『함성』을 제작하고 1973년 반유신투쟁을 적극적으로 전개하기 위한 지하신문 『고발』지를 제작하면서 수배와 구속으로 점철된 삶을 살기 시작했다. 그는 이미 등단(1974년) 이전부터 '전사'라는 직업을 자기의 운명으로 받아들인 사람이었다. 그러므로 그의 삶은 '시인으로서의 김남주'보다는 '혁명전사로서의 김남주'에 더 자리매김 되었다. 그가 처한 상황은 언제나 '위기' 그 자체였다. 시인은 어떠한 상황에서도 치열하게 싸우는 동시에 치열하게 공부하고 시를 썼다. 이런 시인의 행위는 옥타비오 파스(Otavio Paz)의 "배움은 지식을 축적하는 것이 아니라 육체와 정신을 단련시키는 것이다"[4]라는 말을

---

4    옥타비오 파스는 진리는 경험이며 각자가 스스로 위험을 무릅쓰고 경험해야만

상기하게 한다.

그의 생애를 특징짓는 두 시기를 상정해보면 처음 투옥된 1973년부터 마지막으로 출감한 1988년까지를 첫 번째 시기로 규정할 수 있으며 이 시절은 전사로서의 시인 김남주를 규정한다. 이 시기는 그의 시적 관심사가 '사회적 모순' '정치적 탄압' '독재' 같은 것에 완전히 물들어 있었으며 그의 시 역시 시대적 전위에서 쓰여지고 읽혀졌다. 그만큼 그의 운명은 위태롭고 무방비의 것이었다. 죽음의 위험 속에서, 그는 정신의 단호함과 굴하지 않는 용기를 시적 주제로 선택하였고 그만큼 적에 대한 부정의식은 강렬한 것이었다. 부정의식의 강렬함만큼 '지배자/피지배자'라는 이분법의 구도는 더욱 선명하게 그의 정신을 규정하였다.

두 번째 시기는 출감 후인 1988년 이후부터 그가 1994년 타계하기까지의 기간으로서 이 시기는 소련과 동구권의 몰락이 상징하듯 혁명의 퇴조와 자본주의 사회의 정착, 그와 더불어 진행된 현대화의 물결이 건잡을 수 없을 만큼 진행되어 시인이 정체성의 혼란을 겪는 시기였다. 이 시기의 시적 주제는 주로 금전 만능주의, 도시의 타락, 인간성의 타락, 종교의 부패 등 현대문명 전반에 대한 비판으로 드러난다. 그리고 시인에게 내재된 허무주의가 점차 심화되어 자연으로의 회귀, 원초적 공간에 대한 그리움, 삶과 죽음의 문제 같은 철학적 주제에 대한 성찰

한국 현대시의 두 국면

---

한다고 말한다. 진리는 특히 개인적 경험이다. 진리의 탐구는 스스로 해나가는 것이다. 충만에 도달했는지 존재와 동일함에 도달했는지 여부는 모험을 감행한 당사자 외에는 아무도 모른다. 깨달음의 상태는 너털웃음, 미소 혹은 역설로 표현된다. Paz, Octavio, 『활과 리라』, 김은중 · 김홍근 역, 솔, 1998. 136~138쪽 참조.

이 전면화되기도 한다. 또한 전통에 대한 새로운 이해와 함께 미완으로 끝난 혁명을 포함하여 모든 주제들이 끝없는 도정 위에 있음을 인식하는 시적 편린들이 나타난다. 그가 자신의 죽음을 인식한 듯 보이는 『나와 함께 모든 노래가 사라진다면』의 시편들은 이러한 주제들의 일면을 뚜렷이 보여준다.

이 장에서는 그의 투쟁의식이 최고조로 타올랐던 초기 시들을 중심으로 그의 의식의 흐름과 이미지의 변용 양상을 분석해보고 시간적 공간적으로 어떻게 그것들이 재구성되는지 살펴보기로 하겠다. 먼저 의식의 치열한 내면을 엿볼 수 있는 초기 시 「진혼가」를 보자.

> 총구가 나의 머리숲을 헤치는 순간
> 나의 양심은 혀가 되었다
> 허공에서 헐떡거렸다 똥개가 되라면
> 기꺼이 똥개가 되어 당신의
> 똥구멍이라도 싹싹 핥아 주겠노라
> 혓바닥을 내밀었다
> 나의 싸움은 허리가 되었다 당신의
> 배꼽에서 무릎을 꿇었다 나의
> 양심 나의 싸움은 미궁이 되어
> 심연으로 떨어졌다 삽살개가 되라면
> 기꺼이 삽살개가 되어 당신의
> 손이 되어 발가락이 되어 혀가 되어
>
> ― 김남주, 「진혼가」 부분

이 시에서 고뇌의 상상적 발현은 추락 이미지로 구성된다. 도약의 욕망이 강하면 강할수록 추락은 더 급격해지고 그 반사작용으로 솟구침에 대한 희망이 표명된다. 그러나 도약을 위해서 의도적으로 추락을 준비하지는 않을 것이다. 추락은 예고되지 않은 위험으로부터 발생하는 것이다. 덧붙이자면 추락은 두려움에 대한 일종의 경험이라 할 수 있다. 화자는 무의식 속에서 정신적 퇴행을 경험하고 인간의 본능과 고독하게 대면하고 있다. 도약은 하나의 절망과 실패를 전제로 하는데 인간이 실패에 부딪치면 현실에서 추락과 충격, 처벌을 받는 것이다. 추락은 또한 완만한 하강과는 다르며 지하의 어둠 같은 것을 향한 운동력의 빠르기와 가속적으로 연결된다. 그리하여 추락은 근본적으로 고통스러운 경험을 나타내고 뒤따르는 의식의 운동은 역동성과 결부되기도 한다.[5]

그는 감옥에서 무수히 많은 고문과 회유와 모멸을 견뎌야 했다고 회고한 바 있다. 그것은 인간으로서는 도저히 참아낼 수 없는 능욕과 처참이었다고 했다. "양심이 혀가 되었다"라는 말은 지고한 정신은 없다는 말에 다름 아니다. 양심이란 정신적인 것을 본질로 하지만 고문 같은 극단적 상황에선 원초적 말초신경과 분리되지 않는 신경물질의 한 부분일 뿐이라는 각성으로 보여진다. 감각적 육신이나 양심의 도덕적이고 지적인 성분이나 다를 게 없는 물질인 것이다. 극도로 고통스러운 때의 느낌은 두려움 속에서 영혼의 고고함을 앞질러 간다. 양심이 혀가 된 것은 육체성, 물질성만이 유일한 확실성이라는 의미로 읽혀진다.

시인의 시에 자주 등장하는 육체성에 대한 배려는 물질(존재)이 본질에 앞선다는 유물론적 사상의 다른 표현이기도 하다. 정신이 배제된 육신은 이미 동물과 다를 바 없는 것이다. 위 시의 표현대로 똥개가 될 수

---

5    Durand, Gillbert, 앞의 책, 161~165쪽 참조.

도 있고 더 비천한 것이 될 수도 있는 것이다. 하나의 물질로 화해버린 육신은 무의지력의 표상이고 동물성의 표상이고 가장 천한 것의 표상이다. "똥개가 되어 당신의 똥구멍이라도 싹싹 핥아주겠노라"라는 구절에서 드러나듯 김남주 시인 특유의 정제를 거부한 과격한 표현은 절박한 위기 상황을 말해주는 하나의 예로 보여진다. 특히 극한의 고통 속에서 '혼'-'양심'은 죽었고 '혀'-'육신'만 살아남았다는 것은 정신과 육신의 대결에서 정신은 좌절당했거나 패한 형국에 처해 있다는 정직한 자기표현이다. 이 '좌절의 경험'은 존재에게 치명적인 손상을 입힌다. 바로 '미궁'과 '심연'으로의 추락이 그 손상의 깊이를 말해준다. 이 손상은 화자를 일어설 수 없는 지경에까지 밀어붙여 무릎을 꿇게 만든다. 손상된 정신은 이미 부재하기 때문에 '당신'-'싸움의 대상'에게 모든 것을 다 줄 수 있다. 허리가 되었다는 것은 이분법의 구도에서 다시 추락을 의미하고 배꼽에서 무릎을 꿇었다는 것은 완전히 패배를 인정하였다는 것을 의미한다. 그러니 삽살개나 노예처럼 당신의 손, 발, 혀, 어떤 도구라도 되어 행동할 수 있다는 것이다. 이 말은 굴욕적인 노예가 되겠다는 다짐이 아니라 강력하게 그 반대라는 역설을 내포한다.

이 시는 제목에서 보여지듯 죽은 혼을 위로하는 '진혼가'이다. 그는 두 눈을 동그랗게 뜨고 자신의 혼이 사라져 가는 광경을 목도한 것인데 그의 정신은 그러므로 죽었지만 죽지 않았다. 그는 단 한 번 죽음을 통하여 물질인 육신의 확실성을 깨달았고 바닥을 모르는 미궁 속에서 이제는 도약만이 남아 있다는 뚜렷한 진실을 깨달았다. 이 추락의 구도는 처벌의 형태로서 죽음과 관련된 주제이다.

참기로 했다
어설픈 나의 양심과 나의
미지근한 싸움은 참기로 했다
양심이 피를 닮고
싸움이 불을 닮고
피와 불이 자유를 닮고
자유가 시멘트바닥에 응집된
피 같은 불 같은 꽃을 닮고
있다는 것을 배울 때까지는
응집된 꽃이 죽음을 닮고
있다는 것을 알때까지는
만질 수 있을 때까지는
칼자루를 잡는 행복으로
자유를 잡을 수 있을 때까지는
참기로 했다

어설픈 나의 양심
미지근한 나의 싸움
양심아 싸움아 너는
차라리 참아라 차라리
참는 게 낫다고 참아라

　　　　　　　　　　　— 김남주, 「진혼가」 부분

　이 시는 교훈의 주제를 더욱 극대화시킨다. '양심-싸움-자유'는 지고
한 정신의 작용에 의지하는 개념으로서 육신적인 것과 반대되는 것이
다. 화자는 육신보다는 정신에 더 큰 가치를 부여했지만 실질적으로 육
신의 고통 앞에서 정신은 무릎을 꿇었다. 그만큼 육체의 확실성을 능가

하는 것은 없다. 따라서 화자는 지고하게 높은 줄 알았던 신념에게 성찰의 메시지를 전달하는 것이다. 그것은 '참음'이다. 화자는 미지근하고 어설픈 자신의 '거짓 신념'을 질타하며 다시 투쟁의 전선에서 피의 불꽃으로 살아날 것을 주문한다. 그것은 '피-불-꽃'으로 연결되며 '죽음-투쟁-부활'의 장소로 즉각 이동할 것을 촉구하는, 스스로에 대한 맹세로 맺음 된다. 불은 분신과도 같이 온몸을 뒤덮고 불기둥을 이루며 산화하기까지의 과정으로 타오르는 불이다. 그때 피어나는 불꽃은 '응집된 꽃'이고 칼자루를 잡은 '행복의 꽃'이다. 화자는 자신의 존재가 살아 있음을 불이 타오르는 순간에야 느끼는 것이다. 이 순간은 죽음과 삶이 맞닿은 시간이고 미래와 과거가 맞닿은 시간이고 상상과 현실이 맞닿은 낯선 순간이면서 계시의 순간이다. 그것은 '참음'으로써만 성취될 수 있다고 화자는 말하고 있다. "참아라, 차라리 참는 게 낫다고, 참아라"에서 보이듯 점층과 반복으로 이루어진 주문은 시인의 깨달음의 절실함과 다시 일어설 순간에 대한 기다림이 얼마나 강렬한지를 말해준다. 시인은 죽음의 순간에 이르기까지 '두려움에 떨고 있는 본성' 앞에서 전 존재를 걸고 이 화두와 싸우고 있음을 보여준다.

이 시는 전반부에서 인간의 본능 앞에서 무력한 자신의 모습과 육체의 실재를, 또 육신의 고통 앞에서 무너진 정신을 드러낸다. 또한 자기 자신의 약한 모습과 대면한 시인은 스스로 인정하는 법을 배운다. 모든 모멸과 비참으로부터 '참으라'는 깨달음을 선포하기까지 인간은 얼마나 죽음 같은 상황을 견뎌야 하는가. 인간은 얼마나 나약한 존재인가. 그러나 자기 안의 가장 약한 곳에 가장 순수한 열망이 살아 숨쉬고 있다는 것을 시인은 예민하게 건드리고 있다. 그리하여 순수성을 향한 불타오름을 멈추지 말아야 하고 불순한 것의 죽음을 기다려야 한다. 이 선포를 통하여 시인은 한 세계에서 다른 세계로 이행해가고자 한다. 이것은 자기 안의 타자에게로의 선포인 것이다. 그는 이미 초자연적인 힘에 의지하고 있는 듯하다. 옥타비오 파스는 치명적 도약은 초자연적인 것과 맞닥뜨리게 한다고 지적한 바 있다.[6] 초자연적인 것 앞에 서 있다는 느낌은 모든 종교적 경험의 출발점이다. 또한 초자연적인 것의 체험은 곧 타자의 체험인 것이다.

꽃이다 피다
피다 꽃이다
꽃이 보이지 않는다
피가 보이지 않는다
꽃은 어디에 있는가
피는 어디에 있는가
꽃 속에 피가 잠자는가
핏속에 꽃이 잠자는가

꽃이다 영혼이다
피다 육신이다
영혼이 보이지 않는다

---

6  옥타비오 파스는 시 경험과 사랑의 경험, 종교의 경험을 치명적 도약으로 본다. 그것은 본성을 바꾸는 것인데 본성을 바꿈은 근원적 본성으로 되돌아감을 뜻한다. 치명적 도약은 한번 죽고 한번 사는 일로서 본성의 변화를 수반한다. 그때의 무서움은 단순히 형상과 상징이 많이 모였기 때문이 아니라 한순간 한 모습 속에 존재의 두면이 한꺼번에 드러나기 때문이다. 그 무서운 광경은 존재의 내부를 보여준다. Paz, Octavio, 앞의 책, 160~161쪽 참조.

육신이 보이지 않는다
꽃의 영혼은 어디에 있는가
피의 육신은 어디에 있는가
꽃속에 영혼이 깃드는가
핏속에 육신이 흐르는가
영혼이 꽃을 키우는가
육신이 피를 흘리는가
꽃이여 영혼이여
피여 육신이여

　　　　　　　　　　　── 김남주, 「잿더미」 부분

　시인은 초기 시에서 '불─꽃─피'의 이미지에 깊이 침윤되어 있는 양상
을 보인다. 이 시만 보더라도 길지 않은 시에 꽃이 11번, 피가 11번 등
장하는데 꽃과 피의 대등한 비유는 "부활─영혼"으로 이어지는 정신적
인 것, "죽음─육신"으로 상징되는 물질적인 것이 동등하게 대결하고 있
다는 것을 나타낸다. 화자는 지금 자신의 정체성에 대해 절박한 질문
을 던지고 있는 것으로 보인다. 영혼과 육신의 관계에 대해서, 그 실체
에 대해서 의문을 품고 있는 것이다. 그 둘의 변증법에 대해서 고뇌하
는 화자는 "보이지 않는다─어디에 있는가─잠자는가─깃드는가─흐르는
가─키우는가─흘리는가" 등 다양한 어조의 전환을 통해 생각해보는 것
이다. 결국 육체와 영혼의 관계는 보이지 않는 것이었다가 뒤로 갈수록
깃들고 흐르며 흘리는 섞임의 구조를 보인다. 더 나아가 서로 키워주고
상생하는 역할을 담당한다.
　이상에서 살펴보았듯이 이 시는 상상적 차원에서 꽃과 피의 변증법
을 그리고자 한 시이다. 다시 말해 영혼과 육신의 대비가 시 전체의 구

조를 이루고 있다. 이 시에서 꽃/피, 영혼/육신의 대결은 "프로메테우스의 과업을 전수받은 영웅"[7]이 육신의 고통 앞에 무릎을 꿇고 자신의 정체성에 대해 심각하게 던지는 질문과 결부한다. 이는 '방향 전환'을 위해서는 꼭 필요한 과정이며 '본성의 변화'를 전제하는 '결정점'에 처한 존재의 몸부림이다. 여기서 연상되는 것은 뒤랑이 언급한 자세 지배의 본능이다. 머리를 곧게 들고 눈의 밝은 빛을 내뿜으며 정신의 순수성을 온몸에서 발산해내는 수직화의 상징은 이러한 "추락과 잃어버린 지배력과 박탈된 활력을 재정복하고자 하는 꿈"[8]이다. 이러한 재정복은 양면적이고 여러 가지 상징들이 서로 긴밀하게 연결되어 표면화되는데 그것은 앞에서도 살펴보았듯이 분리와 빛나는 상징들, 발광과 확산의 상징들의 지배적인 구도로 나타나고 있다.

　그의 시에 자주 등장하는 이미지인 꽃과 피, 칼, 죽음 같은 단어들은 이와 같은 상징을 구조화시키는 데 유효하게 작용하고 있다. 다음 절에서는 구체적인 시의 이미지 분석을 통해 이러한 상징들의 공통적인 발현을 살펴보기로 하겠다.

---

7　남진우, 「혁명의 길 전사의 시」, 『나사로의 시학』, 문학동네, 2013 참조.
8　뒤랑은 우발적인 상황으로 인해 몸의 균형이 무너질 때 곧바로 자세를 바로잡는 인간에게 시각적인 전망에서 수직의 구도가 ─수평의 구도도 마찬가지이지만─ 우위를 차지한다는 것을 밝혀낸다. 자세지배는 수직화의 구도들에 힘입어 상승에서 비상에 이르는 모든 수직성의 표현에 더 높은 가치를 부여한다. Durand, Gillbert, 앞의 책, 184쪽 참조.

## 2. 확산, 발광, 솟구침의 이미지 망

김남주 시인의 시의 출발은 추락과 위험으로부터라고 앞에서 지적한 바 있다. 또 "잃어버린 지배력"[9]에 대한 꿈의 변주라고도 말하였다. 김 남주 시인의 시는 상승과 하강의 오르내림이 거의 없고 지칠 정도로 상 승공간에 머무르고자 한다고도 지적하였다. 특히 그의 초기 시에서는 두드러지게 상승을 지향하는 이미지들이 주를 이루고 있다. 크게 몇 가 지로 나눠보면 확산 이미지, 발광 이미지, 솟구침의 이미지로 분류된 다. 첫 번째는 확산 이미지인데 이는 전진, 걸어 나감, 행진, 미래의식 으로의 의미를 갖는다. 그는 내면적 고통의 깊이에도 불구하고 위험 속 에서 굴하지 않는 정신의 의연함을 보여준다. 그것은 바로 동료들, 친 구들, 가족들, 이웃들에 대한 사랑의 확고함 때문이다. 그래서인지 김 남주의 시에는 많은 인물들의 이름과 관계와 직업이 등장하기도 한다. 김남주의 확산 이미지는 그들과 함께 사랑을 나누며 미래를 향해 함께 걸어 나아가는 역할을 담당한다. 이것은 퍼짐이나 섞임 같은 의미보다 는 외침, 함성 같은 소리 이미지와 결부되는 경우가 많다. 또는 팽창된 감각과 반사적 특징을 내포하고 무의식 속에서 "거대화"[10]를 지향하는

---

9 위의 책, 212쪽 참조.
10 질베르 뒤랑에 의하면 공간과 기하학적 위치에 부여되는 분열 형태적인 시각으 로 인해 빈번히 일어나는 물건들의 거대화를 설명한다. 기하학적 질서와 거대 화를 설명하는데 환자는 더 이상 대상들을 개인들 상호간 관계에 위치시키지 않으며 자연보다 더 큰 잘려나간 전체로 지각한다. 그는 이것을 소우주화─걸리 버화 과정으로도 보고 있다. 위의 책, 207~275쪽 참조.

욕망을 내비치기도 한다.

두 번째는 발광 이미지인데 빛의 발산은 불이 타오르는 것에서부터 불이 온기를 가지고 빛나는 것, 또 햇빛이나 별빛, 낮의 환함 같은 것이 공통적으로 드러난다. 불과 빛은 김남주의 전체 시세계를 규정하는 지배적 이미지로서 뜨거운 사랑, 투쟁정신, 강렬함을 포함하는 모든 것을 의미한다. 세 번째는 솟구침의 이미지이다. 이것은 자세 반사와 관련되며 높은 것을 지향하는 의식, 즉 산, 하늘, 머리, 이마, 눈동자 등 영웅적 표상을 드러낸다. 김남주의 시에서 유난히 눈에 많이 뜨이는 이 이미지들은 초기 시에서 투쟁과 사랑의 정신을 표현해주며 이미지들은 그때마다 변용을 일으켜 새로운 도구들과 함께 다른 의미로 나타나기도 한다. 예를 들어 무기라든가 칼, 죽창, 쇠꼬챙이나 쟁기 같은 것은 그 자체로 불을 내뿜지는 않지만 발광 이미지로 포함될 수 있으며 그의 재바른 운동감각과 빠른 움직임을 표현하는 호흡 같은 것도 불의 강렬한 타오름과 같은 계열체의 이미지로 분류 가능하다.

실제로 그의 시에 등장하는 동물 이미지들은 새, 쥐, 말, 개, 닭, 고양이 등과 같이 행동이 민첩하고 빠른 특징을 갖는다. 이와 같이 김남주 의식을 대변하는 공통된 이미지들은 서로 긴밀하게 작용하면서 자기 의미를 획득하고 형태를 규정해나간다. 즉 긴박한 국면에서 각각 이미지들은 하나의 투쟁의 도구로서 작동하고 있다는 것이다.

> 동전만한 달걀이 장거리를 헤맨다
> 바위를 만나 아우성과 함께 박살난다

푸념과 넋두리가 밑빠진 술통을 가득 채운다
바위를 만나 한숨과 함께 거꾸러진다

깨알만한 잔소리가 부엌에서 행복하다
바위를 만나 뿔뿔이 흩어진다

쥐꼬리만한 불평이 발가락 새로 빠져 나간다
바위를 만나 바위틈에 갇힌다

아이의 울음소리가 행길에서 엎어진다
바위를 만나 돌아오지 않는 메아리가 된다

장작을 패듯 내리치는
도끼가 있다 앞산
이마를 쩡쩡 울리고 반향은
분노가 되어 발등에서 부서진다

둔탁한 새벽이 새벽의
골짜기가 물살지어 갈라진다

참말 같은 헛소리가 허공을 맴돈다
바위를 만나 바위를 덮고 울어버린다.

― 김남주, 「헛소리」 전문

이 시 1-5연까지를 살펴보면 "동전만한 달걀-바위, 푸념, 넋두리-바위, 깨알만한 잔소리-바위, 쥐꼬리만한 불평-바위, 아이의 울음소리-바위"의 구조로 전개되고 있다. 전자는 축소된 상징으로서 약하고 소극적인 특징을 지닌 일상적 소재들이다. 그것은 달걀에서 넋두리로 잔소리에서 불평으로, 또 아이의 울음소리로 변주되면서 유동적인 삶의 이러저러한 면을 부각시킨다. 그리고 이것은 나태한 정신들의 산물로서 의식 속에서 부정적인 것에 속하는 것이다. 반면 후자는 '바위'인데 이는 부동적 이미지로 확고하고 흔들리지 않으며 강인함의 표상이다. 또한 정치적 권력, 세계의 지배구조, 고정된 질서 같은 것을 의미하기도 할 것이다. 이때 유동적이며 일상적으로 그려진 유약한 정신의 소유자로 지칭된 것은 다름 아닌 화자 자신 속에 내재된 부정적 자아의 일면을 드러낸다.

바위는 그러한 자신이 대면해야 할 거대화된 존재의 상징일 것이다. 과연 거대화된 존재는 축소된 존재를 박살내고, 거꾸러뜨리고, 흩어버리고 가둔다. 바위에 부딪친 존재들은 너나 할 것 없이 아우성과 함께 한숨과 함께 뿔뿔이 돌아오지 않는 메아리가 된다. 이것은 구체적으로 '계란으로 바위 치기'라는 속담이 보여주듯 약자들의 투쟁의 일면을 보여준다. 그것은 범법 행위이고 죄이기 때문에 바위가 상징하는 권력, 지배 구조와 부딪치면 구속되거나 죽임을 당하게 되는 현실과 결부된다. 이 시를 알레고리적으로 해석하면 힘없고 체계적이지 못한 투쟁의 무모성을 질타한 것일 수도 있다. 또한 거짓 투쟁, 거짓 정의에 대한 부정의식의 표현으로 볼 수도 있는데 장거리를 헤매 다니며 술자리에서 뒷담화나 하면서 불평만 일삼는 자들에게 보내는 경고이다. 이 시에 등장하는 "아우성" "한숨" "뿔뿔이" "빠져나간다" 등은 형태적으로 청각과 확산 이미지에 기대고 있지만 실제로는 매우 퇴행적이고 소극적인 상황을 지칭하는 의미이다.

또한 김남주 상상구조의 특징인 '추락에서 도약으로'의 형식이 이 시에서도 그대로 적용되는 것을 볼 수 있다. 즉 '퇴행–성찰–도약'의 구조에서 6연을 도약의 구조로 상정할 수 있다. "장작을 패듯 내리치는 도끼"가 "앞산 이마를 쩡쩡 울리는 반향과 분노"가 되어 부서진다는 말에서 보이듯 "장작" "도끼" 등은 시의 전반부에 등장하던 "달걀" "한숨" "뽈뽈이" 등의 유약한 이미지들이 본성을 바꿔 무기로서 변화된 모습의 표현이라 할 수 있다. 이때 내리치는 힘은 불의 타오르는 강렬함을 연상할 정도로 역동성을 회복한 것이다. 분열 형태적 사유의 반영을 엿볼수 있는 이 이미지는 바로 앞산으로 이동하고 높은 곳과 정복을 상징하는 산과 이마는 "달걀" "깨알" 같은 금방 사라질 것들의 은유를 단번에 도약시켜버린다. 여기서 청각 이미지는 앞부분의 "한숨"이나 "울음"이 아니라 "쩡쩡 울리는 반향"으로 선명성과 확산성의 본질을 배가시켜준다.

프로메테우스적 정신은 존재를 자신 위로, 또는 평범한 본성 위로 끌어 올리는 역할을 담당한다. 불, 지식의 전달자로서 그의 거만한 힘은 정신노동자에게 활력의 상징이 된다. 또한 자아의 초월이라는 정신 공학을 권장하는데 프로메테우스의 정신을 전해 받은 자는 고유의 본성을 초월하려는 욕망에 사로잡히게 된다. 그런데 존재의 상승을 체험하기 위해서는 그 출발점에 대한 인식이 있어야 한다. 화자는 위기에 처해 있을 때와 마찬가지로 아직 그 정체성에 대한 질문에서 해방된 듯보이지 않는다. 유약한 일상의 존재였던 것이 본성을 바꿔 정신적 힘을 달성한 것처럼 보이는데도 다시 7, 8연에서 보여지듯 의미의 불확실성속으로 내려가는 태도를 보여준다.

여기에서 시인의 태생적인 허무주의를 엿볼 수 있다. 도약에서 다시 하강의 기미를 내비치며 의식은 불확실성으로 침잠하는 것이다. 새벽은 광휘이며 모든 것의 시작이요 태양이 동터 오르는 시간의 상징이지만 화자는 둔탁한 새벽과 골짜기가 두 개로 갈라지는 것을 본다. 이것은 이념의 대립이 극에 달한 당대의 현실을 이야기하는 동시에 시대의 어둠, 자아의 분열을 상징하는 것이기도 하다. 화자는 자문한다. 그 어둠과 분열이, 투쟁이 왜 있어야 하는가. 참말 같은 헛소리가 허공을 맴돈다는 것에서 보여지듯 화자는 이러한 질문을 가시화하며 바위를 만나 바위를 덮고 울 수밖에 없는 혼란한 상태를 드러내고 있다.

위 시에 등장하는 이미지들은 확산적 표상을 지니고 있으면서도 시인의 내적 고민과 퇴행이 엇갈리면서 "어떤 행위에 대한 진정성에 깊이 천착하는 모습"[11]을 보여준다. 다음은 시인의 투쟁적 행보가 더욱 구체화되고 진전되었음을 보여주는 동시에 확산적 표상이 전면에 드러나는 특징을 보여주는 시이다.

> 이두메는 날라와 더불어
> 꽃이 되자 하네 꽃이
> 피어 눈물로 고여 발등에서 갈라지는
> 녹두꽃이 되자 하네
>
> 이 산골은 날라와 더불어
> 새가 되자 하네 새가
> 아랫녘 웃녘에서 울어예는

---

11    김사인, 「김남주 시에 대한 몇 가지 생각」, 『창작과비평』 통권 제79호, 1993 참조.

파랑새가 되자 하네

이 들판은 날라와 더불어
불이 되자 하네 불이
타는 들녘 어둠을 사르는
들불이 되자 하네

되자 하네 되고자 하네
다시 한번 이 고을은

반란이 되자 하네
청송녹죽 가슴으로 꽂히는
죽창이 되자 하네 죽창이

- 김남주, 「노래」 전문

   이 시는 전형적인 확산 이미지를 보여주는 예라 할 수 있다. "더불어"
의 반복 사용에서도 보여지듯 시는 자연과 인간의 어울림, 인간과 세계
전체의 어우러지는 모습이 강하게 전달된다. 이 시의 1, 2연은 산과 화
자의 내밀한 관계의 소통을 보여준다. 산은 화자에게 꽃이 되자 하고
산골짜기는 함께 새가 되자고 한다. 하얗거나 노랗고 작은 녹두꽃은 척
박한 땅에서 피어나는 '민중' '민초'들의 삶을 상징하기도 하고 아랫녘
웃녘에서 울어 예는 새는 '부르짖는다'는 의미로 민중의 함성이라든가
'날개' 또는 비약을 의미한다. 대지 위에 번식력을 넓혀나가는 녹두꽃의
생명력과 가볍게 이리저리 날며 공중으로 도약하는 새의 이미지는 동
지들과 어깨를 걸고 나아가는 전진의 시간과 약속된 미래로의 진입을
일컫는 말과 결부한다. 색깔 이미지로서 "파랑"은 평화와 희망, 깨끗함

등의 의미를 수반하며 파랑과 새의 결합은 전진과 성공의 확신을 주는 동시에 빠른 운동감각을 통한 재바름을 실현한다.

반면 3, 4연은 들판과 화자의 관계를 나타낸다. 들판은 화자에게 불이 될 것을 권유한다. 함께 타오르면서 들녘의 어둠을 사르는 들불이 되자고 촉구하는 것이다. 여기서 불의 타오름은 이중적으로 나타나는데 그 하나는 들녘의 내면적 타오름이요, 다른 하나는 들이 실질적으로 불타오르는 '들불의 타오름'의 현상이다. 이때 타오름은 온 천지가 화산으로 뒤덮인 강렬한 불타오름이다. 이 불의 번져나감은 시의 전반부에서 '꽃—새'로 이어졌던 저항의 불씨가 들판과 고을 전체를 화염으로 휩싸며 강렬한 저항으로 확산되는 이미지를 회화적으로 그려내고 있다.

1—2—3—4의 점층적 구조로 인해 온통 불덩어리가 되어버린 이 시는 자기 자신을 중심으로 하여 세계로 확산되는 이미지의 현상을 잘 드러내고 있다. 그리고 모든 존재가 무기와 죽창으로서 역할을 담당하며 세계를 변화시키고자 하는 열망과 깊이 결부되어 보인다. 따라서 솟구침의 발산적 에너지가 시 전체를 아우르며 더욱 날카롭게 이분법의 구도를 양산해내고 있다. 이와 같은 상승과 분열 형태의 상징들은 확산, 발광, 솟구침 등의 이미지와 혼용되어 도약의 구조를 분명히 드러낸다. 이는 불의 상상력에 침윤된 자의 공통된 특징으로 모든 이미지들은 폭발하는 일면을 보여준다.

> 불이 아이면 안된다고 자못
> 핏대를 올리는 녀석들이 있다
> 놈들을 조심하라 그들은 적당한

아주 적당한 간격을 두고
불 앞에서 불과 타협한다

불을 노래하는 녀석들이 있다
놈들의 주둥이를 비틀어라 그들의 눈은
사슬에 묶인 시인의 간과 닮고 있지 않다

불의 위선자들 가련한 휴매니스트여
머리 덜 깬 친구여 오 불행한 천사여
제발 좀 순조로와라 열기 속에서
타오르는 시인의 가슴 속에서
불은 산이 되어 너를 기다린다
불은 바위가 되어 너를 기다린다
불은 거꾸로 걷는 활자가 되어 너를 기다린다
불은 비뚤어진 꽃잎이 되어 너를 기다린다
불은 불결한 나체가 되어 너를 기다린다
불은 노동자의 절단난 팔이 되어 너를 기다린다
불은 농군의 굶주린 얼굴이 되어 너를 기다린다
불은 겨울의 이빨이 되어 너를 기다린다
불은 약탈이 되어 너를 기다린다
불은 끝나지 않는 고난이 되어
죽음으로써만이 끝장이 나는 신화가 되어 너를 기다린다
— 김남주, 「불」 부분

이 시 역시 정신의 명징성을 주문하는 시인의 내면의식이 잘 드러나
있다. 신에 대항하는 인간의 투쟁, 제우스에 도전하는 프로메테우스의
투쟁, 그리고 프로메테우스와 투쟁하는 반프로메테우스와의 투쟁, 그
투쟁의 진정성을 이 시는 제시하고 있다. 정신분석에서는 흔히 제신의

왕 제우스와의 투쟁을 아버지와 대항하는 아들의 투쟁으로 해석한다. 아버지가 되고자 하는 인간은 세계를 통제하고 지배하고 싶은 욕망을 느끼며 불을 지피고 불을 타오르게 하고 싶은 존재이기도 하다. 그리고 자신의 힘을 과대평가하면서 반프로메테우스, 거짓 프로메테우스를 질타하고 본성을 바꾸고자 할 것이다. 물론 프로메테우스 자신에게 내재된 반프로메테우스의 모습도 변화의 대상이 될 것이다. 프로메테우스의 이미지들은 항상 인간의 본성을 한 층 더 높여주는 정신적 행위를 가리킨다.[12] 이는 정신의 삶을 견고하게 하고 활기차게 해주는 행위이며 모든 정신적 행위는 프로메테우스의 기호 아래 놓인다.

이 시에서 '불'은 곧 프로메테우스의 분신이다. 불과 정신은 동일시되며 명징하고 확고한 사상에 뿌리박은 정신의 기호이다. 그러니 1연에서 아주 적당한 거리를 두고 불과 타협하는 녀석은 반프로메테우스요 거짓 프로메테우스이다. 불을 노래하면서 가슴은 시인의 "간"과 닮아 있지 않은 자, 그도 반프로메테우스이다. 여기서 "간"은 시인이 지닌 '순수성'과 '뜨거움'이 결합돼 차원 높은 불, 진정한 프로메테우스를 상징하는 매개체이다. 날개도 없는 주제인 반프로메테우스들을 화자는 불의 위선자요 가련한 휴머니스트들이라고 부른다. 그들은 머리 덜 깬 자들로 불도 없이 산을 넘으려는 욕망에 사로잡힌 자들이다. 자기 안에 도사린 거짓 욕망의 유약함을 그는 고무로 만든 새총도 쓰러뜨릴 수 있다고 단언한다. 단호함과 결단이 없는 자의 유약함을 비꼬는 이 말에는 인간의 순수성에서 연유하는 강렬한 소망이 얼마나 소중한 것인가라는

---

12  Bachlard, Gaston, 『불의 시학 단편들』, 안보옥 역, 문학동네, 2004 참조.

한국 현대시의 두 근점

역설이 들어 있다. 이것은 진정한 자기정체성의 수립에 다름 아닌 것이다. 농부가 논둑에 말뚝을 박듯 다부지게 불기둥을 자기 안에 박을 때 "불"은 순조롭게 타오른다. 자연스러움과 함께 열기는 순수성과 지성의 장소인 시인의 가슴 속에서 타올라야 한다는 말이다. 이렇듯 진정한 자기 정체성의 확립 후 불은 "산"이 될 것이며 불은 "바위"가 될 것이다.

시의 후반부에서 불과 대응하는 이미지들, 산, 바위, 거꾸로 걷는 활자, 비뚤어진 꽃잎, 불결한 나체, 절단난 팔, 굶주린 얼굴, 겨울의 이빨, 약탈, 끝나지 않는 고난, 신화 등은 동일성을 띠면서도 그 성질에 있어서 '강인함-기형-결핍-수난-부활'을 상징하면서 변용되어 나타난다. 즉 이것은 프로메테우스의 과업을 전수받은 자의 삶을 가리키며 자기 자신의 운명을 예고하는 말이다. 그들의 삶은 결코 순탄치 않을 것이며 비뚤어진 활자처럼 기형적인 모습을 띠고 있을 것이다. 이 시는 타오르는 불의 성질이 지성의 단련 과정과 관련을 맺고 있다. 이 불은 미친 듯 타오르는 광적인 불이 아니라 자기 점검, 자기 내면의 탄탄함을 강조하는 차가운 지성의 불이다. 지성과 결합된 프로메테우스의 불은 자기 사고의 에너지로 스스로를 형성하는 인간을 만들어준다.[13]

밥을 달라고 그러는지
돼지가 꽥꽥 악을 쓴다
시끄러워 책을 읽다 말고 밖으로 나가
바가지를 찾아 들고 돼지에게로 다가가자
거품을 하얗게 물고 끙끙거린다

13  Bachlard, Gaston, 『불의 정신분석』, 김병욱 역, 이학사, 2007. 참조.

…(중략)…

씩씩대는 코
탐욕스런 입
살진 목덜미
축 처진 배
이제 그는 짧은 다리로는
더 이상 무게를 가눌 수 없어서인지
바닥에 몸을 눕히더니
이내 코를 골기 시작한다
행복한 돼지의 잠
이런 잠을 나는 돼지에게서만 본 게 아니다
어느 중산층 가정에서도 본 적이 있다

— 김남주, 「돼지의 잠」 부분

이 시는 동물에게서 드러난 인간의 한 유형을 상징적으로 그려내고 있다. 불이나 빛의 구조와는 상반된 유형의 것으로 억압된 사회구조 속에서 소멸된 정신의 모습이 드러난다. 이는 '근대'라는 산업화의 잔여물로 이 시대에 속한 도시 노동자의 모습이기도 하다. 과학, 합리주의, 이성중심주의, 근대성이 의미하는 기술의 시간은 한편으로 고대 문명의 우주적 리듬과의 단절이며 다른 한편으론 현대의 계량적 시간의 가속화이며 최후에는 그 시간을 말소하는 것이기도 하다.[14] 기술이 기반을 두고 있는 것은 결국 이미지의 세계를 부정하는 것이다. 그 부정의 힘 안에 인간들은 기술을 들여놓았다. 기술은 근대인의 위대한 성취물

14  Koselleck, R., 『지나간 미래』, 한철 역, 문학동네, 1998 참조.

이었다. 그러한 기술은 어느 정도까지 미래의 현실을 앞당겨 건설할 수 있게 해준다. 어떤 의미에서 기술은 미래의 생산자이다. 기술은 매일매일 새로운 것을 만들어내는 것처럼 보인다. 그러나 기술이 진정으로 미래를 대답해줄 수 있는가. 기술은 한마디도 말할 수 없다. 오히려 그 행위는 끊임없이 미래 파괴로 이루어져 있다.[15]

인간과 기술이 동일화되어버린 현대에서는 인간은 인식하기를 멈추어버렸다. 인식하기를 멈춘 인간은 동물과 같은 것이다. 동물에게는 밥과 편안한 잠만 있으면 된다. 밥을 얻어먹기 위해서 돼지는 "코를 씩씩대고" 입을 탐욕스럽게 움직인다. 그의 목덜미와 배는 살이 쪄서 축 처져 있다. "목덜미-배-짧은 다리"는 모두 욕망의 포화 상태를 가리킨다. 동물적인 욕구는 식욕, 성욕, 수면 욕구로 대표되는데 이 세 가지의 포만 상태를 가리켜 현대사회는 중산층이라 부른다. 시인은 현대의 중산층이라 불리는 자들의 기만과 거짓 행복을 꼬집어 지적하고 있는 것이다. 이것은 지구촌의 작은 나라, 우리에게만 부여된 현실은 아니다. 1차 세계대전 이후 역사의 가속화와 지구를 동질적인 공간으로 만들어놓은 기술의 보편화는 이러한 형태의 자기기만적 욕망을 어느 곳이든 똑같은 장소에서 광란하는 부동성으로 드러내고 있는 것이다.

시인은 프로메테우스적 과업을 달성하기 위하여 적대자의 계보 맨 윗단에 제국주의적 자본주의를 올려놓고 있다. 그리고 그 옥좌를 차지한 자를 향하여 부르짖는 것이다. 그가 흔히 말했듯 우리가 싸워야 할 것은 우리 자신끼리가 아니고, 남과 북이 아니고 그 훨씬 너머에 있다.

---

15  Jaus, Hans Robert, 『미적 현대와 그 이후』, 김경식 역, 문학동네, 1999 참조.

또한 그의 분노는 자본의 희생양으로 등장한 노동자와 빈민들의 '무지'
와 '거짓 행복'에 만족하는 것 등을 함께 포함하는 대상을 향해 있다.

> 내란의 무기 위에 새겨진 이름이여
> 시가전의 바리케이드 위에 피어난 꽃이여
> 다문 입술로는 무를 수 없고
> 피의 전투 없이는 만질 수 없는 오 자유여
> 그대가 한 걸음 앞으로 나아갈 때마다
> 뒤에는 오월의 피가 강을 이루고
> 그대가 한 걸음 뒤로 물러설 때마다
> 앞에는 죽음의 재가 산으로 솟는구나
>
> 아 누가 그대 이름을 함부로 부르랴 자유여
> 나는 부르지 않으리라 그대를 서재의 창가에서
> 나는 찾지 않으리라 책갈피 속에서 그대 꽃잎을
> 찾아 나서리라 나는 피의 외침과 함께
> 그대 이름이 새겨진 무기를 들고
> 죽음의 산을 넘어 바리케이드를 넘어
> 지상에서 가장 아름다운 이름이면서 가장 아름다운 꽃
> 자유여
>
> — 김남주, 「이름이여 꽃이여」 전문

시인은 꽃과 자유를 동일시하여 자유의 아름다움을 강조하고 있다.
그렇다면 참 자유란 무엇인가. 그것은 지배와 억압으로부터 벗어나는
것, 지배자의 이중 노예생활로부터 해방되는 것과 결부된다. 이 시는
광주 항쟁을 배경으로 하고 있다. 첫 행의 내란의 무기 위에 새겨진 이
름이란 시민을 향해 무차별 테러를 감행하면서 등장한 정권으로부터

희생당한 영혼들을 가리킨다. 투쟁하면서 죽어간 자, 이유 없이 칼에 찔려 죽은 자 등 산더미 같은 시체들의 이름 전체를 시인은 "바리케이드에서 피어난 꽃-이름-자유"라고 지칭한다. "피의 강-죽음의 산" 역시 피의 전투에서 희생당한 영혼을 가리키는 죽음 이미지이다. 시인은 이 죽음을 자유에 비유하고 있다. 여기서 불의 상상력은 신화적 인물 프로메테우스에게서 또 다른 전설적 존재인 엠페도클레스[16]의 불로 이행해감을 어렴풋이 엿볼 수 있다. 산화하는 죽음, 아름다운 꽃의 죽음에게 시인은 최고의 가치를 부여해준다.

최고의 정신적인 가치인 자유와 죽음은 동일화하면서 분신과도 같이 온 몸을 통해 피어나는 죽음의 꽃, 불이 된다. 그 불은 높은 곳, 즉 산을 향해 솟아나는 죽음의 불로 상정할 수 있다. 시의 후반부에서 시인은 "그 이름을 함부로 부를 수 없는 것"이라고 단언한다. 스스로 산화해 가는 불, 즉 선택된 죽음의 자유는 앞서 말했듯 확고한 정체성의 수립 없이는 불가능한 것이다. 그것은 책갈피 속에서, 서재에서, 머릿속으로 찾을 수 있는 것이 아니라는 말이다. 그것은 현실과 유리된 공간에서 점잖게 찾아지는 것이 아니라 본성의 변화를 수반한 '온몸으로' 찾아

---

16  바슐라르는 엠페도클레스의 불을 이와 같이 요약하고 있다. "불이 우리에게 죽음을 상상하도록 강요하는 때가 있다. 죽음 안으로 자신을 내던지는 자, 탄생과 죽음 모두 순간의 영광이다. 탄생은 외부에서 오는 것이다. 죽음 속으로 몸을 내던질 때 엠페도클레스는 처음으로 자유롭다. 엠페도클레스의 행위는 정상에서의 한 순간이다. 불의 산 정상에서의 의지의 행위, 화산은 엠페도클레스를 원한다. 그곳에서 초인간적 존재는 사방에서 세상을 맞이할 수 있다. 세계의 존재는 그 광활함과 찬란함 속에 있다. 그런데 무화시키는 불 역시 거대함으로 그곳에 있다." Bachlard, Gaston,『불의 시학 단편들』, 189~191쪽 참조.

지는 것이다. 그 이름은 피의 외침과 죽음의 산을 넘어 '행위'와 '실천'을 통해 획득되는 이름이다.

　이 시에서 등장하는 분리와 수직을 의미하는 상승 이미지 "무기-바리케이드-전투-산"은, "이름-꽃-피-강-재-꽃잎-외침" 등의 죽음 이미지와 결합하면서 지상에서 가장 아름다운 꽃으로 재탄생되기를 염원하는 존재로 나타난다. 곧 김남주에게 나타나는 죽음 의식은 하강으로의 침잠이 아니라 화산을 연상케 하는 불꽃의 죽음이다. 이 죽음은 수직성으로 타오르는 속성을 가지고 있으며 가장 높은 산을 향하여 솟구치고 번식하는 분신의 한 종류이다. 시인은 이런 죽음에게 지상에서 가장 아름다운 꽃이라는 이름을 붙여주고 있는 것이다.

> 한 시대의
> 아들로 태어나
> 고독과 위험에
> 결코 굴하지 않았던 사람
> 암울한 시대 한 가운데
> 말뚝처럼 우뚝 서서
> 한 시대의 아픔을
> 온 몸으로 온 몸으로 껴안고
> 피투성이로 싸웠던 사람
>
> 누구보다도 자기시대를
> 가장 열정적으로 사랑하고
> 누구보다도 자기시대를
> 가장 격정적으로 노래하고 싸우고
> 한 시대와 더불어 사라지는데

기꺼이 동의했던 사람

거만하게 깎아 세운
그의 콧날이며 상투머리는
죽어서도 풀지 못할 원한 원한
압제의 하늘을 가리키고 있지 않은가
죽어서도 감을 수 없는
저 부러진 눈동자 눈동자는
팔십삼년이 지난 오늘에도
불타는 도화선이 되어
아직도 어둠을 되쏘아 보며
죽음에 항거하고 있지 않은가
탄환처럼 틀어박힌
캄캄한 이마의 벌판
저 불거진 혹부리 혹부리는
　　　　　　　　— 김남주, 「황토현에 부치는 노래」 부분

이 시는 구체적으로 한 인물을 대상으로 하고 있으며 한 시대적 사건인 동학농민투쟁을 염두에 두고 쓴 시이다. 이 시는 몇 페이지에 달하는 장시로서 이분법적 사유, 자세의 곧음, 영웅으로서의 자질과 행동 등이 수직의 구도를 상징하는 이미지들로 짜여져 있다. 화자는 아버지가 되고자 하는 '시대의 아들'이다. 그는 아버지가 되기 위해서 갖추어야 할 요소를 몇 가지로 내세우는데 첫째는 고독과 위험에도 결코 굴하지 않아야 하며 한 시대의 가운데 말뚝처럼 우뚝 서 있어야 한다. 육체와 정신의 수직성은 "굴하지 않음"과 "말뚝" "우뚝" 같은 단어에서 뚜렷이 드러난다. 그러니까 시대의 아버지가 되기 위해서는 정신력의 무장이 되어 있어야 한다는 것이다. 둘째, 한 시대의 아픔을 온몸으로 껴안고 어떤 불행 어떤 고통도 두려워하지 않아야 한다. 이것은 그 품이 한없이 넓어야 하고 용기가 있어야 한다는 것이다. 세 번째는 누구보다도 열정적으로 그 시대를 사랑하고 격정적으로 노래하고 한 시대와 함께 사라지는 데 주저함이 없어야 한다. 말 그대로 이 덕목에 있어서 필요한 것은 사랑이다. 이 세 가지가 바로 아버지가 되기 위한 조건인 것이다. 정신성, 용기, 사랑은 승리의 여부에 동하지 않고 갖추어야 할 아버지가 되기 위한 조건이다. 이는 시인의 올곧은 도덕관념의 반영으로서 성서에서 감독과 관리인의 자질, 한 집안의 가장으로의 자질, 봉사자로서의 자질 등의 피력을 떠올리게 한다.[17] 마찬가지로 그의 반항 또는 저항 정신은 이러한 영웅의식과 미래세계의 건설이라는 유토피아적 지향을 염두에 두고 나타난다.

그러한 시인은 자신이 본받고자 하는 인물인 전봉준을 내세우면서 또한 그가 보잘것없는 사람의 하나라는 것을 강조한다. 그가 '키가 작고 이마에 혹부리가 있는' 기형적인 사람이라는 것을 말한 것은 바로 뒤에 따라오는 그의 콧날의 거만함과 상투머리의 날카로움, 압제의 하늘을 향해 치뜬 눈동자의 광채를 강조하기 위함이다. 이것은 그 누구나 시대의 아버지가 될 수 있다는 '평등주의'를 반영한 말이다. 그리하여 팔십삼 년이 지난 오늘날에도 '불의 도화선'이 될 수 있는 사람, 그가 진정한 시대의 아버지임을 역설하는 것이다. 이 시에서 보여지는 상승의 상징들 즉 말뚝, 투쟁, 열정, 격정, 아버지, 수령, 대장, 거만함,

17  카톨릭 공동 번역 성서,「티모테오 1서」3 : 1~13 참조.

깎아 세운 코, 콧날, 상투머리, 하늘, 부러진 눈동자, 도화선, 되쏘다, 이마, 벌판, 혹부리 등은 모두 적대자를 향해 치켜세워져 있다. 치켜세워짐은 광휘와 영광을 향한 단어이지만 이 시에서는 한결같이 어둠을 발판으로 삼고 있기에 그 반대의 것을 역설적으로 드러낸다. 시의 마무리 행인 3행에 반복되었듯이 그것은 아픔이며 상처이며 절망의 표현인 것이다.

이와 같은 확산, 발광, 솟구침의 이미지는 시인의 상승 지향 의식을 대변하는 주된 요소들로 작동한다. 이 이미지들은 죽음의 순간에서 어떻게 삶으로 이동해가야 하는지의 모색을 보여준다. 또한 타오르는 불과 관련하여 행동의 실천력을 과시하기도 하고 잦아들어가는 빛에 천착하여 힘을 모으거나 검증하는 등 합리주의적 성향을 내비치기도 한다.

다음 절에서는 죽음과 추락에 직면한 시인의 의식이 행동주의를 거쳐 어떻게 시적으로 형상화되고 있는지 분석하여보기로 하겠다.

## 3. 치욕의 시적 변용

시인은 초기 시에서 올바른 혁명전사로서 어떻게 해야 하는가에 대한 질문에 깊이 천착하는 모습을 보여주었다. 그것은 전사가 된다는 것에 대한 정체성을 확인하는 질문이었으며 진정한 혁명전사가 갖추어야 할 방법론적인 질문이었다. 자기 확신과 자기 부정 사이를 오가며 끊임없이 그가 선택한 길은 '진정한 혁명가'로서 우뚝 서는 것이었다. 근대의 언어로서 자리매김되는 혁명은 과거의 부정과 무엇인가 다른 것의 추구로 일관되었다. 새로움과 이질성으로 규정되는 혁명은 연속적이고 직선적이며 불가역적인 시간을 표현하며 '진보'라는 의미를 내포하고 있다. 사회가 진화하지 않고 정체되어 있을 때 혁명이 일어나는 것이다. 그러나 혁명이 그 뜻을 이루려면 "순환적 시간의 원점으로 돌아"가야 한다는 말을 전제한다.[18] 그것은 혁명의 풀리지 않는 신비로 보인다. 왜냐하면 혁명은 비판적이며 직선적인 시간의 표현이지만 그가 지향하는 바는 바로 인류가 최초에 향유했던 자유롭고 평등한 시간으로 현상하기 때문이다.

그렇다면 1970년대와 1980년대 김남주에게 혁명은 무엇을 의미하는가. 그것은 '기술과 산업의 가속화'라는 시대적 과업으로부터 전수된 인간적 욕망과의 결별을 지향하는 것이며 자기 현재 시간과의 결별을 지향하는 것으로 드러난다. 그의 혁명은 '혁명'을 부정하는 혁명이라는 이중성을 가지고 있다. 그리하여 그의 혁명은 죽음의 고통을 넘어서는 치욕을 동반하는 것이며 그의 삶에 있어서 시간적으로 앞과 뒤로부터 고

---

18  옥타비오 파스에 의하면 혁명이 사회를 평등한 사람들 사이에 성립되었던 원초적 계약으로 되돌리려는 운동이라면 투쟁은 시로 정의된다. 그는 혁명과 투쟁을 정의하면서 혁명은 근대성으로서 과학이고 기술이며 도시문화라 하였고 투쟁은 농민들의 전통적인 것이며 그들의 신화를 되살리는 것이라 설명하였다. 본 연구자는 김남주가 자신을 일컬어 흔히 혁명전사라고 이름 붙인 것에 관하여 숙고해보았다. 그의 운동은 '도시화되고 과학적이며 기술적인 운동'을 벌여 나가고자 하는 욕망의 발로였기보다는 한편으로 자기 자신과 시대를 부정하는 전통적 '투쟁' 위에 있었으며 '농민들의 전통과 신화를 되살리고자 하는 것'에 더 큰 목적이 있었던 것이다. Paz, Octavio, 『흙의 자식들』, 김은중 역, 솔, 1999, 48쪽 참조.

립된 순간을 불러일으키는 것이다. 이러한 상황에서 나타나는 이미지들은 추락과 죽음의 특징을 가지며 그럴수록 처절하게 타오르는 불 이미지들이 감각적으로 형상화되는 것을 확인할 수 있다.

타오르는 불 이미지는 뒤랑의 수직구도에서 동사적 표상들과도 관련을 맺고 있다. 김남주 시인의 시에 자주 등장하는 표상들 즉 '나뉘다/어울리다', '오르다/내려가다' 등은 동사적 감각을 지니며 분열 형태의 특징을 나타낸다. 이것은 뒤에서 살펴볼 '불/빛'의 이미지의 변용과도 관련되는데 이미지가 불의 특성을 갖고 있을 때에는 동사의 빠르기가 급속해지는 반면 이미지가 빛과 결부하고 있으면 동사의 빠르기가 나뉨의 구도에서 섞임의 구도로 바뀌며 속도가 늦춰지는 양상을 보이는 것이다. 또한 이겨내는 것은 본능이 아니라 이성의 산물이기 때문에 시인은 죽음의 순간에 직면할수록 냉철해지고자 안간힘을 쓰는 것이다. 이럴 때에도 역시 이미지는 정지되거나 느린 속도의 빠르기를 유지하는 것으로 보여진다. 이미지들은 차근차근 자신의 역할을 검증하며 불타오르는 것 대신 빛나는 것으로 대체된다.

> 지하의 시간이다
> 눈을 모아 창살에 뿌려도
> 그리움의 햇살 빛나지 않고
> 귀를 모아 벽에 세워도
> 그리움의 노래 담을 수 없다
>
> 이제
> 어둠이 너의 세계다

너의 장소 너의 출발이다
너는 지금
죽음으로 넘어가는
삶의 절정에 서 있다
떠나버린 과거를 향해
고개를 돌려서는 안된다
예측할 수 없는 내일을 두고
사지를 움츠려서는 안된다

기다려야 한다, 꺼져가는
마지막 불씨를 부둥켜안고
너의 참음으로 기다리게 해야 한다
오 지하의 시간이여 표독한
야수의 발톱에 떨어진
살점이여 살점으로 뒹구는 육신이여 영혼이여
죽어서는 안된다
살아남아야 한다
살아서 이 어둠을 불살라 버려야 한다
　　　　　　— 김남주, 「눈을 모아 창살에 뿌려도」 전문


　　만약 시간을 끊임없이 흘러가는 것, 미래를 향하여 영원히 나아가는
것으로 인식한다면 미래가 닫힐 때 시간도 멈출 것이다. 이 시에서 시
인의 시간은 현재로 응축되는데 화자는 떠나버린 과거를 향해 고개를
돌려서도 안 되고 예측할 수 없는 미래를 두고 사지를 움츠려서도 안
된다고 스스로를 독려하고 있다. 이것은 '치욕'이 순간의 응축으로 고정
되고 계속되는 참음으로 본성을 변화시키고 인간성을 회복시키는 혁명
에 복무하게 되는 깨달음의 표현이다. 이 치욕의 순간은 벽과 벽 사이

에 얼어붙은 시간이며 갇힌 죄수들의 도시를 상기하게 한다.[19] 감옥에서의 삶은 사유하고 사랑하고 느끼는 우리 삶에 대해 부정된 장소이다. 그곳은 존재에 대한 영원한 가능성, 움직임, 변화 도달할 수 없는 미래의 땅을 향한 행진이 부정된 곳을 의미한다. 그곳은 죽음으로 넘어가는 삶의 절정이고 어둠의 세계이며 꺼져가는 "불씨"를 "부둥켜 안아야" 하는 절박한 세계이다.

그러니 삶의 절정이란 죽음에 임박한 순간에 다름 아닌 것이다. "어둠의 시간−지하의 시간−죽음의 시간"은 동일한 시간대를 가리킨다. 벽과 벽 사이의 얼어붙은 냉기의 순간이 화자의 출발 시간이며 출발 장소이다. 그러나 시인은 "참음으로" "기다려야 한다"고 한다. 고문의 고통과 치욕의 절박한 순간에도 시인은 냉철한 이성을 불러들이는 모습을 보인다. 이성은 차별성의 연속으로 이루어지는 비판과 동의어이며 변화와 동일시된다. 이성은 다시 태어나기 위해 끊임없이 자문하고 검증하고 파괴하고 다시 세운다.

김남주 시에서 자주 등장하는 요소인 이성과 비판의 특징들은 그의 분열 형태적 사유의 특징을 잘 보여주고 있다. 분열 형태의 특징은 또한 분리인데 그것은 끊임없는 단절이고 자기 자신과의 부단한 결별을 의미한다. 이러한 되풀이는 자신과 세계에 대한 부정의식의 소산이며 동시에 새 세상의 도래에 대한 욕망의 이름이다. 위 시에서 보이는 "너의 출발, 너의 장소" "고개를 돌려서는 안된다" "움츠려서는 안된다" "참음으로 기다려야 한다" "죽어서는 안된다" "살아남아야 한다" "불살라

---

19  위의 책, 40쪽 참조.

버려야 한다" 등의 개념적 언어들은 모두 시인 특유의 비판과 이성의 산물이며 미래를 선취하겠다는 시인의 열망을 잘 드러내준다.

반면 1연에서 보여지는 행위들, "눈을 모아 창살에 뿌려보는 것"이라든가 "벽에 귀를 대고" 무언가를 상상하는 것, 그리고 환한 빛의 "햇살과 노래를 그리워하는 것" 등은 시인의 근원적 지향의 세계가 어떤 곳인가를 숙고하게 한다. 그곳은 미래사회의 건설, 유토피아의 세계가 아니다. 그곳은 그리움의 노래와 맑은 햇살이 숨쉬는 곳, 아담의 타락 이전의 원초성이 복원된 곳이며 인간의 순수성이 실현된 낙원의 세계로 보아야 한다. 이는 동사적 표상에서 나뉨이 섞임의 현상으로 이행해감과 맥을 같이하며 드러난다. 치욕의 감정은 냉철한 이성과 결부하여 어떤 당위성, 투쟁성을 내포하고 있을 때 이분법적으로 타오르는 불과 관련을 맺듯 근원적인 사랑, 자연의 아름다움과 관련을 맺으며 변주될 때 섞임의 현상을 드러내며 속도를 늦추고 빛 이미지와 결부하는 것이다.

그대가 끝내지 못한 그것이 그대를 위대하게 하리라 〈괴테〉

눈이 내린다
하얀 눈이 내린다
눈 위에 눈이 내리고
눈 위에 눈이 내리고
발밑까지 발목까지 내리고
길가의 솔밭의 무덤가에 내리고
하염없이 내리고

그러나 그들의 죽음은

지나간 추억이 아니다
그러나 그들의 죽음은
부질없는 눈물이 아니다
그들은 오로지
굶주림의 한계를 알고 싶었을 뿐
그들은 오로지
어둠의 깊이를 보고 싶었을 뿐
결코 죽음으로 간 것이 아니다
결코 죽음으로 간 것이 아니다
그렇듯이 모든 것이 혁명도 그렇듯이
한 나무의 열매가
한 종자의 묻힘에서 비롯되듯이
그들의 죽음 또한
그들의 죽음 또한
한 나무의 열매를 위하여
하나의 씨앗이 되고자 했을 뿐
한 나무의 생명을 키워 주는
재가 되고 거름이 되고자 했을 뿐
한 나무의 성장을 지속시켜주는
피가 되고 살이 되고자 했을 뿐

뿌리가 되고자 했을 뿐

그렇다
그들의 焚身은
존재로 향한 모험이었고
그들의 割腹은
칼로 깎아 만든 자유의 城砦였다

　　　　　— 김남주, 「그들의 죽음은 지나간 추억이 아니다」 전문

이 시는 죽음의 메타포가 더 잘 드러난다. 1연에서 눈이 하염없이 내리는 모습은 시인의 죽음에 대한 사유를 은유적으로 보여준다. 눈이 내리고 또 위에 하얀 눈이 내린다는 반복적 '쌓임'의 현상은 죽은 시체들이 쌓여가는 모습을 나타내기도 하고 "하얀"에서 보여지듯 순결한 죽음을 맞으라는 메시지를 전해주는 것 같기도 하다. 하여튼 "눈이-눈 위에-눈이-눈 위에-흰 눈이-발밑까지-발목까지-솔밭의 무덤가에"로 연결되는 확산적 죽음 이미지는 시인의 고통과 치욕이 극에 달해 아예 무화돼버린 존재를 상정하게 한다. 이는 순결한 영혼들의 죽음과 동일화된 자신의 죽음을 기꺼이 받아들이고 있다는 현재 진행형의 사실을 분명히 보여준다.

앞에서 시인의 초기 시는 형태적으로 '퇴행-상승'으로 나아가는 공통된 구조를 가지고 있다는 것을 살펴본 바 있다. 이 시에서도 1연의 퇴행은 2연의 부정으로 연결되며 이성의 개입과 부정을 통하여 의식은 상승으로 나아감을 보여준다. "그들의 죽음은 지나간 추억이 아니며 그들의 죽음은 부질없는 눈물이 아니"라는 결론에서 보여지듯 추억은 과거인데 과거는 과거로 끝나지 않는다는 시인의 연속적 시간관이 뚜렷이 드러난다. 그것은 '지속'이며 현재 속에서 기억해야 할 것은 '과거의 사건'이라는 의미이다. 이 시에서 그들이 죽은 이유는 스스로 돌파하지 못한 한계 때문이며 굶주림의 한계가 말해주듯 극복 불가능한 가난 때문이다. 즉 민중이 처한 삶의 미궁과 끝없는 '절망'은 가난 때문이라는 의미와 결부된다. 이들의 죽음은 단지 '생존'의 절망 때문이었던 것이다. 그렇기 때문에 혁명의 이유가 생겨나는 것이다. 시인의 혁명은 가난 때문에 죽는 사람은 없어야 한다는 뼈저린 인식 때문이었던 것이다.

산업화로 인해 사회가 도시화되면서 사람들은 겉으로는 풍요로워졌고 많은 문명의 혜택을 누리는 동시에 지식의 홍수 속에서 똑똑해진 것처럼 보인다. 그런데도 여전히 굶주리는 사람이 있고 교육의 혜택을 누리지 못하는 사람들도 있다. 노동의 고통 속에서 허덕여야 하고 그 가난을 대물림해주어야 한다. 그것은 절망을 불러일으킨다. 사람들은 항상 누구보다 잘살아야 하고 누구보다 더 잘나야 하는 상대적 열등감에 시달린다. 그것도 절망을 불러일으킨다. 그러나 굶주림의 한계, 어둠의 깊이가 뜻하는 것은 이러한 산업사회의 상대적인 한계가 아니라 인간으로서 누려야 할 절대적 생존권의 박탈이다. 그러한 박탈감 때문에 노동자와 빈민들은 실제로 한계에 부딪쳐 죽어갔다. 시인은 그들의 행동을 혁명과 동일시하며 그것을 죽음–끝이 아니라 역사–지속이라고 부르짖는 것이다.

"한 알의 밀알이 썩지 않으면 한 알 그대로 남고 썩으면 많은 열매를 맺는다"는 성경 구절을 떠올리게 하는 2연의 후반부는 시인의 혁명에 대한 의지와 동기를 드러내준다. "한 나무"가 상징하는 것은 '역사'이다. 지금 우리가 살고 있는 이 세계도 역사 속으로 편입된다. 이것은 단독으로 생겨나는 것이 아니라 지하로 뻗어내려간 뿌리와 많은 잎들의 죽음과 시간이라는 나이테를 통과하면서 생겨난다. "하나의 나무"는 열매, 씨앗, 생명, 재, 거름, 성장, 지속, 피, 살, 등의 '육체성'과 '관념성'으로 변주되면서 "뿌리"로 모여든다. "뿌리가 되고자 했을 뿐"이라는 구절에서 보여지듯 오랜 시간 시인은 극한의 고통과 치욕을 감내하면서라도 희생하겠다는 순수한 원의를 드러낸다. 한 알의 밀알이 썩어 없어지듯 자신의 삶을 아낌없이 던지겠다는 결의가 긴 시간의 배려를 통해 드

러나는 것이다. 이는 시인의 역사에 대한 겸손한 자세의 표현으로 읽혀
진다.

또한 여기서 내려가는 것은 다시 오르기 위함의 전제조건이며 '내려
감'의 행위와 '타오름'의 행위는 뒤랑의 수직구도에서 나타나는 동사적
표상에서 강렬한 열망과 온몸의 투신이라는 역동성을 생산해낸다. "불"
이 타오르는 시간은 충동적으로 오는 것이 아니라 많은 숙고 끝에 선
택된 행위로부터 온다. "분신"에서 보여지는 것처럼 몸이 화염으로 변
해 타오르는 것은 상상 속에서 최고의 화려한 죽음이다. 죽음의 선택은
"존재로 향한 모험"이며 그것은 순환적 시간을 부정한다. 그것은 단 한
번만 발생하며 반복 불가능한 것이다.

그것은 순간에 있어서 충만한 실현이며 스스로 완전해지는 영원한
현재의 시간이다. "분신-할복"은 대등한 쌍으로 동일선상에 놓이는 상
상력이다. '배를 가르는 검'은 상상 속에서 가장 최후의 결단이며 이분
법의 완성 시점, 삶의 절정이며 죽음, 영웅의 승리 같은 것을 떠오르게
한다. 그것은 "칼로 깎아 만든 자유의 성채", 존재가 다른 것이 되는 순
간인 것이다. 이것은 한 극단에서 다른 것을 건설하려는 욕망인 동시에
미래에 원초적 시간을 세우려는 혁명의 언어이고 또 다른 극단에서는
원초적 순수성을 회복하려는 욕망의 언어라고 말할 수 있을 것이다.

> 나하고는 무연한 것이
> 창 너머 담 밖에 와 있나보다
> 봄이, 자연이, 멀리에 가까이에
> 푸르고 푸른 나무들은
> 햇살 머금어 더욱 빛나고

하늘하늘 가지들은 바람이 일어 춤을 추겠지

그리고 산과 들에는 이름 모를 새들

날 저물어

금빛 나래 접으며 황혼을 펼치겠지 부챗살처럼

그러나 어디에 내가 있는가?

황혼에 쓰러진 거목이 되어 버림받고 있는가

고여 있는 바다 어둠의 뿌리가 되어 썩어가고 있는가

자유의 나무가 되어 피흘리고 있는가

마지막까지 남은 한 마리의 작은 새가 되어 절망을 노래하고 있
는가

떨어진 대지의 별, 자기의 땅에서 유배당한 몸이 되어

증오의 벽을 허물고 있는가

태우기 위하여 심장을

자연의 고질인 온갖 균을 몰아내기 위하여

살아남아 불씨로 온갖 균을 몰아내고 있는가

― 김남주, 「봄」 전문

봄은 순환 중에서 생성과 탄생을 의미하는 계절이다. 이 시는 '담 밖/담 안'을 기준으로 다르게 흘러가는 시간 양상을 보여준다. 담 안의 시간은 감옥의 부동성을 가리키며 어둠, 바다, 피, 절망, 쓰러진 거목, 균, 유배, 증오의 벽에서 보이는 것처럼 부정적인 추락 이미지들이 주를 이루고 있다. 반면 담 밖은 유동적이며 밝음을 드러내고 나무, 햇살, 푸른빛, 금빛, 춤, 새, 황혼, 날개, 불씨 등의 긍정적인 상승 이미지가, 하늘하늘, 나래 접으며, 부챗살처럼 등의 확산적 이미지와 관련을 맺으며 변주된다. 이 시는 부정/긍정, 타락/생성, 어둠/밝음, 바다/날개, 부동/유동 등의 대조를 통해 죽음 앞의 절망적 상황을 역설적으로 드러낸

다. 그런데 이 시는 지금까지 검토해보았던 시들에서처럼 혁명의 과업을 위한 관념적 이미지들이 대폭 줄어들고 추락에서 역상승했던 강렬한 불 이미지들도 수그러들거나 푸른빛, 금빛, 황혼 등의 빛 이미지로 이동해가는 것을 볼 수 있다. 이로 인하여 시는 더욱 감각적으로 읽히고 상상적 울림이라는 면에서 더욱 확장된 효과를 획득하게 된다.

또한 자연의 이미지들이 주는 평화로움과 휴식의 기미가 화자의 비어 있는 마음 상태와 결부하고 있다. 이는 빛과 바람의 잔잔한 소용돌이에 연루되면서 남성적이면서도 여성적인 이미지의 이중성을 내비친다. 시인의 상상력이 아니무스(animus)에서 아니마(anima)로 이동해가는 것을 뚜렷이 느낄 수 있는 것이다. 또 강렬한 불이 여성의 보호를 받으면서 빛의 색조를 드리우거나 온화한 온기를 내뿜는 본성을 발휘하는 면모를 보여주기도 한다. 이 시에서 시인은 "춤을 추겠지"나 "부챗살처럼" 등에서 보이는 여성적 어휘들을 등장시키면서 '수인'으로서 더 이상 혁명의 과업에 나서지 못하는 현실의 절망을 드러내고 있다. 또한 이 시에서 이미지의 표상은 분리와 나뉨이라는 특징이 주는 역동성이기보다 오히려 "부챗살처럼 퍼져나가거나 햇살을 머금어 더욱 빛나는" 등 섞임의 특징이 더 강하게 드러난다. 이는 추락과 죽음, 도약이라는 정신적 과업으로부터 한 발 뒤로 물러선 모습의 반영이며 그래서 이 순간은 전사로서의 김남주가 아니라 시인으로서의 김남주에 더 자리매김되는 순간으로 읽혀진다.

내가 손을 내밀면
내 손에 와 고운 햇살

내가 볼을 내밀면
내 볼에 와 다순 햇살
깊어가는 가을과 함께
자꾸자꾸 자라나
다람쥐꼬리만큼은 자라나
내 목에 와 감기면
누이가 짜준 목도리가 되고
내 입술에 와 닿으면
어머니가 씹어주고는 했던
사각사각 베어먹고 싶은
빨간 홍당무가 된다
— 김남주, 「햇살 그리운 감옥의 창살」 전문

이 시는 불이 '아니마'의 성향과 더 강하게 관계하고 있음을 보여준다. 이는 뒤랑의 구도에서 동사적 표상들이 섞임의 구도로 나타나는 것을 배가시켜준다. 햇살은 태양이 수분과 결합하여 번지는 상태를 말한다. 또는 공기로 흩어져서 그 강렬함의 집중도가 약화된 상태를 가리킬 수도 있다. 두 가지 상태 모두 태양은 자기의 본질을 다른 물질에 혼합시켜 그 흔적만을 보존한 것이다. 이런 복합적이고 이중적인 성질은 하강에서의 특징이며 여성의 원형이기도 하다. 상상 속에서 감옥의 독방에 앉아 창살을 통해 들어오는 빛 한 줄기를 붙잡고 놀이하는 시인의 고독한 유희를 떠올려보면 이 시 전편에 깔려 있는 환한 색조의 빛 이미지는 더할 수 없는 비애를 전달하는 매개체이다. 가느다란 빛은 곱고 따스한 여성 이미지이다. 그 빛이 다람쥐꼬리만큼 자라나서 목에 감기면 누이가 짜준 목도리가 된다. 그리고 입술에 닿으면 어머니가 베어주

던 사각사각한 홍당무가 된다. "목도리-홍당무"는 각각 온기-붉은색의
의미로 "누이-어머니"와 결합하면서 치욕이 시로 변용됨을 보여주는
이미지이다. 시인은 감옥이라는 동굴 속에서 햇살이라는 탯줄을 통해
다시 태어날 조짐을 보인다.

　그의 강렬하게 타오르던 투쟁의 불, 분열의 불, 질문의 불, 모든 부정
의 불은 햇살과의 이미지 놀이를 통해 교감하고 상응하면서 유년기의
순수한 모습으로 되돌아간다. 여기서 햇살을 상징하는 다람쥐꼬리, 목
도리, 홍당무는 모두 어린이가 좋아하는 부드럽고 작고 따뜻하고 달콤
한 물질로 시인은 이 세상의 가장 작은 존재로 축소되는 경향을 보여준
다. 김남주의 시에서 특히 여성 이미지는 이분화되는데 하나는 가장 성
스러운 것의 상징이요 다른 하나는 가장 타락한 것의 상징이다. 성스러
움이 배가된 것은 모성의 물질이며 타락은 물신화되고 거짓된 것의 본
질이다. 이 시에서 여성 이미지는 시인을 다시 생동케 하는 힘을 지닌
모태로서의 의미가 크다.

　　　사랑만이
　　　봄을 이기고
　　　봄을 기다릴 줄 안다

　　　사랑만이
　　　불모의 땅을 갈아엎고
　　　제 뼈를 갈아 재로 뿌릴 줄 안다

　　　천년을 두고 오늘
　　　봄의 언덕에

한 그루의 나무를 심을 줄 안다

그리고 가실을 끝낸 들에서
사랑만이
인간의 사랑만이
사과 하나 둘로 쪼개
나눠 가질 줄 안다

— 김남주, 「사랑 1」 전문

그에게 치욕, 추락이 혁명 앞에서 불확정적이고 위험한 순간을 의미한다면 시적 시간은 그런 것으로부터 다시 세워진 시간을 의미할 것이다. 그가 끊임없이 되풀이했던 자기 정체성에 대한 질문과 혼란이 추락 속에서 강렬한 부정의식으로 타올랐다면 시적 시간은 그에게 정체성의 확립과 그에 상응하는 깨달음을 제시해준다. 그는 이제 사랑만이 모든 것을 가능하게 하는 힘이라는 것을 안다. 이전의 시에 비해 훨씬 단출하면서 군더더기가 없는 이 시는 시인의 깨달음을 가식 없이 드러낸다. '참음'의 계명을 줄곧 주문했던 시인이 이제 '참음-기다림'은 사랑이라는 전제가 필요하다는 것을 역설하고 있다. 이는 사랑이 모든 것의 첫째라는 말을 상기하게 하는데 모든 행위의 바탕에 사랑이 깔려 있지 않으면 그것은 거짓이기 때문이다. 제 뼈를 갈아 재로 뿌린다는 것은 희생이며 한 그루 나무를 심는 행위는 희망이며 사과 하나 둘로 나눠 쪼개 먹는 행위는 나눔일진대 그 모든 것의 바탕에는 사랑이 있어야 한다는 말이다. 다음 시는 그의 명철한 깨달음과 절도 있는 의식의 명징성을 확연히 드러낸다.

만인을 위해 내가 노래할 때

나는 자유이다

땀 흘려 힘껏 일하지 않고서야 어찌 나는 자유이다 라고 말할 수

있으랴

만인을 위해 내가 싸울 때 나는 자유이다

피 흘려 함께 싸우지 않고서야 어찌 나는 자유이다 라고 말할 수

있으랴

만인을 위해 내가 몸부림칠 때 나는 자유이다

피와 땀과 눈물을 나눠 흘리지 않고서야 어찌 나는 자유이다 라

고 말할 수 있으랴

사람들은 맨날

밖으로는 자유여, 형제여, 동포여! 외쳐대면서도

안으로는 제 잇속만 차리고들 있으니

도대체 무엇을 할 수 있단 말인가

도대체 무엇이 될 수 있단 말인가

제 자신을 속이고서

— 김남주, 「자유」 전문

시인은 흔히 '무엇은 무엇이다'의 정의의 방식을 즐겨 사용한다. 그는 관념적으로 쓰이는 어휘를 자기만의 경험을 통하여 자기만의 언어로 새롭게 재정립한다. 그래서 그의 시에 자주 등장하는 관념어들은 김남주식의 새로운 옷을 입게 된다. 혁명, 사랑, 자유와 같은 큰 단어들이 그의 몸을 통과하여 육체성을 띤 의미들로 부활하는 것이다. 이런 방법은 프로메테우스의 사명 중에서도 가장 지성적인 것에 속하는 것이다. 왜냐하면 프로메테우스의 관점에서 사상은 이미지를 능가하길 원하기 때문이다. 불은 그 유용성으로 자기 존재를 증명하려 하고 이때 프로메

테우스주의는 지성주의로 나타난다.[20] 이 시에서도 마찬가지다. 만인을 위해 내가 노래할 때, 만인을 위해 내가 싸울 때, 만인을 위해 내가 몸부림칠 때, "나는 자유다"라고 말할 수 있다. 땀 흘려 일할 때, 피 흘려 싸울 때, 피와 땀과 눈물을 나눌 때 "나는 자유다"라고 말할 수 있다. 여기서 땀과 피와 눈물은 최선을 다하는 것, 있는 힘을 다하는 열정의 상징이고 나눈다는 것은 위에서 말한 사랑의 행위이다. 이 두 가지를 나 자신을 위해서가 아니라 만인을 위해서 할 때 자유가 성취된다. "사람들은 맨날 밖으로는 자유, 동포, 사랑을 외쳐대지만 안으로는 자기 잇속만 차리고" 있다. 여기서 사람들이란 불과 타협하는 자, 미지근하게 싸우는 자, 돼지의 잠을 자는 자 등 위선적 지식인, 소시민 등을 일컫는다. 그는 사람들의 가장 밑바닥에 고여 있는 인간적 본성인 '악'을 꼬집어 지적하는 것이다. 진실에 다다르기 위해서 버려야 하는 마지막 악은 '거짓과 위선'이다. '자유'는 '사랑'과 동의어이지만 사랑과 자유의 실천을 위해서는 선행되어야 할 것이 있다. 그것을 얻기 위해서 마지막으로 해야 할 것, 그것은 제 자신을 속이지 않는 것, 결국 제 자신에게로 돌아와 자기와 대면하는 것이다.

## 4. 낙원과 실낙원의 변증법

김남주는 출감 후 겉으로는 비교적 안정된 생활 속에서 활동을 전개

---

20  Bachlard, Gaston, 『불의 시학 단편들』, 60쪽 참조.

해나갔다. 출감 후에 발표된 그의 시들은 이전의 맥락을 유지하고는 있었으나 감정이 누그러들고 훨씬 절제된 면을 보여주었다. 이는 혁명의 퇴조와 사회주의 몰락이라는 세계정세의 영향과 자본주의의 정착, 문민정부의 출현 등으로 뚜렷하던 적의 정체가 사라졌기 때문이다. 또한 수감생활 동안 반복된 자기 자신과의 사투로 인하여 깎이거나 초탈한 내면에서의 이유가 더 클 것이다. 그렇기 때문에 이 시기에는 그의 비판의 대상이 구체적인 사람이나 지배 정권에 대한 반항에서, 문명이나 황금만능주의 같은 문화적인 것으로 이행해간다. 그리고 자신이 추구하는 세계에 대한 속량이 어떤 대상을 타파하거나 파괴하는 것에 있지 않고 미약한 몸짓으로라도 부단하게 계속하는 노력에 있음을 강조하는데 이는 그의 근성과 성실성에서 연유하는 진리이며 깨달음으로 보여진다.

이 시기 그의 시는 뚜렷한 변화의 조짐을 보이는데 특히 주제 면에서 자연에 대한 예찬과 소중함 같은 것을 토로하는 것으로 드러나기 시작한다. 그는 미래를 의식하면서도 자연 속의 사물들이 서로 합일하고 어울리는 현상을 유심히 살펴보며 과거에, 또 근원적으로 인간은 자연의 일부였다는 기억 속으로 회귀하는 경향을 보여준다.

이는 그가 지향했던 혁명이 인간성이 복원된 사회 건설에 있었다는 것을 말해준다. 이것은 혁명을 직선적이고 유토피아적인 세계건설이라고 인식하는 것과는 차이가 있는 것이다. 말하자면 그의 시에서 과거 시간의 회복과 자연과의 교감이라는 형태가 도시화된 세계의 모순과 대립되어 나타나는 것이다. 본 장에서는 시인이 지향했던 낙원의 상징들과 '자연과 합일을 이룬 상태', 낙원이 상실된 현재의 모습 '문명의 메쓰꺼운 상태'를 질베르 뒤랑의 분류체계에 따라 살펴볼 것이다.

뒤랑은 낮의 체계에서 분열 형태의 원형으로 '빛/어둠, 정상/심연, 세례/더럽혀짐'의 구도를 제시하는데 시인의 시에서 흔히 드러나는 '빛과 어둠', '정상과 심연'의 이미지는 앞에서 강조했던 바 있었으므로 여기에서는 '세례와 더럽혀짐'이라는 이미지에 집중하여 살펴볼 것이다. 세례는 시인이 지향하는 낙원의 상태를 나타내며 가장 맑고 순수한 정신 상태를 반영한다. 여기에서는 정화수를 떠올리게 하는 물 이미지와 불과 물의 혼합이라는 복합적인 빛 이미지가 자주 등장한다. 이런 순간은 시인이 소년이 되는 순간이며 고향과 자연의 일부로 화하는 순간으로 변주된다.

> 흘러 흘러서 물은 어디로 가나
> 물 따라 나도 가면서 물에게 물어본다
> 건듯건듯 동풍이 불어 새봄을 맞이했으니
> 졸졸졸 시내로 흘러 조약돌 적시고
> 겨우내 낀 개구쟁이의 발때를 씻기러 가지
>
> 흘러 흘러서 물은 어디로 가나
> 물 따라 나도 가면서 물에게 물어본다
> 오뉴월 뙤약볕에 가뭄의 농부를 만났으니
> 돌돌돌 도랑으로 흘러 농부의 애간장을 녹이고
> 타는 들녘 벼포기를 적시러 가지
>
> 흘러 흘러서 물은 어디로 가나
> 물 따라 나도 가면서 물에게 물어본다
> 동산에 반달이 떴으니 낼 모레가 추석이라
> 넘실넘실 개여울로 흘러 달빛을 머금고

물레방아를 돌려 떡방아를 찧으러 가지

흘러 흘러서 물은 어디로 가나
물 따라 나도 가면서 물에게 물어본다
봄 따라 여름 가고 가을도 깊었으니
나도 이제 깊은 강 잔잔하게 흘러
어디 따뜻한 포구로 겨울잠을 자러 가지
　　　　　　　　　— 김남주, 「물따라 나도 가면서」 전문


　시인의 꿈은 미래에 도래할 천국인 유토피아를 건설하겠다는 목표 아래, 궁극적으로는 인간을 쓸모없게 만드는 모던적 태도를 의미하는 것이 아니다. 이 시에는 자연을 흠집 내지 않고 자연의 일부로 인간이 존재하는 사회를 이루겠다는 소박한 소망이 유감없이 드러난다.[21] 그것은 아담의 타락 이전의 순수성을 회복하자는 것이고 미래라는 시간 위에, 평등성이 실현되던 과거의 원초적 시간을 되돌려놓자는 순환적 시간관을 내포한다. 이 시는 초기 시편에 속하는 것이지만 그의 투쟁성의 부각보다는 자연친화적인 시간관념을 잘 드러내주고 있다. 유체성의 물 이미지가 계절의 순환과 결부되면서 태초의 순환적인 축제의 반복이 주는 익미처럼 농부들은 자연의 사물들에 어우러지고 있다.

　이 시에서 느껴지는 운율감, 의성어, 의태어의 사용, 후렴의 반복 등은 시가 노래라는 의미를 상기시켜준다. "물 따라 나도 가면서 물에게 물어본다"에서처럼 물과 함께 교감하면서 자연과 동화되어 물처럼 유

---

21　김사인, 앞의 글 참조.

동하는 모습은 소년이 된 화자의 모습을 반영한다. 또 미끄러지듯 자유자재로 흐르는 물과 대상의 섞임과 천연적 운동성은 동사적 감각에 침윤된 시인의 특성을 뚜렷이 보여준다. 1연의 "봄-조약돌-발때", 2연의 "여름-농부의 애간장-벼포기", 3연의 "가을-달빛-떡방아", 4연의 "겨울-깊은 강-겨울잠"으로 이어지는 물의 흐름은 오랜 역사 속에서 변치 않고 반복되어온 우리 전통 생활 모습의 계절 예식을 보여주며 '자연과 동화된 인간의 참다운 행복'이라는 주제를 상기시킨다.

눈이 내린다 싸락눈
소록소록 밤새도록 내린다
뿌리 뽑혀 이제는
바싹 마른 댓잎 위에도 내리고
허물어진 장독대
금이 가고 이빨 빠진 옹기그릇에도 내리고
코 잃고 주저앉은 외양간에도 내린다
더러는 마른자리 골라 눈은
떡가루처럼 하얗게 쌓이기도 하고

닭이 울고 날이 새고
설날 아침이다
새해 아침이라 그런지
까치도 한 두 마리 잊지 않고 찾아와
대추나무 위에서 운다

까치야 까치야 뭣하러 왔냐
때때옷도 없고 색동저고리도 없는 이 마을에
이제 우리 집에는 너를 반겨줄 고사리 손도 없고

너를 맞아 재롱 피울 강아지도 없단다
좋은 소식 가지고 왔거들랑 까치야
돈이며 명예 같은 것은
그런 것 좋아하는 사람들에게나 주고
나이 마흔에 시집 올 처녀를 구하지 못하는
우리 아우 덕종이한테는
행여 주눅이 들지 않도록
사랑의 노래 하나 남겨두고 가렴

— 김남주, 「설날 아침에」 전문

설날은 '첫'이라는 의미를 가지며 흰 눈은 순수한 물질의 상징이고 순수함은 상상 속에서 빛을 발하는 것이다. 또 "하얀"의 속성은 빛을 빨아들이는 것도 가능하게 한다. 그래서 흰빛은 순수성을 응집시키는 데 유효하다. 이 시에서 설날 아침에 "하얗게" 고봉으로 내리는 눈은 이 세상에서 가장 순수한 것을 가리킨다. 떡가루처럼 하얗게 내리는 눈은 그 의미가 한층 고조되어 축제의 의미를 배가시키고 신의 은총이 충만한 상태를 떠오르게 한다. 장독대, 옹기그릇, 외양간이 있는 시골마을에 하얗게 눈이 쌓여 있고 초가집 뜰에는 대추나무, 감나무가 있다. 발자국도 없는 이 마을에 까치가 날아와 운다. 까치는 반가운 소식을 전해주는 상서로운 새이다. 이 시에서 설날, 즉 축제는 풍요의 상징이며 아침은 희망의 상징으로 이 시의 배경은 원초적 충만의 상태를 드러낸다.

그러나 화자는 까치더러 왜 왔냐고 질책하기에 이른다. 때때옷도 없고 색동저고리도 없고 고사리 손도 없는 마을은 축복과는 정반대에 위치하는 저주받은 장소로 기능한다. 때때옷-색동저고리-고사리 손은 어린 생명에게 관련된 것으로 순수성을 가리키며 1, 2연의 충만한 상태에 상응하는 요소이다. 고향은 사랑의 충만함과 결핍이라는 이중의 요소를 동시에 거느리며 시인의 고향의식의 절절함이 배가되어 표현된 것으로 나타난다. 1, 2연의 충만함은 3연의 결핍으로 감정이 전이되면서 천사의 역할을 담당하고 있는 까치의 행위가 부각된다. 그것은 까치가 가져온 "좋은 소식"이 돈이나 명예 같은 현대의 문명인들이 좋아하는 것과 관련된 것이 아닐까 하는 걱정이 앞서기 때문이다. 사람들은 까치에게조차 돈이나 명예를 달라고 구걸하기 때문에 문명사회에 존재하는 까치 역시 본질을 잃어버리기 쉬울 것이라는 염려로 읽혀지는 것이다.

시인이 주문하고 있는 이곳에서 필요한 것은 "사랑의 노래"이다. 시인은 처녀와 총각이 만나 사랑을 나눌 수 있는 장소를 축복의 장소로 생각하는 것이다. 그곳은 원초적 사랑의 꿈이 실현될 수 있는 세계이다. 그는 서로 시집가고 장가드는 일이 어렵지 않았던 과거의 시간을 불러들이고자 한다. 그러나 산업화의 시작으로 자본이 유입되고 도시화되면서 농촌의 처녀들은 하나둘 고향을 떠나고 도시 빈민으로 전락하여갔다. 시골에는 처녀가 없어 총각들이 장가를 못 드는 기형적 현상이 초래되었다. 이런 현상을 친동생인 덕종 아우가 경험하고 있는 것을 가슴 아파하며 시인은 자연의 신에게 청원하는 것이다. 이 시는 1, 2연이 '자연과 동화된 화자'의 모습이라면 3, 4연은 '파괴된 자연의 현실'에서 느낀 비애 의식이 절제 있게 드러나 있다.

　　　반짝반짝 하늘이 눈을 뜨기 시작하는 초저녁
　　　나는 자식 놈을 데불고 고향의 들길을 걷고 있었다

아빠아빠 우리는 고추로 쉬하는데 여자들은 왜 엉뎅이로 하지?

이제 갓 네 살 먹은 아이가 하는 말을 어이없이 듣고 나서
나는 야릇한 예감이 들어 주위를 한번 스윽 훑어보았다 저만큼
고추밭에서
아낙 셋이 하얗게 엉덩이를 까놓고 천연스럽게 뒤를 보고 있었
다.

무슨 생각이 들어서 그랬는지
산마루에 걸린 초승달이 입이 귀밑까지 째지도록 웃고 있었다.
— 김남주, 「추석 무렵」 전문

이 시에는 문명의 때가 묻지 않은 존재들의 모습이 자연의 흐름의 일
부로 제시되어 있다. 어린 화자, 즉 갓 네 살 먹은 아이, 아낙 셋, 고추
밭, 별이 뜬 초저녁의 하늘, 산마루에 걸린 초승달은 천연덕스러운 순
수한 자연의 일부로 성인이 된 관찰자와는 대비되는 존재태들이다. "아
빠아빠 우리는 고추로 쉬하는데 여자들은 왜 엉뎅이로 하지?"에서 보
여지는 원초성에 대한 질문은 그 동화적 어조와 함께 존재를 순간적으
로 현현시킨다. '엉덩이'에서 양성화된 모음의 변조로 "엉뎅이"이라는
말의 유아적 표현이 자연의 순수성을 확대시켜준다. 자연의 일부로 화
한 육체를 통해 해학적인 아름다움이 부각되는 것이다. 그것은 저만치
고추밭에서 아낙 셋이 엉덩이를 까놓고 뒤를 보고 있는 것에서 더욱 고
조된다. "무슨 생각이 들었는지 산마루에 걸린 초승달이 입이 째지도록
웃고 있었다"는 표현에서 시인의 긍정적 사유와 위트가 만들어낸 최고
의 회화적 이미지가 발산되며 실제로 시인이 초승달처럼 활짝 웃으며

그 상황에 몰입하고 있음이 읽혀진다. 또한 반짝반짝, 하얀 엉덩이, 초 승달 등의 빛 이미지들은 고향의 따뜻한 물상들의 정조를 드러내는데 이 빛은 부드럽고 자연 친화적인 인상적 배경으로서의 역할을 담당한 다.[22] 이처럼 후기 시에서 시인은 상실한 것을 되찾기 위하여 과거로 회 귀하는 경향을 뚜렷이 보여준다. 이것은 잃어버린 낙원에 대한 꿈이자 시간의 회복에 대한 꿈이다.

> 꽃과 과일로 장식한 안주상이 들어오고
> 술병을 가슴에 품은 밤의 선녀들이
> 춤추듯 미끄러지며 방으로 들어왔다
> 그들은 하나같이 분홍치마에 노랑저고리를 입고 있었다
> 그들은 들어오기가 무섭게 옷부터 벗기 시작했다
> 옷고름을 풀고 저고리를 벗고
> 봉긋하게 솟은 젖가슴의 덮개를 걷어내고
> 허리깨로 손이 가는가 싶더니
> 치마가 소리없이 발목까지 흘러내렸다
> 그리고 그들 선녀들은 최후의 은신처에서
> 꽃잎 모양의 삼각천을 떼어내더니
> 일제히 괴성을 지르며 하늘 높이 내던졌다
> 그러자 초저녁부터 지상에 내려와
> 자리를 잡고 있던 선남들도
> 일제히 술잔을 치켜들고 부라보를 연호했다
> 요란스런 초야의 의식이 끝나자 선남선녀들은
> 술잔과 입술을 주고받고

22  남진우, 앞의 글, 앞의 책 참조 ; 이은봉, 「김남주 시의 정서적 특질에 대한 고 찰」, 『현대문학이론 연구』, 1999 참조.

예부터 내려오는 음담과 패설을 주고받고
인구에 회자하는 노래를 주고받고 하다가
마지막 의식을 치루기 위해 각자 짝을 지어
밤의 보금자리로 기어들어갔다

그날 밤 나는 취하지 않았다
팔목을 보니 시계는 자정을 넘고 있었다
나는 부랴부랴 바깥세상으로 나왔다
전봇대를 껴안고 질금질금 오줌을 깔기는 사람
바닥에 주저앉아 으악으악 토악질을 하는 사람
질주하는 택시에 대고 고래고래 악을 쓰는 사람
사내를 붙잡고 섹스를 흥정하는 사람
밤의 서울은 별유천지비인간이었다
　　　　　　　　　　　　　── 김남주, 「별유천지비인간」 전문

　이 시는 마치 신선들의 세계를 그리고 있는 듯 몽환적이면서 비현실적인 풍경들을 제시하고 있다. 제목에서 보이듯 봄이면 상류에서 복숭아꽃이 떠내려와서 '도화유수묘연거(桃花流水杳然居) 별유천지비인간(別有天地非人間)'[23]의 경지를 이루며 하늘에선 선녀가 내려와 목욕하고 올라간다는 당나라 시인 이백의 시를 차용하고 있다. 그러나 이 시는 풍류를 노래한 것이 아니라 타락한 문명사회의 이면을 날카롭게 꼬집고 있는 풍자시이다. 이 시에는 "세례/더럽혀짐"이라는 이분법의 구도에서 "더럽혀짐"의 이미지가 강렬하게 부각되고 '더럽혀진' 세상이라는 주제

23　問余何事栖碧山 笑而不答心自閑 桃花流水杳然居 別有天地非人間, 「山中問答」, 당나라 시인 이백의 시.

가 전면으로 드러나고 있다. 시인은 주로 후기 시에서 문명 비판이라는 명제를 '자연친화적이고 동화적인 화법의 면모'/'직설적이고 사실적인 묘사'를 통하여 나타내는데 이것은 둘 다 사람을 견딜 수 없게 만드는 도시의 타락과 토악질 나는 현상에 대한 비판과 역설의 표현이다.

또한 이 시에서는 여성 이미지가 매우 부정적으로 나타나고 있다. 여성은 토악질 나는 타락의 전위대로서 충실한 역할을 담당하고 있다. 꽃과 과일로 장식한 안주상, 술병을 가슴에 품은 밤의 선녀, 분홍치마 노랑저고리, 꽃잎 모양의 삼각천 등은 남성의 유희 대상이 되기 위한 요소들이다. 일상생활에서 잘 볼 수 없는 특이한 여성 이미지들은 유체성을 띠며 미끄러지듯, 춤추듯 흘러내리고 괴성을 지르는 것으로 절정을 이룬다. 남성을 자극하기 위한 이런 행위는 '인간 대 인간'이라는 평등구조가 아니라 '지배/피지배'라는 권력구조 안에 편입되는 행위이다. 타락한 남성들의 노리개가 되어 밤을 흥정하고 몸을 파는 여성들은 시인의 눈에는 더러움의 상징으로 보인다. 망설임 없이 아주 기계적이고 자연스러운 방법으로 이러한 거래가 진행된다는 의미를 강조하기 위해 시인은 유체성의 구조를 활용하고 있다. 이 유체성은 더러움, 유혹 같은 이미지가 자연스럽게 자본주의 사회의 한 요소로 역할을 담당하고 있음을 드러내준다. 자정이 될 때까지 이러한 의식은 멈추지 않고 이어진다. 의식이 끝나면 "전봇대에 대고 오줌을 깔기는 사람" "토악질을 하는 사람" "섹스를 흥정하는 사람" "고래고래 소리를 지르는 사람" 들의 '아우성'이 남는다.

시인의 취하지 않았다는 고백은 이러한 타락한 세계에 대한 정확한 고발이라는 의미 전달과 더불어 비인간의 세상을 목도한 후의 경악을 강조한다는 면을 부각시킨다. 여기서 시인의 도덕주의와 지성주의를 다시 한번 엿볼 수 있다. 이 타락상은 낙원의 이상과 대비된 현실의 모습으로 시인의 지향점과는 완전히 빗나간 '더럽혀짐'의 원형을 극명하게 드러낸다. 이 시기 시인은 서울의 놀라운 타락과 밤의 십자가를 통해 드러난 종교의 타락 등 적응할 수 없는 경지에 이른 도시문명에 대해 분노를 감추지 못한다. 겉으로는 말할 수 없이 풍요로워 보이는 삶의 이면에는 지배구조의 모순이 도사리고 있다. 이러한 현실에 대한 분노의 감정은 시인의 태생적인 '부정'[24]의식의 발로로 보여지기도 하는데, 이것은 그 반대편에서 철저히 유린당하고 있는 인간을 향한 끝없는 사랑의 마음과 관련을 맺는 것이기도 하다.

> 파도가 몰려온다 벌거벗은 여름날의 바닷가로
> 열 겹 스무 겹 떼지어 하얗게 몰려온다

---

24  시인이 어린 시절부터 지니고 있던 '부정'의식이 드러난 시이다. "이 고개는/솔밭 사이사이를 꼬불꼬불 기어오르는 이 고개는/어머니가 아버지한테/욱신욱신 삭신이 아리도록 얻어맞고/친정집이 그리워 오르고는 했던 고개다/어린 시절에 나는 아버지 심부름으로/어머니를 데리러 이 고개를 넘고는 했다/고개 넘으면 이 고개/가로질러 들판 저 밑으로 개여울 흐르고/이끼와 물살로 찰랑찰랑한 징검다리를 뛰어/물방앗간 뒷길을 돌아 바람 센 언덕 하나를 넘으면/팽나무와 대숲으로 울울한 외갓집이 있다/까닭없이 나는 어린시절에/이 집 대문턱을 넘기가 무서웠다/터무니없이 넓은 이 집 마당이 못마땅했고/농사꾼 같지 않은 허여멀쑥한 이 집 사람들이 꺼려졌다/심지어 나는 우리 집에는 없는 디딜방아가 싫었고/어머니와 함께 집으로 돌아갈 때/외할머니가 들려주는 이런저런 당부 말씀이 역겨웠다/나는 한번도 들여다보지 않았다/아버지가 총각 머슴으로 거처했다는 이 집의 행랑방을". 김남주, 「그 집을 생각하면」, 『나와 함께 모든 노래가 사라진다면』, 창작과비평, 1995 참조.

와서
내 발등을 핥기고
와서
내 발목을 물어뜯고
와서
내 무릎에서 사납게 부서진다
이것 좀 보란 듯
이것 좀 보란 듯
모래밭에
인간이 버린 욕망의 허섭쓰레기를 토해놓으며

그것은 이빨자국에 썩어문드러진 과일이었다
그것은 작살난 개의 머리였고 식칼에 토막난 닭의 울대였다
그것은 모가지 떨어져 나간 술병이었고 옆구리가 구겨진 깡통이
었다
그것은 철사에 꼬인 꽃게의 발가락이었고
그것은 등이 구부러진 이상한 고기였고 비닐 속에서 질식당한
꼬막이었다

그것은 유방에서 벗겨진 브래지어였고
그것은 발정한 성기에서 빠져나간 콘돔이었다
그것은 그것은
내가 인간이라는 사실에 구역질이 나는 토악의 세계였다
― 김남주, 「토악의 세계」 전문

"바닷가"나 "강가" 어디에서도 흔히 볼 수 있는 광경을 통해 이 시는
현대문명의 세례를 받은 인간이 남긴 물질들을 하나하나 제시해 보여
주고 있다. 그 물질들은 하나같이 인간의 욕망으로 희생당한 자연의 모

습이다. 그 욕망은 "이빨 자국-식칼이 토막 난-작살 난-모가지 떨어진-옆구리 구겨진-철사에 꼬인-등이 구부러진-질식당한"이 상징하듯 기형화되거나 자연스럽지 못한 욕망들이다. 그 욕망에 희생당한 자연의 사물들은 한순간 쾌락의 도구가 되었던 것들이다. 그러나 그 순간이 끝나면 자기의 본질을 잃어버린 채 내팽개쳐지는 것들이다. 3연의 두 행은 도시의 타락 중에서도 가장 심각한 것이 '성의 타락'이라는 것을 강조한다. 이런 의미에서 보아도 시인에게 '낙원'은 도덕적으로 정화된 의미로서 천국을 상징하는 것이다. 즉 할례받은 성과 순수성이 보존된 것으로의 낙원인 것이다. 이것은 분열 형태에서 분리의 상징, 초월의 상징이 되며 역설적으로 근대 혁명이 제시하는 유토피아의 세계와는 거리가 있는 것이다.

  그는 후기 시에서 회귀의 경향을 자주 보여준다. 이는 미래의 직선적 시간을 고수하며 유토피아라는 천국 건설을 위해 속도를 멈추지 않고 있는 현실에 저항하는 것이기도 하다. 이런 현상은 시인의 의식과 현실 사이에 거리를 만들고 시인을 적응할 수 없는 경지에 다다르게 한다. 또한 시인의 밖으로 분출되던 에너지는 점차 절제와 이성이 개입하면서 이미지는 '불'의 타오름에서 '빛'의 색조로 완전히 변화되는 것을 볼 수 있다. 또한 주제 면에서 '투쟁'으로 집중되었던 것이 사물의 사소한 기미에 교감하는 섬세함을 보여주는데 이것은 시인으로서의 정체성을 찾아[25] 나가는 새로운 이행의 표징이라 할 수 있다.

---

25  "감옥이 열리고/길도 따라 내 앞에 열려 있다/세 갈래 네 갈래로/어느 길로 들어설 것인가/불혹의 나이에/나는 어느 길로도 선뜻/첫발을 내딛지 못한다 농사나

       콕
콕 콕
콕 콕 콕
새 한 마리
꼭두새벽까지 자지 않고
깨어나
일어나
어둠의 한 모서리를 쫀다
콕 콕콕 콕콕콕……

이윽고 먼데서
닭울음소리 개울음소리 들리고
불그레 동편 하늘이 열리고
해 하나 불쑥 산너머에서
개선장군처럼 솟아오른다

이렇게 오는 것일까 새 세상은
하늘이 열리고 땅이 열리고
새 세상은 정말
새 세상은 정말
어둠을 쪼는 새의 부리에서 밝아오는 것일까
　　　　　　　　　　　— 김남주, 「적막강산」 전문

낙원은 죄의 개입이 없는 깨끗한 장소이다. 부끄러움이 없고 고통이

────────

지을까/나로 인해 화병으로 돌아가신/아버지의 들녘으로 가서 시나 쓸까/이 세
상 끝에라도 가서 쉬었다나 갈까/어디 절간 같은 데라도 가서 별 생각이 다 떠
오른다 …(후략)". 김남주, 「길」, 『사상의 거처』, 창작과비평, 1991 참조.

없다. 순환적 시간이 지배하는 낙원의 삶은 타락과 아우성이 범람하는 환락의 도가니와 대비된다. 물질과 정신의 타락이 지배하는 욕망의 도시에서 시인은 새 세상의 도래를 예감한다. 새 세상은 새벽까지 자지 않고 깨어 일어나 어둠의 한 모서리를 쪼는 새의 부리에서 밝아온다고 말하는 데서 보이듯 혁명은 큰 행위에 있지 않고 작은 행동과 투신의 계속됨으로 인해 조금씩 이루어진다는 믿음으로 읽게 된다. 이 향일성은 그가 초기 시에서 수없이 되풀이했던 '참음'의 계명이 재정립된 것이다. 콕, 콕콕, 콕콕콕 계속되는 행위에서 보여지듯 혁명은 작고 사소한 행위의 반복에서 오는 것이라는 반어적 표현인 것이다.

앞과 위로만 뻗쳐 있던 그의 상상력은 이제 차분한 울림으로 둥글게 퍼져나간다. 그가 자신을 일컬어 한 그루 나무라고 표현한 바 있듯 수직적 상상은 나무의 우듬지에서 뿌리[26]까지 깊게 뻗어나가는 면을 보여준다. "한파가 한차례 밀어닥칠 것이라는/이 겨울에/나는 서고 싶다 한 그루의 나무로/우람하여 듬직한 느티나무로는 아니고/키가 커서 남보다/한참은 올려다봐야 할 미루나무로도 아니고/삭풍에 눈보라가 쳐서 살이 터지고/뼈까지 하얗게 드러난 키 작은 나무쯤으로/그 나무 키는 작지만/단단하게 자란 도토리나무/밤나무골 사람들이 세워둔 파수병으로 서서/싸리나무 옻나무 나도밤나무와 함께/마을 어귀 한구석이

---

26  시인의 시에서 뿌리이미지를 드러낸 시들은 자기의 중심을 확고히 하겠다는 무의식의 표현으로 보인다. 뿌리는 집, 배, 동굴과 같이 휴식의 운동이기도 하며 모성으로의 회귀와 연관되기도 한다. 뿌리에 관련된 시들을 보면 「그들의 죽음은 지나간 추억이 아니다」 「고목」 「뿌리」 「시인은 모름지기」 「잣나무나 한 그루」 「자유를 위하여」 등이 있다.

라도 지키고 싶다/밤에는 하늘가에/그믐달 같은 낫 하나 시퍼렇게 걸어놓고/한파와 맞서고 싶다"(「이 겨울에」, 『사상의 거처』)에서처럼 나무에 침윤되었던 시인의 수직적 시선은 이제 하늘을 바라보고 있다. 그러면 동편 하늘이 불그레 열리고 닭 울음소리, 개 울음소리와 함께 해 하나가 불쑥 산 너머에서 솟아오른다.

새 세상의 상징인 2연은 희망과 개방성을 띤 이미지들이 혼합되어 그 의미를 더욱 확산시켜준다. 그리고 확산된 이미지들은 "새의 부리에서 밝아오는 것일까"라는 의문 종결형과 관련을 맺으며 새 세상 도래에 대한 기대감을 고조시킨다. 하나의 세계가 탄생하기 위해서는 무수한 희생의 반복과 인내가 있어야 한다. 시인의 혁명은 일시적으로 타올랐다 꺼지는 불이 아니라 끊임없이 온기를 내뿜으며 삶의 양면적 모습을 품에 껴안고 가는 도정 위에 있다. 새 세상의 도래는 내일 아니면 모레 다가온다는 기약이 없어도 우리는 끝없는 길을 걸어간다. 어둠의 한 모서리를 쪼는 새처럼 삶의 작은 부정들과 싸우면서 계속되는 것이다.

## 5. 휴식의 도정 초월의 도정

김남주의 시에서 쉬지 않고 타오르던 불은 다양하게 변주되면서 그의 의식의 움직임에 따라 역동적으로 나타났다. 그러나 쉬지 않는 역동성은 사람을 지치게 한다. 미래에 붙잡혀 있었던 의식은 늘 산정상의 높은 곳, 망망대해의 넓은 곳에서 적과 부딪치며 싸워야 했다. 끝없는 싸움은 또한 사람을 지치게 한다. 그의 시에 등장하는 많은 동사들, 언어들의 분출은 타오르는 열정과 자기혁신의 결과물들이다. 그러나 출감 후 그의 시는 수직적 구도에서 하향성을 띠며 다소 누그러지는 경향을 보여준다. 위기, 위험 같은 단어를 떠올리게 하는 백척간두의 절박성 대신에 삶의 양면성을 인정하는 너그러움이 들어섰고 혁명전사로서의 자기 주체성 확립에 골몰하던 정신주의는 한 세상을 넘긴 통찰의 눈으로 바뀌었다.[27]

그리고 "다 끝내고/비좁아 답답하고/어두워 외로운/이 징역살이도 다 끝내고/다시 잡아보는 펜이여/다시 거머쥐는 칼이여/원수도 증오도 다 끝내고/사랑도 혁명도 혁명의 방어도/다 끝내고"(「다 끝내고」, 『사상의 거처』)에서 보이듯 그는 산 정상에 올라서서 답답하게 깝죽거리는 세상살이에 염증을 느끼고 있는 듯하다.

후기 시에서 그는 지금까지의 시적 주제를 고수하면서도 혁명전사로서가 아닌 인간으로서 또는 시인으로서의 무게에 중심을 더 두고자 한다. 이미지들은 불에서 물이 혼합된 빛으로 화하고 시선은 위에서 아래로, 수평으로 움직여간다. 특히 물의 유체성의 이미지는 그의 에로스 감정을 발산시키는 데 유효하게 작용한다. 그는 물속에서 그동안 얼어붙은 영혼을 부드럽게 정화하고자 한다.

---

27 "산은 오를만한 곳이더라/큰 산은 꼭 한 번 오르고 볼 일이더라//오늘 아침 나는/무등산 입석에 올라 동서남북을 둘러보았다/멀리서 가까이서 안개가 피어오르고/저 아래 집들을 굽어보니 집들은/개똥벌레처럼 불을 켜고 깝죽거리고/인간의 욕망이 쌓아올린 도시의 고층빌딩도 층층이 구멍 뚫린 벌집 투성이/오르다가 꺾이고만 사다리 꼬락서니더라". 김남주, 「산에 올라」, 『사상의 거처』, 창작과비평, 1991.

나는 쓴다
모래 위에 그대 이름을 쓴다
파도가 와서 지워버린다
지워진 이름 위에 나는 그린다
내 첫사랑이 타는 곳 그대 입술 위에
다시 와서 파도가 지워버린다
그 위에
모래위에 미끄러지는 입술 위에
나는 판다 오 갈증의 샘이여
깊고 깊은 그대 몸속의 욕망을 오 환희여
파도가 와서 메워버린다

황혼의 바다 파도는 가고
나는 떠난다
모래 위에 그림자 길게 늘어뜨리고
내 고뇌의 무덤 그대 유방 위에
허무의 재를 뿌리며

— 김남주, 「파도는 가고」 전문

이 시는 출감 전에 사랑하는 여인을 생각하며 쓴 시이다. 모래 위에 그대 이름을 쓰는 것은 불확정적이고 금방 사라질 듯한 예감의 표현이다. 사랑은 언제나 불안정적이기 때문에 사랑에 빠진 자를 위태롭게 만든다. 물은 모든 것을 무화시키거나 흩어버리는 성질을 갖는데 "파도"는 물의 성질이 강화된 것이다. 더구나 "모래"와 결부되면서 더욱 그 성질이 배가된다. 화자는 자꾸 모래 위에 쓰고 그리는 행위를 반복한다. 파도는 그때마다 와서 지워버린다. 그만큼 화자의 욕망은 크고 그에 따

른 덧없음도 크다. 쓰고 그리고 파는 행위는 흔적을 남기고자 하는 욕
망이다. 이것은 남성의 노동력과 쟁기로 밭을 가는 행위를 떠오르게 하
며 육체적인 남성의 성적 욕망을 드러낸다. 황혼의 바다는 텅 비고 모
래 위에 그림자는 길다. 그림자가 길다는 것은 아직 그리움이 끝나지
않았다는 의미이지만 그는 떠나야 하고 이루지 못한 사랑 위에 "허무의
재"를 뿌려야 한다.

그의 연시는 표현에 있어서는 매우 직설적인 육체 이미지[28]가 자주
등장하지만 의식 면에서는 정신주의의 흔적이 많이 깔려 있다. 이를테

---

28  성애의 그리움을 담고 있는 육체 이미지가 부각된 아래의 시편들은 상상 속에
서 성적 욕망을 드러내지만 시인의 허무주의를 동반한 그리움의 노래로만 표현
되며 이는 시인의 정신주의와 결부되는 것으로 보인다.
"나는 그린다 여인의 얼굴을/허공에 담배연기 속에 그 까만 눈을/내 고뇌의 무
덤 그 하얀 유방과/달빛에 젖은 골짜기 그 축축한 허벅지를/눈을 감고 그린다
허공에 담배 연기 속에 오 부챗살처럼 펼쳐지는 여인의 몸 밤의 잠자리여/입술
을 기다리는 입술/팔을 기다리는 허리/가슴을 기다리는 가슴/오 귀가 멀수록 가
깝게 들리는 그대 거친 숨결이여/나는 놓는다 나는 놓는다 나는 놓는다/그대가
마시는 모든 술잔에 나의 입술을/그대가 만지는 모든 사물에 나의 무기를/그대
가 그리는 모든 그리움에 나의 노래를/깊고 깊은 골짜기에서 그대는 갈증의 샘
처럼 흐르고/나는 땅속깊이 그대를 파헤쳐 하늘 아래 별처럼/붉은 아기하나 태
어나게 하고 싶다". 김남주, 「고뇌의 무덤」, 『사상의 거처』.
"더위에 불타는/한낮의 뜨락/느닷없이 퍼붓듯 소나기 내린다/누워있던 소복의
여인 불현듯 일어나/활짝 장지문 열어제끼고/창대처럼 꽂히는 빗줄기를 바라본
다/하염없이 하염없이 여인은 돌아서 거울앞에 앉는다/싱싱한 파초잎에 주룩
주룩 쏟아지는 거울 속의 빗줄기를 보며/여인을 머리를 빗기 시작한다/거울 속
의 소나기는 여인의 타는 입술을 적시고/한동안 고뇌의 무덤 유방 사이에서 머
물렀다가/타고 내려 하얀 배를 쓰다듬고/새벽의 골짜기를 흘러/발등을 적실 때
까지 여인은/거울 앞에서 빗질을 한다/하염없이 하염없이/". 김남주, 「하염없이
하염없이」, 『나와 함께 모든 노래가 사라진다면』.

면 도덕관념일 텐데 그는 자신의 사랑이 한 여자를 행복하게 해줄 수 없다는 의식을 떨쳐버릴 수 없는 것이다. 자신의 처지가 사랑의 실현 같은 것과는 거리가 멀기 때문에 그는 허무와 덧없음의 재를 스스로에게 뿌려야 하는 것이다. 이 시는 바다, 파도 등의 물 이미지가 입술, 갈증의 샘, 몸 속 욕망, 무덤 등의 여성 이미지들과 결합하여 '분리'에서 '섞임'의 구조로 변화되는 것을 뚜렷이 보여준다. 아울러 "깊고 깊은"이나 "나는 판다" 등에서 보여지듯 욕망의 행위에 대한 절실함이 파도가 와서 "메워버리는 것"으로 끝나 '사랑의 덧없음'이라는 주제가 부각된다.

그동안 내 심장은 십 년 이십 년
바위 끝을 자르는 칼바람의 벼랑에서 굳어 있었다
너무 굳어 있었다
이제 그만 내려가자
등성이를 타고 에움길 돌아
종다리 우는 보리밭의 아지랑이 속으로
가서 내 심장 춘삼월 훈풍에 녹이자
그동안 몇 십년 동안
때라도 묻은 것이 있으면 고개 넘어
불혹의 강물에 가서 씻어내리고
그러자 그러자 잠시
찬바람 이는 언덕에서 내려와
찔레꽃 하얗게 아롱지는 강물에
내 심장 깊이깊이 담그고 거기
피묻은 자국이라도 있으면 그것마저 씻어내고
내 마음의 거울 손바닥 만한 하늘이라도 닦자

167

맑게 맑게 닦아 그 자리에 무엇 하나 또렷하게 새겨넣자
이를테면 별처럼 아득한 것
절망의 끝이라든가
내가 아끼는 사람 이름 석 자 같은 것이라든가
　　　　　　　　　　　　　　— 김남주, 「절망의 끝」 전문

　이 시는 사랑이 주는 '휴식'의 의미를 잘 드러내준다. 1~3행은 그의
분열 형태적 사유가 최고조로 활활 타오르던 젊은 시절의 모습을 반영
한다. 이는 "바위 끝을 자르는 칼"과 "벼랑에서 굳어버린 심장"이 상징
하듯 부동성과 이분법의 극점에 서 있는 주체를 부각시킨다. 4행부터는
"내려가자"로 시작되는 하강 이미지들이 유연하게 유동하는 것을 볼 수
있다. 즉 "내려가자—녹이자—씻어내리고—내려와—담그고"로 이어지는
하강의 상징들은 보리밭의 "아지랑이—춘삼월 훈풍—불혹의 강물—찔레
꽃 하얗게 아롱지는 강물" 등의 부드럽고 습기 어린 물질들과 관계하면
서 점착과 결합의 본성을 강화시킨다. 이렇게 어우러지고 싶은 시인의
감성은 이제 칼이나 바위, 벼랑 같은 부동성의 이미지를 탈피하여 여리
고 부드럽고 섬세한 것들과 교감하고자 한다.
　그것은 험난했던 삶에서 휴지 기간을 갖고 싶은 무의식의 표현으로
보인다. 또 혁명이란 거대한 사건이 아니며 적대적으로 무장된 전면적
싸움이기만 한 것이 아니라는 깨달음에서 오는 허허로움과 결부되기도
한다. 혁명은 사랑의 행위처럼 끊임없는 '인내'로 이어지며 일상 속에서
늘 진행 중에 있는 것이다. 후기 시에서 시인은 맑은 것, 작은 것, 하얀
것, 별같이 빛나는 사물들에 깊은 애정을 느끼는 것 같다. 이 시의 말미
에서 맑은 하늘을 깨끗이 닦아 그 자리에 또렷한 이름 석 자를 새기고

한국 현대시의 두 극점

싶다는 소망은 맑고 아름다운 구체적 대상을 지칭하는 동시에 사랑의 실현을 갈망하는 근원적 욕망의 발로와 결부된 것이다. 그러나 시인은 사랑으로부터도 스스로 자신을 배제시키고자 한다.

시인은 사랑하는 대상이 있으되 소유하지 않았으며 혁명을 위해 목숨을 바쳤으되 미지근하게 싸웠다고, 부끄럽다고[29] 말하는 것이다. 이는 무의식 속에서 부정과 허무가 뒤섞인 자의식의 발로라 여겨진다. 허무는 본질에서 없다는 것을 전제하고 덧없음, 소외, 부정 같은 의식으로 전이된다. 혁명이든 사랑이든 시인에게는 애초부터 '덧없는 행위'라는 의식과 결부하는 것이다. 그래서 더 맑아야 하고 더 뜨거워야 하는 것이다. 부끄럽다는 것은 그의 겸손함의 표현이기도 하지만 자기 자신에게조차 향해 있는 분열 형태적 태도의 소산이기도 하다. '미지근함/뜨거움'의 이분법의 구도에서 어떤 상황에서든 최고의 뜨거움에 몸을 던지지 못했다는 자책으로 읽혀진다. 그의 철저한 이타성은 자아의 '없음'이 세계를 향해 뻗어나간 것이다. 근본적으로 '없다'는 생각은 매순간 자체에 충실하도록 시인을 이끌었으며 사리사욕이 없었으므로 시

---

29 "나는 싸웠습니다 잘 싸웠거나 못 싸웠거나/한 십년 싸움에 나는 불만이 많습니다 싸움이 미지근했기 때문입니다/뜨겁지도 않고 차갑지도 않고/이 미지근한 싸움에 나는 죽고 싶을 정도로 부끄럽습니다/서투른 싸움은 그래도 용서받을 것입니다 역사로부터//…(중략)…/그리하여 사람과 사람의 관계가 주인과 종으로 만나지는 그런 사회에서/싸움 말고 내가 할 수 있는 것이라고는 없었습니다/적어도 나는 그렇게 생각하며 살아왔습니다/…(중략)…/나의 시는 내가 싸운 싸움의 부산물 외 아무것도 아닙니다/내가 한 싸움이 내 맘에 들지 않는 것과 마찬가지로/내가 쓴 시가 내 맘에 들지 않습니다/부끄럽고 부끄럽습니다". 김남주, 「시집 『鎭魂歌』를 읽고」, 『나와 함께 모든 노래가 사라진다면』 참조.

인은 더 뜨거울 수 있었다. 그러나 모든 것은 "별처럼 아득한 것"이면 서 "절망의 끝"이기 때문에 인간은 아무것도 소유할 수 없으며 소유 불 가능한 것이다. 그의 '사랑'과 '혁명' 안에는 솟구침의 '강렬함'과 허무의 '나락'이 함께 병존한다.

동무들과 고샅에서 자치기를 하다가
토막나무에 이마를 맞아 터지기라도 하면
장독에 가서 얼른 가서
된장 한 숟갈 떠서 바르면 그만이었지

낫으로 시누대 꺾어 빼무락질을 하다가
아야 하는 순간에 손가락이라도 베면
낫자루로 개미둑을 뽀사
침 발라 사알짝 발라주면 말짱했고

나무하러 가서 산에서
머루랑 다래랑 따먹다가 폭각질이 나오면
저 아래 옹달샘에 내려가 땡감잎으로 표주박을 만들어
물 한 모금 떠먹고 하늘 한 번 쳐다보면 쑥 들어가고는 했지

그러나 무엇보다도
내 어린 시절에 신통했던 것으로 치자면
어머니 손을 덮을 것이 없었지
아이고 배야 아이고 배야 뜬금없이 배가 아파
방안을 온통 떼굴떼굴 굴러다니면
어머니는 나를 따뜻한 아랫목에 눕혀놓고
그 까끌한 손바닥으로 배꼽 주위를 슬슬 문질러주었지

그러면 영락없이 아픈 배가 싹 낫고는 했지
그러면 거짓말처럼 언제 내가 배 아팠냐 했지
— 김남주, 「어머니의 손」 부분


　이 시는 어머니에 대한 기억이다. 어머니는 그에게 성스러움의 상징
이다. 시인에게 성스럽다는 의미는 '사랑'의 지극함과 '희생'의 완전함,
그리고 '용기'같은 것을 덕목으로 지닌 것이다. 시인에게 어머니는 무
조건적인 사랑의 어머니, 희생의 어머니이다. 또한 시대의 어머니 같은
용기 있는 어머니, 생명을 잉태하고 자라게 하는 모성으로의 어머니이
다. 시인의 어머니에 대한 애정이 남다른 것은 이러한 어머니의 사랑을
받고 성장한 '유년의 기억' 때문이다. "눈을 감아도 찾아갈 수 있는 우리
집/목소리만 듣고도 난 줄 알고 얼른 나와/문을 열어주는 우리집/조그
만 들창으로 온 하늘이 다 내다뵈는 우리집"(「집의 노래」)에서 보여지듯
시인에게 집은 '요나'이면서 '어머니의 자궁'이다.
　이 시에 등장하는 자연의 언어, 즉 고샅, 자치기, 토막나무, 장독, 된
장, 시누대, 빼무락질, 개미둑, 머루, 다래, 폭각질, 옹달샘, 땡감잎, 표
주박 등은 "신통했던 어머니의 손"으로 몰려든다. 신통했던 어머니의
손은 시인에게 편안함과 안식의 거처인 자궁을 의미한다. 온 동네를 휘
젓고 다니며 놀다가 상처 입고 더럽혀진 몸으로 집에 왔을 때 어머니
는 아픈 상처를 입으로 불어주고 따뜻하게 싸매주었다. 시인의 기억 속
에서 아팠던 배를 쓸어주었던 어머니의 "까끌한 손바닥"은 무엇보다 큰
사랑의 효험으로 각인되어 있는 것이다.
　이렇게 사랑의 세례를 주는 대상들과 동화될 때 시인은 '어린아이'가

되거나 육체를 가진 '남자'가 된다. 이 순간은 혁명전사가 아닌 시인이거나 인간이 되고 싶은 것이다. 이 시간은 미래로 열려 있지 않고 과거로 회귀하면서 체험된 추억 속에서 잠자고 싶은 욕망을 드러내는 순간이다. 시인의 의식 속에서 성스러운 존재인 어머니는 한 번도 까막소에 면회오지 않으시고 아들이 생각날 때마다 혼자 고개를 넘어 산-절을 찾으셨다고 한다.[30] 시인은 이런 어머니에게서 말로 표현할 수 없는 사랑과 한계를 돌파한 "무심"을 발견한다. 인간은 어차피 단독자로서 허무 속에 던져진 채 스스로 시간을 견뎌야 할 운명의 존재인 것이다.

> 내가 심고 가꾼 꽃나무는
> 아무리 아쉬워도
> 나 없이 그 어느 겨울을
> 나지 못할 수 있다.
> 그러나 이 땅의 꽃은 해마다

---

30 "아침 햇살이 은사시나무 우듬지에서 파르르 떨고/산골을 타고 흐르는 물소리는 내 귀에서 맑다/나는 지금어머니를 따라 산사를 찾아가고 있다 어머니 그동안 이 고개를 몇 번이나 넘으셨어요/…(중략)…/정월 초하루나 팔월 보름날 같은 날이면/한번도 빠짐없이 절을 찾으셨다는 어머니/그런 어머니를 두고 사람들은 고개를 갸우뚱하지만/실은 나도 모를 일이다/자식이 보고 싶을 때/감옥 대신 절을 찾으셨던 어머니의 그 속을/이제 이 고개만 넘으면 어머니 그 절이 나오지요//그래 그래 하면서 어머니는 숨이 차는지/공양으로 바칠 두어 됫박 쌀차 등이를 머리에서 내려놓고/후유 후유 한숨을 거듭 쉰다//니 나왔은께 인자 나는 눈 감고 저승 가겄어야/니 새끼가 너 같은 놈 나오면 그때는/니 여편네가 이 고개를 넘을 것이로구만/풍진 세상에 남정네가 드나들 곳은 까막소고/아낙네는 정갈하게 몸 씻고 절을 찾아나서는 것이여". 김남주, 「무심」, 『나와함께 모든 노래가 사라진다면』 참조.

제각기 모두 제철을
잊지 않을 것이다.

내가 늘 찾은 별은
혹 그 언제인가
먼 은하계에서 영영 사라져
더는 누구도 찾지 않을 수 있다.
그러나 하늘에서는 오늘밤처럼
서로 속삭일 것이다.
언제나 별이

내가 내켜 부른 노래는
어느 한 가슴에도
메아리의 여운조차
남기지 못할 수 있다.
그러나 삶의 노래가
왜 멎어야 하겠는가
이 세상에서……

무상이 있는 곳에
영원도 있어
희망이 있다
나와 함께 모든 별이 꺼지고
모든 노래가 사라진다면
내가 어찌 마지막으로
눈을 감는가.
　　　　― 김남주, 「나와 함께 모든 노래가 사라진다면」 전문

그는 이제 경험이나 인식의 범위를 벗어나 그 '바깥' 또는 '위'에 위치하고 싶어 한다. 그의 후기 시에서 집중된 이미지인 새, 별, 하늘 등의 속성에서도 드러나듯 그는 하늘의 존재에 관심을 기울인다.[31] 이 시는 '나/우주'의 대립을 보여주면서 유한한 나와 무한한 우주 사이의 차이를 뛰어넘고자 하는 욕망을 내비친다. "내가 심고 가꾼 꽃나무"는 혁명의 나무, 사랑의 나무, 자기 삶의 나무이겠다. 그것은 곧바로 서겠다는 의지의 나무였고 뿌리가 튼실한 상처투성이의 나무였다. 그러나 아무리 아쉬워도 한겨울을 버티지 못할 수 있다. "내가 찾은 별"은 시인의 삶의 목적이며 지향, 꿈같은 것이겠지만 아무 의미 없이 사라져 버릴 수 있다. 무한한 이 우주에서 유한한 인간의 꿈이 얼마나 보잘 것 없고 속수무책인 것인가. 그러나 시간의 운행은 그치지 않을 것이며 하늘에서 별은 사라지지 않을 것이다. 자신에겐 아무리 절실한 것이었더라도 그 노래는 아무도 기억하지 않는 무의미한 소리에 불과했을지 모른다. 하지만 세계가 존재하는 한 노래는 사라지지 않을 것이다.

'나'는 덧없는 존재, 유한하고 무의미한 존재로 '우주', '무한함'과 대비되는 존재이다. 시인은 나의 덧없음과 존재의 유한함을 인정하는 동시에 세계의 무한함과 지속된 시간에 대한 믿음을 확신하고 있다. 이것은 순환하는 시간 위에서 덧없는 것은 인간의 삶, 소유, 욕망 같은 것이지만 그럼에도 불구하고 우주는 계속되어야 하고 덧없는 삶도 시간 속에

---

31  "이 가을에/내가 되고 싶은 것은/오직 되고 싶은 것은/새다/새가 되어/날개가 되어 사랑이 되어/불 꺼진 그대 창가에서 부서지고 싶다/내가 걸어온 길/내가 걸어갈 길/내 모든 것을 말하고/그대 전부를 껴안고 싶다". 김남주, 「새가 되어」 『나와 함께 모든 노래가 사라진다면』.

서 지속되어야 한다는 확신이다. 시인은 자신이 자연으로 환원될 것이라는 것을 예감이라도 한 듯 '무심'이 되어간다. 이는 젊은 시절부터 도약으로 일관되었던 시인의 삶이 하늘의 어느 별자리의 운행처럼 자기 초월의 도정으로 나아가는 모습으로 현현한다.

> 빈 들에 어둠이 가득하다
> 물 흐르는 소리 내 귀에서 맑고
> 개똥벌레 하나 풀숲에서
> 자지 않고 깨어나 일어나
> 깜박깜박 빛을 내고 있다
>
> 그래 자지 마라 개똥벌레야
> 너마저 이 밤에 빛을 잃고 말면
> 나는 누구와 동무하여
> 이 어둠의 시절을 보내란 말이냐
>
> 밤은 깊어가고
> 이윽고
> 동편 하늘이 밝아온다
> 개똥벌레는 온데 간데 없고
> 나만 남아 나만 남아
> 어둠의 끝에서 밝아오는 아침을 맞이한다
>
> 풀잎에 연 이슬이 아침 햇살에 곱다
> 개똥벌레야 나는 네가 이슬로 환생했다고
> 노래하는 시인으로 살련다
> 먼 훗날 하늘나라에 가서
> — 김남주, 「개똥벌레 하나」 전문

인용한 시는 앞서 살펴보았던 「적막강산」과 맥을 같이하는 시이다. 「적막강산」이 자신의 동일화 대상을 "새"로 상정하였다면 이 시는 "개똥벌레"로 나타낸 것이 다른 점이라 할 수 있다. 그러나 '새 세상의 도래'라는 측면에서 미래에 대한 확신으로 활짝 열려 있던 적막강산과는 달리 이 시는 그 자리에 '개똥벌레의 환생'을 끌어들이고 있다. 세상이 변한 것이 아니라 내가 변하는 것이다. 이것은 시인의 부정적 종교관이 긍정적으로 선회하였음을 보여주며 그의 시간의식이 다분히 순환적 시간관에 관계하고 있음을 보여준다. '선한 것은 반드시 종교적이다'라고 지적한 한나 아렌트의 말처럼, 그가 추구한 선, 자유, 사랑 등의 절대성은 다름 아닌 종교의 절대성과 통하는 것이다. 아렌트는 인간의 욕망이 지상을 극복하면 "카리타스(caritas)"[32]가 된다고 하였다. 그가 가져온 프로메테우스의 불은 완전한 선을 위하여 또는 천상의 것을 사랑하기 위하여 고향인 이 세계를 희생시키고 지상의 것을 경멸하게 하는 것이 아니라 지상의 것들과 화해하며 지상의 것으로 남아 지속되는 것이라고 보아야 한다.

내가 개똥벌레가 되고 개똥벌레가 이슬이 되고 이슬이 또 빛을 내는 어떤 사물이 되며 빛은 존재에서 존재로 윤회를 거듭하며 계속될 것이다. 완전선의 실현이 미래에 있다면 정신의 창조는 이를 시작한 과거이다. 그가 추구한 사랑과 자유와 선의 세계는 언제나 사람들과 그들이 만든 세계에 뿌리를 두고 있다. 그는 다가올 미래에 자연의 존재 일부로 환생하길 바라고 있다. 그리고 그것은 아무도 알아주지 않는 빛이

---

32 Arendt, Hannah, 『인간의 조건』, 이진우 · 태정호 역, 한길사, 1996, 37쪽 참조.

되어 빛날 것이다. 또한 시인이 가고자 하는 하늘나라는 먼 곳에 동떨어져 있는 것이 아니라 지상의 세계가 연장된 것이다. 어둠 속 풀숲에 앉아 고요히 흐르는 물소리와 함께 깜박깜박 빛을 내는 개똥벌레와 함께. 새벽이 밝아오자 검은 색깔에 최초의 흰빛을 주는 어슴프레한 밝음 속에 빛나고 있는 맑은 이슬과 함께. "개똥벌레－이슬－나"로 이어지는 스러지는 빛의 존재들은 허무한 삶의 징표이기 보다는 이승에서와 마찬가지로 저 세상에서도 이어지는 존재들의 윤회이다. 시인의 상상 속에서 시간은 윤회와 순환이 거듭되는 지속으로서 삶과 죽음이 구별되지 않는 차원을 획득한다. 시인은 자신의 정체성을 되짚어 보는데 그것은 먼 훗날 하늘나라에 가서 "노래하는 시인으로 살련다"에서처럼 그는 영원한 시인으로 살게 될 김남주이다. 혁명의 한 단계가 끝날 수는 있어도 혁명 자체가 끝날 수는 없다. 혁명가는 자신을 해체할 수 있는 만큼 혁명을 실행할 수 있다.

# 신대철 시의 신비적 구조

# 신대철 시의 신비적 구조

상상계의 신비적 구조에서 "신비적"이라는 용어는 "덜 과학적이고 더 애매모호한"이라는 의미를 내포한다. 이 신비적이라는 형용사에는 결합의 의지와 은밀한 내면성에 대한 어떤 취향이 포함된다. 신대철 시인의 시에서 자주 등장하는 이미지들을 분류하여 뒤랑의 밤의 체제인 신비적 구조에 적용시켜 보면 대략 세 가지 정도로 그 특징이 드러난다.[1]

첫째는 요나의 상징인 내밀성의 몽상들이다. 이는 대지에서 동굴로 그리고 집과 모든 형태의 용기들로 넘어가는 상상력이다. 이 경우는 원초적인 동시에 어머니의 내부에서 느끼는 소화적 편안함을 지속하려는

---

1    질베르 뒤랑에 의하면 이미지의 밤의 체제를 "하강과 잔"–도치의 상징, 내면의 상징, 상상계의 신비적 구조/"은화에서 지팡이로"–순환의 상징, 리듬의 구도에서 진보의 신화로, 상상계의 종합적 구조와 역사의 스타일, 신화와 의미화로 분류하여 설명하고 있다. Durand, Gillbert, 『상상계와 인류학적 구조들』, 진형준 역, 문학동네, 2007 참조.

고집이 드러난다. 신대철의 유년의 산은 이러한 요나의 모성성을 대변하며 종종 "깊이"와 "집"의 이미지로 표현된다.

두 번째는 점착성의 특징이다. 이 점착성은 사회적, 감정적, 지각적 그리고 재현적 영역에서 다양하게 표현된다. 이미지들은 서로 연결되고 뒤섞이는 형태를 이루고 우주적이고 종교적인 세계를 향한 자연적 연장점을 찾는다는 사실을 보여주려 한다. 예를 들면 다시 매다, 연결하다, 연관짓다, 접근시키다, 매달다, 나란히 놓다 등의 동사들에 의해 표현된다. 다른 한편으로는 "-위의, -사이의, -와 함께" 같은 전치사들이 선호되고 논리적으로 분리되어 있는 대상이나 문체들을 연결시키려는 의지를 보여준다. 뒤랑은 반 고흐의 그림에서 붓으로 그림 전체를 빗질한 듯하고 부드러우면서도 광포한 물결에 휩쓸려버린 듯한 이미지를 통하여 점착질의 지배를 설명하고 있다.[2] 신대철 시인의 시에서 이 점착성의 구조는 외면적이고 양면적인 내면의 반향으로 울림을 갖고 있다. 시인은 개인적, 사회적으로 다가오는 부정의 요소들을 섬세하게 가다듬고 싶은 욕구를 극단까지 밀고 나가 차이를 완화하거나 없애고 싶어 하는 것이다.

세 번째는 두 번째 구조의 특수한 경우로 사물들의 내면이 채색되며 사물의 구체적인 모습, 생명력 있는 움직임, 존재들의 경험에 집착하는 경향을 보여준다.[3] 이 구조는 사물들과 존재들의 내면으로 내려가는 상상적 여정에서 나타난다. 여기에서 또 하나의 특징이 드러나는데 이는

---

2    위의 책, 415쪽 참조.
3    위의 책, 424쪽 참조.

'집중'과 '축소 요약'이다. 즉 하나의 대나무, 바람결의 소나무, 산속의 꽃나무, 정원의 덩굴, 바위, 담을 둘러싼 나무 등은 우주 상상력의 표시이다. 이 축소의 구조는 하나의 형상적 '만다라' 명상을 위해 우주와 바위의 단단함과 물결의 부드러움의 본질을 집중시킨 소우주인 것이다.

뒤랑에 의하면 밤의 체제에 속하는 신비구조는 끼워 넣기와 내면성의 이미지들, 어순 도치와 반복의 구문들, 반대로 돌아가는 변증법을 통해 회귀의 다양한 측면들을 보여준다.[4] 그래서 상상력은 잔이 상징하는 자연스러운 하강과 내면의 편안함에서 순환적인 극화로 자연스럽게 옮아간다. 이 장에서는 신대철 시인의 시에서 자주 등장하는 이미지들이 요나를 상징하는 잔과 용기의 상상력에서 신비구조의 특징을 드러내며 원의 순환으로 옮겨가는 지도를 따라가볼 것이다. 먼저 요나와 회귀의 시학을 살펴보고 그에 관련된 이미지들을 구체적으로 검토해보자.

## 1. 요나와 회귀의 시학

신대철 시인의 시는 김남주 시인의 들끓는 사유와 백척간두에서 쏟아내는 긴박함의 어조이기보다는 자연의 음악처럼 흘러 들어오는 신비한 운율감의 언어이다. 햇살 머금은 물빛의 고요함이 산속으로 퍼져나가며 시인의 상상공간이 펼쳐진다. 비판과 검증의 날카로운 긴장 속에

---

4    위의 책, 425쪽 참조.

머물러 있던 김남주 시인의 시에 비해 머나먼 세계인 산속에 유폐된 채 침잠하는 모습을 보이는 신대철 시인의 언어는 수미일관 머뭇거리고 서성거리는 모습을 보인다. 이것은 사물에 대한 세심함, 섬세함, 배려 같은 것과 관련되면서 그의 겸허한 내면세계를 드러낸다. 이러한 신대철 시인의 시에서 평자들은 자연시인의 경향을 읽어내기도 하고 모더니즘 시인으로서의 경향을 읽어내기도 한다. 김현은 시인의 자연회귀 현상을 외디푸스 콤플렉스의 전형으로 보며 범상치 않은 무의식의 침잠 욕구[5]라고 꼬집어 지적했다.

남진우는 그의 자연시는 당대성을 뛰어넘는 선구적 측면을 내장하고 있고 이는 계시적 의미까지 염두에 두어야 한다고 언급한 바 있다.[6] 여하간 자연에 대한 과도한 침윤은 이 시인의 가장 커다란 시적 특징임에는 분명하다. 그것은 시인의 이력과도 무관하지 않을 텐데 시인은 해방 정국에 태어나서 한국전쟁을 거쳐 사회혼란의 불안 속에 성장하였다. 그로 말미암아 극도의 가난과 불우한 생활을 체험해야 했다. 시인이 고백하듯 그는 어머니에 대한 기억이 없다.[7] 아마 그는 부재하는 내면의 어머니를 유년의 놀이터인 산으로부터 찾으려 했던 것으로 보여진다. 한편으로는 타락한 세계에 대한 그노시즘적 태도[8]를 상정할 수 있을 것

5  김현, 「꿈과 현실」, 『문학과 유토피아』, 문학과지성사, 1997, 80쪽 참조.
6  남진우, 「태초의 시간, 극지의 상상력」, 『나사로의 시학』, 문학동네, 2013, 94쪽 참조.
7  "어머니는 가끔 집을 나가셔선 몇 달 만에 다시 돌아오시곤 했다. 돌아오시면 아무 일도 없었다는 듯이 말없이 지내시다 어느날 갑자기 또 떠나시곤 했다." 신대철, 『나무 위의 동네』, 청아, 1986, 28쪽 참조.
8  그노시즘에 의하면 최고신은 세계를 절대적으로 초월하고 있어 우리가 살고 있

이고, 그의 피 속에 흐르고 있는 천형인 타자의식의 소산[9]으로 볼 수도 있을 것이다. 또는 1970년대라는 시대경험이 주는 이질감과 거부감 때문에 자연스럽게 일어난 반동인지도 모른다. 이러한 태도의 중심에는 공통적으로 세계가 행복한 삶을 누릴 수 없는 장소라는 견해가 깔려 있다.

그 결과 그의 시에는 인간과 자연이 조화를 이루며 살아가던 공간에 대한 그리움과 기원에 대한 동경이 짙게 배어 있다. 산은 인간과 짐승이 친근하게 어울려 지내던 시절의 전형적 공간이 된다. 그는 낙원의 상실과 함께 이 세상에 버려진 존재라는 비극적 인식 아래 잃어버린 낙원을 회복하고 그 시간을 복원시키고자 하는 욕망에 붙들려 있다. 이것은 조화롭고 화목한 세계에 대한 동경이며 자신의 근원으로 되돌아가고자 하는 시도이다.

---

는 세계는 지옥과 동일시된다. 가시적 세계는 출생과 죽음이라는 영원히 부조리한 연속의 영역, 물질 속으로의 타락 이후 영혼들이 유폐되어 있는 지역이다. 그노시즘의 세계에 던져진 인간의 개념은 실존주의 철학의 출발점과 같다. 그러나 실존주의는 자아를 세계에 열어놓으려 하는 반면 영지주의는 자아를 세계로부터 분리시키고 세계로부터 등을 돌리게 한다. Hutin, Serge, 『신비의 그노시즘』, 문학동네, 황준성 역, 1996, 29쪽 참조.

9  "그때마다 나는 그 이상한 느낌을 잊기 위해 톱으로 잘라낸 얼음 조각을 탔다. 긴 막대로 물 속의 땅을 짚어 나가면서 얼은 속에 들어 있는 물고기도 잡았고 이 세상에서 아주 벗어나고 싶은 생각도 해 보았다. 그 얼음조각과 함께 내 어린시절은 흘러가 버렸다. 흘러가지 않은 것은 내 어딘가에 살고 있는 검은 고무신을 신은 어떤 아이 뿐이다. 그것은 내가 아닌 어떤 아이다. 어떤 아이, 집도 동네도 없고 아무에게도 그 무엇에게도 향할 수 없는 그 아이." 신대철, 앞의 책, 26쪽 참조.

소년들이 모이는 밤은 보름달이 물가 청머루 덩굴숲 속에서 기다립니다. 소년들은 달을 따라 馬峙里에서 제일 높아 보이는 꾀꼬리봉에 꼬불꼬불한 산길을 놓습니다. 상봉에 올라서면 또 上峰, 칠갑산은 정말 아흔아홉 봉우립니다. 아흔아홉 골짜기엔 다른 산에서 흘러들어온 온갖 잡새가 떠돌고 합대나뭇골 철이 아버님처럼 코를 골며 이빨 갈며 잠 험히 자는 숱한 산울림 소문들, 아득한 백마강 쪽에서 불어오는 강바람은 넓은 떡갈나무잎에 느닷없이 달빛을 뿌립니다.

저게 계룡산?
저게 오서산?
장곡사는 어디?
까치내는? 참, 읍내는?

아아, 달빛에 반사되어 달이 되는 호기심
호기심이 소년들을 홀려 상봉에서 상상봉으로 밤새도록 끌고 다닙니다.
— 신대철, 「칠갑산 1」 전문

이 시는 소년들이 깊고 커다란 산을 놀이터 삼아 자유롭게 넘나드는 행위를 보여준다. 칠갑산 봉우리는 아흔아홉 봉우리인데 상봉에 올라서면 또 상봉 연이어 상봉이 나타난다. 상봉이라는 발음을 여러 번 반복함으로써 산의 깊음과 골짜기의 정겨운 중첩을 연상케 한다. 소년들의 작고 재바른 움직임과 깊은 산의 모습이 대비되어 마치 소년들이 물속을 유영하는 물고기 떼와 같다는 상상을 하게 한다. "소년-밤-보름달-산"은 이 시에서 하나로 연결된다. 사물들은 서로 점착되어 있거나 서로를 보호하는 자로 역할을 담당한다. 서로에게 흘러들고 서로에게 길을 놓아준다. 밤은 안정된 시간이며 산은 둥근 봉우리를 아흔아홉이나 품고 있는 어머니 같다.

소년들은 어머니의 둥근 품에서 자유롭게 뛰놀고 보호자인 달과 바람과 사물들은 서로 빛을 뿌려준다. 경계와 탐심이 없는 자유로운 우주의 공기가 전달되는 공간이다. 정적 속에서 소년들은 미지의 세계를 탐험하듯 산속의 이리저리를 다니며 호기심에 빛나는 눈으로 사물들을 만난다. 소년들의 발자국이 길 안 난 산속에 꼬불꼬불한 산길을 만든다. 아이들의 유연한 상상력을 따라 호기심과 산길이 밤새도록 유동하는 모습이다. 산속의 사물들이 생동 속에서 지치지 않는다는 표현을 화자는 달이 되는 호기심이라고 한다. 끝없이 유영하는 호기심은 존재의 모험에 대한 꿈이다.

이때 시계의 효용은 가치를 잃어버린다. 이것은 정지된 시간, 무화된 시간에 다름 아니다. 시간은 소년들의 행위와 일치되고 모든 존재들은 합일하며 서로를 살아 있는 것으로 만들어준다.[10] 이것은 유년의 놀이 체험을 기록한 시인데 시인의 시에서 산이 공간적 배경으로 드러날 때에는 빈번하게 소년을 화자로 내세운다. 그만큼 산에게 있어 시인은 아이가 되고 싶은 것이다. 산은 또 거대하게 우뚝 솟아 있는 남성적 힘을 과시하는 존재가 아니라 항상 둥글거나 울창한 숲이거나 골짜기가 여러 개 있는 여성 이미지로 등장한다. 시인이 자주 쓰는 표현인 "산속"이라는 말도 이 여성 이미지와 관련되는 것이다. "속"은 내면의 중심을 가

10  황동규, 「시와 체험」, 『문학과 지성』, 16, 1974 참조.

리키며 신체의 중심인 배꼽을 연상시키기도 한다. 이러한 장소에서는 언제나 편안한 잠을 잘 수 있다. 그리고 안전하게 성장할 수 있다. 존재의 탯줄이 있는 산속의 어느 장소에서도 시인은 다른 곳으로 뻗어나갈 힘을 얻는다.

이 시에 등장하는 골짜기의 "물"과 "달빛"을 뿌려준다는 의미도 바로 존재를 재생케 하는 어머니인 요나의 상징이다. 물과 달(밤)은 축축하면서도 상쾌한 공통된 향기를 가지고 있기 때문에 이 시에서는 부드럽고 맑은 여성의 특징을 배가시킨다.

> 사람 살다 그친 앞산은 나뭇잎 익는 내, 깨금 익기를 기다리다 아그배 익기를 기다리다 소란한 주위에는 찬물을 뿌리고 나무 그늘에 싸여 평화로이 잠이 드는 소년들, 이른 아침 산속에 들어간 사람은 영 나오질 않고 희미한 물소리, 물소리, 마을로 내려간 사람도 도중에 가을 산속으로 들어갔는지? 소년들이 점점 평화로워지는 동안 산은 더 깊숙이 가을 속으로 들어간다. 산을 멀리 떠나 산 사람들을 하나씩 가을 속으로 불러들여 한 번 들어가면 영영 나오고 싶지 않을 데를 찾아 미쳐 헤매게 한다.
>
> 깨금이 떨어진다
> 아그배가 떨어진다
>
> — 신대철, 「칠갑산 2」 전문

이 시는 산의 모성 이미지가 더욱 강화된 시이다. "나뭇잎 익는 내"에서 보여지는 산의 후각 이미지는 어머니의 젖내를 연상케 한다. 그것은 발효라는 의미에서 설익은 것과 대비되고 기다림의 충만함과 연관된다. 이렇게 나뭇잎이 충분히 익으면 열매들이 떨어진다. 열매들은 우수수 소란하게 떨어지는데 이런 다산성의 이미지도 모성의 특징과 결부된다. 모성의 품에 있는 소년들은 나무그늘에 싸여 평화로이 잠들 수 있다. 김현은 시인의 산속으로의 귀향은 평화로운 잠을 자고 싶은 욕망의 표현[11]이라 한 바 있는데 여기서 소년들의 잠은 가장 원초적으로 어머니와 교감할 수 있도록 부여된 시간이다. 앞에서 산속은 자궁을 의미한다고 지적한 바 있다. 자궁 속에서 태아의 잠을 자는 아기들은 밖으로 나갈 줄 모른다. 이 시에서 소년들뿐 아니라 "산속으로 들어간 사람은 영 나오질 않고" "마을로 내려간 사람도 도중에 산속으로 들어갔는지?"에서 보이듯 사람들도 산속에 침잠하고 싶은 욕구를 내비친다. 산속은 모든 것을 끌어들이는 존재의 거소가 된다. 모든 존재들이 점점 평화로운 잠에 빠져들고 나면 산도 더 깊숙이 가을 속으로 들어간다.

상상 속에서 내면의 중심을 향해 존재들이 모여 들어가는 모습은 정적 속에서 비의와 신성감을 불러일으킨다. 그래서 한번 들어가면 영 나오고 싶지 않은 데를 찾아 미쳐 헤매게 된다. "영 나오고 싶지 않은 데=미치는 데"이다. 이곳은 내면의 중심과 일치된 장소일 수 있고 존재가 합일을 이룬 장소가 될 수도 있다. 이것은 일종의 퇴행으로 보여지는데 위나 아래가 아닌 중심으로 향하는 들어감은 용기나 그릇이 의미하는 것과 같은 도피의 상징이다. 그곳은 안전한 곳으로 위험에 처한 영혼이 휴식의 필요로 선택한 장소이다. 이때 들리는 물소리는 물론 부드러운 물, 모성의 물소리와 결부된다. 신대철 시에 자주 등장하는 물소리는

---

11   김현, 앞의 글, 앞의 책 참조.

시원한 물소리, 찬 물소리의 특징을 가지고 있다. 이는 깊은 산속에서 흐르는 골짜기의 맑고 투명한 물을 상기할 때 감각적으로 '차고 시원한' 것과 연관되기도 하지만 시인의 무의식 속에서 끈적끈적하거나 뜨거운 성질의 것을 원하지 않는 냉철함의 본성을 읽어낼 수도 있다.

1
홀로 가는 해
사람을 산속에 남겨둔 채
홀로 가는 물, 달, 안개

어머니, 제 집은?
저는 혼자서도 모여 있지 못합니다. 제가 어머니 집이라면 어머니, 아주 집을 뜨신 어머니, 저는 산속에 갇혀 살기 감추는 법이나 익히며 될수록 사람을 피하고 산짐승들이나 길들일까요? 아니, 덫이 될까요? 저를, 어머닐, 잡는 덫.

새를 잡았습니다, 날려주고
새를 잡았습니다, 날려주고

2
물소리 뚝 끊어졌다 내 실핏줄과 이어지고, 찬바람, 불빛에 묻어나온 낮은 목소리에 이끌려 다시 산을 넘었다. 친구여, 내 괴롭지 않을 때 찾아와야 하느냐? 뻑뻑해진 눈, 엊그제는 하루 끝 침묵 끝까지 흘렀다. 바닷가를 끼고 흘러도 이젠 산이 둘러싸인다. 나를 몇 번 넘겨야 스스로 산속에 들 수 있을까? 네가 잠든 집은 집 전체가 대문, 집 전체가 불빛, 모든 사람들의 잠속으로 흘러들고 싶다.

완성해다오, 한 남자를
식물이 생길 때의 첫소리를 닮은 얼굴에게
눈이 내린다
눈이 내린다
날 가두고 오래 내 괴로움 받지 않는 산이여.

                      — 신대철, 「처형 1」 전문

   홀로 가는 해와 달, 물, 안개는 우주적 단독자로서 그들은 산속에 있
는 모든 존재자를 동등한 단독자로 위치시킨다. "나"도 그들과 같은 우
주적 단독자로 산속에 남겨진다. 그것들은 모두 제 빛과 제 향기를 갖
기 위해 거리감을 둔다. 화자는 그들과 동화되지 못하고 일정한 거리를
유지한 채 자신이 돌아갈 집을 찾는다. 물, 달, 안개의 속성은 어느 사
물에게나 스며드는 성질이 있는데 화자는 그들에게조차 스며들지 못하
고 있다. 그것은 시인의 태생적인 소외의식이거나 그것 자체로 놓아두
고 싶은 배려이거나 화해하지 못한 자의식으로 보인다. 시인이 "숲속은
나로 인해 더 황량해진 것일까?"라고 고백했듯 무의식 속에서 자신이
추방된 존재임을 늘 인식하는 것이다. 이것은 혼자서도 모여 있지 못하
는 사태를 초래하고 항상 존재들과의 거리를 의식하게 만드는 요소가
된다. 시인은 자서전에서 "내가 여행을 즐겨 하는 이유는 거리감이 주
는 존재에 대한 새로운 인식"[12] 때문이라고 말한 바 있다. 그럴 때 그는
하루도 모험 없이는 하루를 맞이할 수 없는 것이다. 이 모험의식은 산
으로 산으로 미쳐 헤매게 하고 끝없는 끝으로 그를 몰아붙인다.

---

12   신대철, 앞의 책 참조.

시인의 시에 나타나는 찬 것에 대한 편애는 어머니와 관련을 맺는 듯 보여진다. 그것은 또한 그의 시에 '실제의 어머니'가 잘 등장하지 않는 다는 것과도 결부된다. 물론 어머니라는 단어도 잘 등장하지 않는다. 이것은 시인의 내면에 어머니가 부재한다는 뜻이다. 그가 산속의 찬물, 흰 눈의 냉기에 그토록 침윤되어 있듯 '어머니의 물'도 찬 것의 속성으로 드러난다. 2연에서 어머니와 나누는 독백은 이러한 시인의 내면의 식을 잘 보여준다. 어머니는 '나'라는 집을 떠나고 '나'라는 집은 텅 비어 있는 상태다. 시인은 내면의 어머니를 산으로부터 찾고 있는 듯하다. 내면의 어머니로 산을 선택한 것은 산이 어머니보다 좋다는 의미가 아니라 어떤 선험적 상처 때문이라는 것이 어렴풋이 느껴진다. "산속에 갇혔다"는 수동적 표현이 그것을 잘 말해준다. 그곳은 억압과 치유라는 양면성을 동시에 거느리는 것으로 어머니의 무서움과 어머니의 따스함 이 병존하는 장소이다.

이 시에서 상처는 곧 살기와 동의어이지만 화자는 살기를 감추고자 한다. 내면으로의 삼킴은 존재를 외부와 관계하기보다 중심을 향하여 들어가게 하고 스스로에게 침잠하게 한다. 이러한 행위는 되도록 사람 을 피하게 하고 산짐승이나 길들이면서 자연과 관계 맺고자 하는 욕망 으로 연결된다. 덫은 생명을 죽이거나 잡는 목적으로 쓰이는 도구인데 살기와 연관되어 내면의 상처에 연루된 존재, 어머니와 자신의 상처를 죽이고자 하는 매개체로 작동한다. 3연에 새를 잡는 행위도 어머니에 대한 상처의 표현으로 읽을 수 있다. 새를 잡았다 날려주고 잡았다 날 려주는 반복적 행위를 통해 살기를 누그러뜨리는 상처 치유의 안간힘 이 드러난다. 이 시는 불우하고 아픈 기억의 결과물이다. 그래서 이미지들은 그 속성에도 불구하고 차갑고 냉소적인 감정의 표상을 띤다.

2에서도 시인의 내면적 고뇌가 물소리, 실핏줄, 찬바람, 불빛 같은 이미지들과 어우러져 괴로움의 깊이를 더해준다. 뻑뻑해진 눈이 표상하듯 그는 울음으로 하루 끝까지 흘렀다. 흘러가는 유체성의 이미지는 그에게 두 가지 의미로 작용한다. 그 하나는 산의 어린아이가 되어 여기저기로 흘러드는 호기심의 표상이고 다른 하나는 산속에 들지 못해 주위를 빙빙 도는 소외되고 결핍된 자아의 표상이다. 이러한 이중성은 그의 천진한 모험심과 냉소적 차가움을 동시에 드러낸다. 또한 대상을 향한 치열함이라는 의미와 이 세계로부터 유폐되었다는 존재의 근원적 고독감을 함께 드러내는 것이기도 하다.[13] 이 시에서 물소리와 실핏줄, 뻑뻑함은 유체성을 띠면서도 유연하게 흘러가는 호기심의 표상보다는 유폐된 존재의 고독감을 드러내는 데 더 알맞게 작용한다. 유폐된 자아는 바닷가를 끼고 흘러도 뻗어나가지 못하거나 다시 퇴행하고자 하며 한계에 부딪치는 모습을 보인다. 그래서 산에 둘러싸인다는 표현은 산속 같은 편안한 장소에 도착했다는 의미가 아니라 벽에 갇힌 억압의 상태를 나타내기에 알맞은 것이다.

안전한 장소로서 자신을 쉽게 드러내주지 않는 산의 본성은 중첩된 봉우리로 잘 나타난다. 고개를 넘는다는 표현을 화자는 "나를 넘겨야 한다"고 표현하는데 이는 시인이 산에 대해 갖는 동질감에 대한 절실한 반영이다. 어머니와 동일성을 갖는 산속에 들었을 때 그 "집은 전체가 대문이고 전체가 불빛이고 사람이 잠속으로 흘러 들어갈" 수 있는 완벽

---

13  남진우, 앞의 글, 앞의 책 참조.

한 욕망의 합일이 생겨난다. 이때의 흘러 들어감은 산의 아이가 된 호기심의 이미지가 새롭게 생성되는 이미지이다. 이렇게 시인은 어머니의 안전한 품속에서 한 인간으로 태어나고 싶은 것이다. 완성된 한 남자로. "식물이 생길 때의 첫소리를 닮은 얼굴"로 지상에서 새로 태어나고 싶은 것이다. 그 얼굴은 눈처럼 가볍고 흰색이고 자유로운 속성의 것이다.

이것은 위 시에서 새와 동일한 의미로 보여진다. 시인이 편애하는 이미지인 새와 눈은 같은 의미를 내포하는 것이다. 이것은 시인이 산의 양수를 마시며 점차 완성되어감에 따라 나타나는 이미지들이다. 또한 산이 시인에게 어머니이며 자궁이며 집의 거처이면서도 어떤 압력적인 힘을 나타내기도 하는데 이것은 어머니가 가진 양가성일 수도 있겠지만 시인은 이럴 때 상상 속에서 새나 눈과 같은 가벼운 존재가 되어 날아가고 싶은 것이다.

> 산속엔 집이 한 채, 비어 있다. 창가엔 칡덩굴이 잡나무들을 휘어감고 올라와 기웃, 기웃거리다 나와 마주칠 때마다 꽃 하나씩 피워낸다. 정적, 어디서 흘러나오는 것일까? 이 정적을 벗어나기 위해 주인은 돌계단을 쌓고 측백나무를 심었을까? 주인은 지금 무엇으로 정적을 씻고 있을까? 집을 한바퀴 도는 순간, 덩굴이 내 몸을 휘어감은 채 또 한송이의 칡꽃을 피워낸다.
>
> ― 신대철, 「산사람 2」 전문

비어 있는 집과 칡덩굴, 나무들은 산의 존재들이고 나는 아직 산속에 들지 못한 이방인이다. 이 시는 이방인으로서의 내가 산속에 들어가는 과정을 존재들과의 교감을 통해 드러낸다. 내가 산으로부터 받아 들여지는 순간은 "꽃 하나씩 피워낸다"는 표현으로 드러난다. 이 시에 서 정적은 고독이나 존재의 부재 같은 쓸쓸함이 극대화된 것이다. 극 대화된 부재감은 일종의 공포와도 연결된다. 이것은 산이 주는 편안 함 대신에 압박감, 산과의 동화 대신에 대면 같은 단독자로서 느껴야 하는 양면감정이다. 주인은 이 공포와 압박감으로부터 벗어나기 위해 돌계단을 쌓고 측백나무를 심었을까? 시인이 즐겨 사용하는 의문부호 는 미지의 것에 대한 호기심이기도 하고 겸손한 마음의 표현, 항상 거 리감을 느끼는 불안정성의 표현이라 할 수 있다. 이것은 세상의 많은 것들이 단정 지을 수 없는 불확정성을 가지고 있다는 에두름의 표현 일 수도 있다. 돌계단, 측백나무는 곧음, 수직, 정확성 같은 성질을 띠 는 상승의 표지[14]들인데 "정적"에서 벗어나기 위해 이와 같은 이미지를 끌어들이는 행위는 스스로 하강하고 싶지 않다는 부정의식의 소산으로 읽혀진다.

　이 시는 대면과 화해가 동시에 교차하는 구조를 이룬다. 집을 한 바 퀴 도는 순간은 대면이 화해로 이행해가는 순간이다. 덩굴은 다시 내 몸을 휘감은 채 꽃 한 송이를 피워낸다. 덩굴은 기둥과 같이 하늘과 지 상을 연결해주는 매개체이다. 나의 몸속에서 피어나는 꽃은 그러니까 존재의 현현이며 지상으로부터의 초월을 의미한다. 그것은 곧 산으로 부터 내가 받아들여졌다는 의미이다. 시인은 "자기의 삶이 극한상황 에 처하게 될 때 우리는 비로소 인간과 인간의 말을 그리워하고 이렇

14　Eliade, Mircea, 『성과 속』, 이동하 역, 학민사, 1983, 32쪽 참조.

게 외쳐대게 되는 것일까?"라고 토로하는데 그가 산을 빙빙 돌거나 집을 한 바퀴 도는 행위는 자기소외와 싸우는 과정이며 지상으로부터의 탈출을 감행하는 순간이다. 그는 탈인간, 탈시간을 꿈꾸면서도 그것이 극한에 이르게 되면 다시 인간에게로 향하게 되는 자기 본성을 깨달은 것일까.

> 사람은 무엇하고라도 어울릴 수단을 가져야 해……사람들하고 어울릴 수 없다면 그 무엇하고든 말야. 침대하고 진딧물하고 거울하고……융단하고, 화장지 뭉치하고.[15]

시인의 시적공간은 지금으로부터 과거로 멀리 퇴행을 시작한 후 그곳으로부터 다시 출발한다. 그 출발지점이 산이다. 그는 산으로부터 일용할 양식을 얻어먹고 성장한 후 산으로부터 나아간다. 그는 완성된 한 남자가 된 후 산으로부터 하산할 것이다. 산속에서 그는 영원한 어린아이다. 그는 나무를 타듯 산을 타고 그 위에서 열매를 따고 나무를 흔들어 지상에 열매를 뿌릴 것이다. 즉 "산 위-나무 위-아이", "산 아래-나무 아래-성인"이라는 구도가 성립된다. 산 위는 열매가 있고 놀이가 있는 풍요로운 공간이지만 산 아래는 처형된 삶의 공간이다. 그곳은 자아와 세계 사이에 균열이 가기 시작하는 지점을 의미하기도 한다.

---

15 신대철, 앞의 책, 49쪽 인용.

## 2. 바라봄, 들림, 들어감의 이미지 망

앞 절에서 살펴본 바와 같이 산은 시인에게 어머니이면서 집이고 존재가 거하는 장소였다. 산은 한없이 부드러우면서도 때로는 무섭고 압박감을 주기도 하였다. 산이 자신을 받아들여주기까지 시인은 수없이 산속으로 흘렀고 산 주변을 떠돌았다. 그런데도 시인은 산을 모른다고 하였다.[16] 산에 대한 시인의 비밀스런 감정은 그가 삶에서 문학으로 들어가는 기억 속의 길이다. 기억은 내면 속에서 가장 깊고 심오한 상태의 무엇이다. 이것을 들뢰즈는 진리라고 표현하는데 "진리란 오로지 되돌아 오면서만 온다는 것이기 때문에 회귀이다"[17]라고 그는 설명하고 있다. 신대철 시인은 산-유년의 기억을 통하여 존재의 현현을 경험하고자 한다. 즉 진리를 찾고자 하는 것이다. 그것은 구도의 길이 될 것이며 그의 삶 전부를 건 투쟁이 될 것이다. 그것은 바로 존재의 소리를

---

16 "나는 산이 무엇인지 모른다. 그것은 가랑잎에 가려 있었고 눈 속에 파묻혀 있었고 사람 사이 구름 너머 평지에 있었다. 나는 그것이 무엇인지도 모르고 어린 시절엔 그것을 오르내렸고 나이 들면서 그것으로 숨쉬었고 이제는 그것을 마시고 있다. 이 지상에서 산 아닌 것은 무엇인가? 산에 대해서 말할 수는 있지만 나는 산을 알 수 없다. 내가 하는 말이라도 다 알아 들을 수 있는 때가 되면 어느날 갑자기 산의 음성이라도 들을 수 있을지 모르겠다. 산은 나에게는 지상에서 가장 멀리 가장 깊숙이 솟아 있다. 그러나 그리로 가는 길은 얼마나 더 멀고 깊은가?" 신대철, 「칠갑산」, 위의 책, 51~61쪽 참조.

17 들뢰즈는 진리를 시간의 존재와 동일하다는 말로 표현하며 진리의 회귀는 영원하다는 말과 같다고 한다. 이에 대하여 바디유는 영원은 되돌아오지 않는다고 하며 영원이라는 말은 회귀의 내적인 속성이 아니라고 말한다. Badiou, Alain, 『들뢰즈-존재의 함성』, 박정태 역, 이학사, 2001, 152쪽 참조.

'듣거나' 존재의 움직임을 '보거나' 존재들 속으로 '들어감'을 통해서 만나게 될 어느 순간의 기다림이기도 할 것이다. 이것은 항상 일방통행이 아니라 쌍방향의 문제이다. 또한 이렇게 찾아가는 자기 영혼의 본적지는 그에게는 신화적으로 해석되는 자연이며 삶의 근원이 되는 영원한 현재라는 시간적 의미를 지닌다.

이 장에서 다루게 될 바라봄, 들림, 들어감의 이미지들은 모두 하강의 체계에 속하는 것으로 수평적 시선과 중심으로 몰려드는 시선, 음악처럼 내부의 핵을 건드리는 소리들이 상상 속에 섞인다. 이 구조들은 감각적 사실주의 흔적을 보이기도 하고 이미지들의 생생함이라는 면에서 신비주의 언어를 내장하고 있으며 외향적이면서 내면적인 양면의 반향을 불러일으키기도 한다. 시인의 상상세계를 따라가다 보면 시의 중심을 차지하고 있는 물과 빛의 이미지들도 빈번하게 위의 세 구조로 뿌리내리고 있음을 살필 수 있을 것이다.

> 바람이 가진 힘은 모두 풀어내어
> 개울물 속에서 물방울이 되게 바람을 적시는 비
> 비같은 사람을 만나려고 늦가을 미루나무보다도 훤칠하게 서 있
> 어 본 사람은 보이겠다, 오늘 중으로 뛰어가야 할 길을 바라보며
> 초조히 구름 속을 서성거리는 빗줄기, 빗줄기쯤.
> ― 신대철, 「오래 기다리면 기다릴수록」 전문

이 시에서 '봄'은 김남주의 시각의 곧추세움과 눈의 발광 같은 이미지와는 완전히 다른 구도이다. 세계를 지배하고자 하는 욕망의 모든 힘을 풀어내고 난 후에 취할 수 있는 태도로서의 '봄'이라 할 수 있다. 이 시

의 화자는 생각하는 것 이상으로 편안함을 느끼고 삶 속에서 사물과 존재들을 아주 가까이에서 느끼며 보고자 한다. 이렇게 가까이에서 느끼는 방법은 봄이 하나의 직관적 태도와 같은 것이다. 직관은 사물을 외부에서 쓰다듬지도 않고 묘사하지도 않고 다만 사물의 살아 있음을 회복시키면서 사물들 속으로 침투하여 사물들을 활기차게 만든다.[18] 바람과 비와 물방울은 서로 존재가 되도록 도와주는 관계로 역할을 담당한다. 바람은 제가 가진 힘을 다 풀어내고 비는 개울물 속에서 물방울이 될 수 있도록만 바람을 적셔준다. 모든 일들이 배려와 조심성 속에서 이루어지고 있다. 그런 비 같은 사람을 기다리는 키가 훤칠한 미루나무, 비가 모성성을 지닌 여성 이미지라면 미루나무는 수직성을 띤 남성 이미지이다.

키가 훤칠한 만큼 기다림의 높이는 커져만 가는 것이다. 기다림이 간절해질수록 미루나무는 초조히 구름 속에서 터질 것 같은 빗줄기의 예감을 본다. 이 시는 사랑하는 여인을 기다리는 남성의 내면심리를 물방울, 비, 빗줄기, 미루나무 등의 사물에 빗대어 표현하고 있다. 이 시에서 자연의 물상들의 표정은 인상주의에 가깝지만 사랑의 애틋함과 간절함이 그런 인상적 배경에 의해서 더욱 섬세하게 드러나고 있다. 시인의 시에서 빈번하게 불완전한 구문의 행갈이를 사용하는 것도 이와 같은 감정 표현의 극대화를 노린 것으로 읽혀진다. 서성거리거나 머뭇거리는 행보와 간절한 마음의 표현은 등가적으로 읽힌다. 아래 인용한 시는 그런 예를 뚜렷이 보여준다.

---

18　Durand, Gillbert, 앞의 책, 417쪽 참조.

1.
산기슭에 몰린 안개 더미가 잔잔히 밀린다. 안개 더미는 잠시 얇게 풀어지면서 산소년의 뛰는 모습을 이루더니 소년을 홀로 산꼭대기에 남겨두고 사라진다.

2.
산꼭대기에 걸려 출렁거리는 무지개 위에 맨발로 서서 건넛산을 향해 외치는 소년의 들뜬 목소릴 듣고
저도 모르게 대답하다
툭 꽃망울이 터진 노루발풀

해가 타오른다, 산 3시

풀잎 꿈속에 꼬부려 누워 소년은 잠이 들고 이글이글이글 풀잎 꿈속에서 소년의 꿈속으로 불덩이가 넘어간다.
— 신대철, 「자연」 전문

시인의 시에서 산속이 아닌 곳은 어디나 사막이다. 집이 아닌 곳에서 존재는 항상 불안하고 편안한 잠을 이룰 수 없다. 1의 시는 산기슭과 산꼭대기에 소년을 유폐시키고 사라진 안개 더미의 기억이다. 안개 더미는 물의 변형으로 시인이 마셔야 할 양수이다. 물의 속성을 잃어버린 안개 더미는 양수의 기형적 변형으로 시인을 성장시키지 못하고 자기의 실체를 잃어가도록 하는 역할을 담당한다. 2의 산꼭대기에서 출렁거리는 무지개 역시 안개 더미의 연장선상에 있다. 그러나 무지개의 속성이 안개보다는 조금 더 빛나는 상징이듯이 소년은 잠시 들뜬 목소리로 약동할 힘을 얻는다. 무지개는 저도 모르게 화답하고 노루발풀의 꽃망

울도 터졌지만 여기서 소년이 근원적인 힘을 얻은 것 같지는 않다.

2연에 다시 해가 타오르는 것은 무지개가 사라진다는 것이고 소년이 마실 양수도 말라 없어진다는 뜻이다. 이 시에서 해는 물의 반대편에 있는 것으로 생명과 재생을 가로막는 물질이다. 또는 소년의 강렬한 욕망을 표현한 것일 수도 있다. 그 해의 강렬함을 시인은 단독행으로 처리하며 "산 3시"라는 시간을 부여하고 있다. 이때 시간은 산이 제 스스로 생성되는 어떤 순간을 의미할 수도 있다. 제 스스로 생성하는 산과 성장을 빼앗긴 소년은 대비되어, 생명력의 왕성함 속에서 꼬부려 누워 잠이 든 소년의 모습을 부각시킨다. 이것은 편안한 잠이 아닌 지친 절망의 잠일 것이다. "풀잎 꿈−소년의 꿈"은 '자연의 꿈−인간의 꿈'으로 바꿀 수도 있을 것이다. 소년에겐 성장의 욕망이 있기 때문에 그 욕망은 불덩이가 되는 것이다.

이 시는 욕망의 결핍과 가장 많이 연결되어 있다. "안개 더미, 무지개/해, 불덩이"는 '자연/욕망'이라는 이원성을 표시해주며 그 사이에서 꽃망울이 가교적 역할을 담당한다. 시인은 사물을 관조적, 정관적으로 바라볼 뿐만 아니라 자신의 욕망과 결핍의 부분을 사물에 적극적으로 투사시키며 사물을 본다. 이것은 초탈한 자의 행위가 아니라 싸우는 자의 행위이다. 그리하여 그의 기억의 끝으로의 퇴행 행위는 도피가 아니라 싸움의 표현이라는 것을 증명하는 것이다.[19]

---

19 변화와 소멸에 대한 처방은 순환이다. 과거는 다시 나타나고 순환의 끝에서 기다리는 시간이다. 옥타비오 파스에 의하면 과거는 다가오는 시간이다. 그에 의하면 미래는 두가지 의미를 제공하는데 하나는 원형적 과거의 퇴화이며 시간의 종말이고 다른 하나는 부활이며 시작이다. Paz, Otavio, 『흙의 자식들』, 김은중

수평선이 축 늘어지게 몰려 앉은 바닷새가 떼를 풀어 흐린 하늘
로 날아오른다. 발 헛디딘 새는 발을 잃고 다시 허공에 떠도는 바
닷새, 영원히 앉을 자리를 만들어 허공에 수평선을 이루는 바닷새.

인간을 만나고 온 바다
물거품 버릴 데를 찾아 무인도로 가고 있다.
— 신대철, 「무인도」 전문

　　시인의 싸움은 모든 끝을 향해 있다. 앞에서도 살펴보았듯이 산꼭대
기, 산속, 이 시에 등장하는 수평선, 무인도 같은 것들은 시선을 끝에
두고 있는데 가장 멀리까지 뻗어 있는 시선은 내면에 있어서 치열함의
강도를 잘 설명해준다. 이 시인에게 무인도는 산속과 가장 닮은 곳이
다. 산이 실제 기억 속의 끝을 의미한다면 기억의 끝에서 바라본 다른
한 끝이 바로 바다이며 바다의 끝을 이루는 수평선, 그리고 사람이 살
지 않는 무인도다. 무인도는 사람들에게 버림 받은 장소라는 특징이 있
지만 자연으로만 이루어진 태초의 공간이며 상상의 공간이다. 무인도
는 큰 바다를 품고 있고 바닷새를 품고 있다. 바다는 인간의 세계를 넘
나들며 인간을 만나고 되돌아오고 풀어놓은 바닷새들은 하늘로 날아오
르기도 하고 발을 헛디뎌 허공에 떠돌기도 한다. 새떼들이 날아가는 대
열에서 멀리 동떨어진 한 마리 새는 그만 발을 헛디딘 새였다는 걸 알
게 해준다. 이 시에서도 볼 수 있듯 시인이 깊이 침윤되어 있던 끝을 향
한 사유는 김남주 시인에서처럼 수직으로 향한 것이 아니라 끝없는 수

역, 솔, 1999, 27쪽 참조.

평을 향해 뻗어나가는 것이다. 그것은 흰빛과 가벼운 공기에 결부되어 두껍지 않은 상태로 엷게 확산되는 것으로 현상한다.

시인의 초기 시에서 그것은 상상공간 안에서 꿈꾸는 것이었지만 후기 시로 갈수록 그는 실제의 여행 체험을 통해서 꿈을 현실화시키고자 한다. 이런 의미에서 마지막 행의 인간을 만나고 온 바다는 시인 자신을 지칭하는 것일 수도 있겠다. 물거품을 버린다는 것은 인간의 껍질과 찌꺼기 같은 것을 버린다는 의미일 수 있지만 여기서는 인간과 자연의 합일을 방해하는 혹은 그에 합당하지 않은 불순물 같은 것을 지칭하는 것으로 보여진다. 물거품을 버리는 행위나 인간의 껍질을 벗는 행위는 합일에 도달하기 위한 방법론적인 것일 뿐이다. 이 방법론은 우리 마음대로 삶을 규정하고 우리의 양심까지도 지배하고 싶어 하는 여러 힘들에 대해 '노우'하는 방법이며 그 속에 그것보다 더 큰 '예스'를 가지고 있는 방법론이다.

우리가 머물고 있는 곳은 어디든지 바람이 불었습니다. 꿈속으로 잔 모랫가루가 날려왔습니다. 물이 되는 갈증, 서로의 물소릴 빨아들이며 서로서로 묻혀 있었습니다. 우리는 합쳐서 사막입니다.

우리가 안 보입니까?
흐르지 않는 소리,
소리를 잡아요, 비명이 되게

그러나 그대는 또 묻습니다. 사막은 어디 붙어 있어? 아라비아에? 돌아보면 내 뒤?"
　　　　　　　　　　　— 신대철, 「사막은 어디 붙어 있어?」 전문

이 시에 나오는 모래, 돌 같은 물질 역시 시인이 편애하는 이미지 중 하나이다. 모래나 돌은 그 성질이 서로 결합하는 것이 아니다. 그것들은 각각 자기의 중심을 갖고 살아가고자 하는 것들이다. 그러나 흔히 모래는 너무 작아서 존재의 가치를 쉽게 잃어버리는 경우가 있다. 그래서 그것은 가루가 되어 흩어져 버리거나 결합되더라도 강도가 아주 약한 것이 되어버린다. 모랫가루와 바람 역시 흩어버리는 성질을 가지고 있지만 그들은 서로 물소릴 빨아들인다. 여기서 흩어버리는 본성이란 자의식의 단단함과 화합하지 못하는 성질뿐 아니라 내면의 근원적 고독 같은 원초성을 드러내는 것이기도 하다. 그러나 시인의 레이더망에 들어온 것들은 모두 빨려 들어가거나 모아들여진다. 흐르지 않는 소리가 들린다는 표현 역시 부동과 고립의 상태에까지 투신해 들어가 고요의 소리를 듣고자 하는 욕망과 결부한다. 그래서인지 그의 시에 나오는 물이미지는 모두 소리를 갖고 있다.

시원한 소리, 흐르는 소리, 흘러드는 소리, 어울리는 소리 등은 속으로 속으로 들어가고자 하는 깊이에 대한 천착이다. 2연은 그런 시인의 욕망이 뚜렷이 드러난다. 합쳐서 사막이라는 말은 혼자서도 모여 있지 못하는 지독한 타자의식의 반영처럼 보인다. 그렇기 때문에 더욱 흘러들고 점착되는 소리에 민감하게 반응할 수 있는 것이다. 사막은 어디 붙어 있는 것일까? 아라비아에? 내 뒤에? 아마 시인에게 사막은 그 어느 곳, 이 세상의 전부가 아닐까. 흘러들지 못하는 곳이나 서로 모이지 못하는 곳, 모래의 성질을 가진 모든 것은 어디에나 있다. 그러므로 진정으로 사막을 본 자는 아무도 없다. 본다는 것은 사물의 상태를 자기 소유화하는 것이다. 그것은 스스로 사막이 되어본 자만이 경험할 수 있는 장소와 시간의 이름이 되는 것이다. 그것은 스스로를 회복하고 스스로를 보는 것이다. 스스로를 보기 위해서는 둘이 되는 것이 필요하다. 스스로를 느끼고 체험하기 위해서 스스로를 식별하는 데 필요한 거리가 필요한 것이다. 여기서 시인이 본 타자는 혼자서도 모여 있지 못하는 거리, 합쳐서도 사막인 거리를 가진 타자이다.[20] 그 타자는 스스로 느낄 때에만 볼 수 있다. 그 사막은 아라비아에 있을 수도 있지만 아라비아에 있는 것이 아니다.

> 물은 저 혼자 휘돌아 산을 벗어날수록 깊어진다. 미래로 흐르는
> 물, 우리 후미진 곳 드러내어 저 물소릴 내려면 산짐승과 어울리다
> 무엇으로 돌아와 있어야 하나, 사람이 아닌 무엇으로, 사람이 아닌
> 그 무엇으로 산속에 가라앉아 늘 가라앉은 목소리로 답해야 하나?
> 함박눈이 내린다. 모든 길은 저절로 열려 있다.

> 사람 잡는 꿈을 꾼 아버지들
> 산 밖에서 밖으로 흐르며
> 제 피를 씻고

> 한밤중에만
> 산 구석구석 불빛되어 馬崎里를 이룬다.
> ── 신대철, 「아무도 살지 않는 땅 2」 전문

---

20  남진우, 앞의 글, 앞의 책 참조.

앞에서 산속은 시인의 시의 출발지점이라고 말했다. 시인의 기억[21]은 산이라는 과거의 기억으로 멀리 퇴행한 후 그곳으로부터 다시 거슬러 오르는 경향성을 보여준다. 기억은 바다를 만나 뻗어나가기도 하고 길을 만나 휘돌기도 한다. 물은 시인을 기르는 양수이면서 시인을 멀리까지 운반해주는 역할을 담당한다. 시인이 보기에 물이 흘러들지 않는 곳이 없다. 물은 아무리 작은 구멍이라도 통과할 수 있는 물질인 것이다. 이 시에서 물은 바로 시원한 물, 정화의 용도를 가진 맑은 물이다. 그리고 그 물은 미래지향적이며 희망을 주는 물이다. 그러나 산속에서 산짐승이나 길들이며 살기 감추는 법을 익혀오던 화자는 그 성스런 물을 마실 수 있는가에 의문을 가진다. 성스러운 물은 세례와 정화의 물로 인간을 변화시키고 재생시키는 힘을 갖는다.

화자의 "사람이 아닌 그 무엇으로 산속에 가라앉아"라는 표현은 어떤 죄의식의 일면을 내비친다. 이것은 자신은 속되기 때문에 거룩한 공간에 들어갈 자격이 없다는 실존적 가치에 대한 자의식의 반영으로 보인다. 이때 내리는 함박눈은 시원한 물소리가 강화된 것으로 보다 더 명징한 차가움을 동반한 것이다. 맑음은 흰빛으로 색깔을 바꾸고 하늘에서 떨어지는 은총처럼 쏟아진다. 이것은 세속과 성스러운 곳의 상호교

---

21  호프만 스틸에 의하면 시란 과거, 즉 꿈속에서처럼 분명하고도 순간적인 영혼 상태( 즉 기억하는 행위) 를 의식하게끔 영향을 끼친다. 기억이라는 개념은 '우리 내면–고향의 가장 비밀스럽고도 심오한 상태'로 설명된다. 그리하여 시는 독자로 하여금 유년시절의 풍경을 보게 만든다. Hofmansthal, "Ad me Ipsum"(나 자신에 관하여, *Prosa II*, p.82 ; Bohrer, Karl Heinz, 『절대적 현존』, 최문규 역, 문학동네, 1998, 103쪽 참조.

섭을 가능하게 해준다. 이런 순간엔 사람 잡는 꿈을 꾼 아버지들. 즉 세속의 인간들, 약육강식의 치열한 삶의 현장에서 살아가는 인간들조차도 산 밖으로 흐르며 제 피를 씻어내고자 하는 것이다. 산은 종교적 의미로는 성전의 상징이고 피를 씻어내는 행위는 제의 과정을 재현하는 것이 된다. 밤은 인간이 가장 자기 자신에게 가까워지는 시간을 의미하므로 거짓과 껍질이 벗겨진 알몸의 시간이다. 그때 인간은 물이 물소리를 내듯이 제 몸으로 불빛을 만들 수 있다.

> 살이 푸르러지는 물 속에 누웠다.
>
> 물 흐르는 대로 발가벗고 흐르다 자기 자신한테 들키고 싶다.
>
> 어른거리는 물고기 떼,
> 가슴께 비늘이 만져진다.
> ─ 신대철, 「아무도 살지 않는 땅 1」 전문

이 시에는 삶과 죽음을 함께 아우르는 물 이미지가 등장한다. 살이 푸르러지는 물속에 누워 있는 모습에서 혹자는 오필리아를 본다. 물의 죽음이라는 원형을 보는 것이다. 바슐라르가 "그녀는 꽃다발과 함께 출렁이는 물결에 머리칼을 펼치며 냇물에 표류하는 모습으로 나타나리라"[22]고 했을 때 그녀를 품고 흐르는 것은 모두 죽음을 상징하는 물이

---

22 Bachlard, Gaston, 『물과 꿈─物質的 想像力에 관한 詩論』, 이가림 역, 문예출판사, 1980, 118~123쪽 참조.

다. 물 위에 흘러가는 풀잎, 물가에 흔들리는 나무가 모두 물이며 물결은 모두 머리칼이다. 혹자는 "살이 푸르러지다"에서 죽음을 보기 이전에 시원하고 명징한 것을 볼 수도 있다. 이것은 삶 쪽으로 시선을 둔 것이다. 존재는 물 흐르는 대로 발가벗고 함께 흐르고 싶은 욕망을 내비친다. 흐른다는 것은 죽음보다는 삶의 생동에 가까운 것이며 이 시에서 오필리아의 죽음을 보는 것보다는 자기애와 나르시시즘을 보는 것이 더 합당할 듯하다. 맑고 시원한 물은 일종의 거울 이미지인데 자기의 모습을 비춰봄으로써 얼굴, 시선, 몸의 구석구석을 만져보는 것이다.

시인은 물속에 몸을 담그고 물과 교감하는 행위를 통해서 "자기 자신한테 들키고 싶다"고 하는데 그는 누구를 위하여 발가벗고 물속에서 비춰보는가. 마주 봄이라는 행위는 교감을 통해 드러나며 반성적 의식이라는 이원성을 반영한다. 그것은 스스로의 잘못이나 과오를 살피기 위해서가 아니라 둘이 되기 위해서이다. 또 그가 둘이 되고자 하는 것은 자아에 의한 자아를 궁극적으로 소유하기 위한 목적을 가지고 있는 것이다. 둘이 된 자아는 자연의 물속에서 함께 꿈을 꾸는 것이다. 오로지 더 자연 깊숙이 들어가고 싶은 욕구를 꿈꾸려고 물에 들어가는 것이다. 그때 소유된 타자는 자아에 의해 처형[23]될 수도 있다.

그러나 이 시에서 둘이 된 자아는 실패를 경험하거나 불화하는 것이

23 보들레르는 자기 자신에 대한 사형집행자, 즉 자기 처형인이 되고자 했을 때를 다음과 같이 설명한다. 사형집행자는 희생자를 자기 소유화하게 되기 때문에 "자신의 진정한 본성을 이루고 있는 심원한 고독을 성취하려는 희망에서 자신을 파헤치고자 한다." Sartre, Jean-Paul, 『시인의 운명과 선택 : 보들레르』, 박익재 역, 문학과지성사, 1985, 29쪽 참조.

아니라 화해를 지향하는 밝음 속에 있다. 물속에서 어른거리는 물고기 떼, 가슴께 비늘이 만져지는 것 등은 정신과 육체가 상호 교접하는 가운데 섞여 들어가는 행위를 나타내며 이는 스스로에게 느끼는 에로스의 감정이다. 이때 물고기의 비늘은 시인의 상승 지향을 반영하는 매개체이다. 이 시에서 보여지는 원초적이고 신화적인 요소들은 삶과 죽음의 상징으로서 물의 이원성을 잘 드러내준다.

①
　잎 지는 초저녁, 무덤들이 많은 산속을 지나왔습니다. 어느 사이 나는 고개 숙여 걷고 있습니다. 흘러들어 온 하늘 일부는 맑아져 사람이 없는 산속으로 빨려듭니다. 사람이 없는 산속으로 물은 흐르고 흘러 고요의 바닥에서 나와 합류합니다. 몸이 훈훈해집니다. 아는 사람 하나 우연히 만나고 싶습니다.

　無名氏,
　내 땅의 말로는
　도저히 부를 수 없는 그대……
　　　　　　　　　　　— 신대철, 「사람이 그리운 날 1」 전문

②
　산은 사람에 묻히어 삭고
　물소리만 남은 저 산울림 속으로
　실성한 사람의 시체가 들어온다.

　계곡을 씻으며
　다시
　물이 흐른다

눈 쌓이기를 좀 더 기다려야 한다. 실성한 사람과 문득 마주쳐
그의 산이 되고 싶다. 그가 잠들어 영원히 고요해진 산.
— 신대철, 「사람이 그리운 날 2」 전문

이 시들은 중심으로의 스며들기가 뚜렷이 드러나는 특징을 보여준다.
산속을 중심으로 사물들은 하나둘 모여들고, 흘러들고, 빨려든다. 우선 ①
을 보면 나무에서 잎들이 떨어져 모이고 내가 고개 숙여 들어온다. 하늘이
흘러들다 빨려 들어오고 물이 흘러 들어온다. 사물들과 나는 고요의 바닥
에서 합류하여 섞인다. 섞이는 동안 생명의 에너지가 발산되어 몸이 훈훈
해진다. 이렇게 온기를 띤 몸으로 다른 사람을 품을 수 있게 되면 아는 사
람을 그리워하게 되며 그를 만나고 싶어진다. 여기서 시인이 부르는 무명
씨는 무슨 꽃과 같은 자연을 닮은 수많은 존재의 이름이다. 그는 사물에
이름 붙이기를 주저하는 경향을 자주 보여준다.[24] 산속은 이름 안 붙여
진 꽃들과 이름 안 붙여진 계곡과 이름 안 붙여진 길들이 모여 있는 장
소이기 때문에 산속에서 '이름'은 의미를 갖지 못하는 개념일 뿐이다.
이는 앞서 모래와 바람 이미지에서도 살펴보았듯 하나이면서 여럿인
존재들을 가리키는 것으로도 읽힌다. 모래알 하나하나의 존재감과 등
가를 이루는 이 무명씨의 꽃들과 무명씨의 자연은 또한 각각이지만 하

24  학명에 따라 이름붙이기를 원하지 않는 시들은 사물이 존재 그 자체로 들어 올
    려지기를 바라는 시인의 내면 지향을 보여준다. 「사람 그리운날 1」「사람 그리운
    날 3」「추운산」「수각화 5」「또 무슨 일이지?」「내 나무 아이」「4월이여 우리는 무
    엇인가」「시베리아 2」「바이칼 소년」「새, 바람, 무슨 생각」「벼랑 능선」「곰배령
    넘어—무슨꽃 1」「알스트로메리아—무슨꽃 2」 등에 두루 나타나 있다.

나인 존재들이다. 우연히 하늘의 부름에 의해 만나게 되는 존재들, 그래서 그것은 이 땅의 말로 부를 수 있는 이름이 아니다.

①에서 만난 존재들이 우주적 존재들이라면 ②의 존재는 인간적 존재이다. ①의 존재들에게서 내가 힘을 얻어 몸을 훈훈하게 만들 수 있었다면 ②의 존재는 내가 그의 산이 되고 싶은 불완전한 존재이다. 산은 이렇게 우주적이며 자연적인 존재, 불완전하고 결핍된 모든 것이 흘러 들어와 모이는 장소이다. 지상에서 가장 마지막에 위치한 곳이며 이는 곧 하늘에 다다르기 위한 문과도 같은 곳이다. ②에서 보이듯 실성한 사람의 시체가 들어와 쉬는 곳이며 그의 영혼이 하늘에 다다르는 제의가 이루어지는 곳이다.

이렇게 한 곳에선 죽음의 제의가 이루어지고 있고 다른 한쪽에선 삶을 위한 제의가 이루어지고 있다. 계곡을 씻으며 끊임없이 흐르는 물이 그것이다. 삶과 죽음의 제의가 동시에 이루어지는 이 산은 그만큼 풍요롭고 넉넉하지만 그만큼 차갑고 깊어야 한다. 시인은 자주 차가움에 깊이 경도되어 있는 특징을 보여주는데 이 시에서 "눈"은 그러한 면을 잘 드러낸다. 눈은 찬 것과 깨끗함의 징표를 갖고 있으며 이것은 의식의 선명함과도 결부된다. 시인은 혼란과 자기 정체성의 부재 상황에 직면할 때 "눈이 내린다, 새가 난다"[25] 등의 표현을 자주 사용한다. 이것 역

---

25  먼저 눈 이미지가 나타난 시로는 「脈」「아무도 살지 않는 땅」「사람이 그리운 날 2, 3」「처형 1, 2」「처형의 끝」「자연수」「추운 산」「그리고 우리는?」「다시 무인도를 위하여」「까욱 까아욱」「무인도를 위하여」「수각화 3」「무슨 일이지?」「또 무슨 일이지?」「눈사진」「나무 밑에서」「얼음집」「또 만납시다, 지구 위에서」「넉배 고란초」「첫기억」「첫 기억의 끝」「아이오와 2, 3, 4」「백두대간을 타고 1」「바람

시 스스로 냉철해지고자 하는 의식의 치열성을 반영하는 것이며 극한
까지 자신을 몰아붙이고자 하는 자기 투쟁의식의 소산이라 할 수 있다.

> 낮은 산도 깊어진다.
> 비안개에 젖어 무수히 피어나는 속잎,
> 연하디 연한 저 빛깔 사이에 섞이려면
> 인간의 말의 인간을 버리고
> 지난 겨울 인간의 무엇을 받아들이지 않아야 했을까?

─────────

이 불지 않아도 바람이 부네」「알래스카 1, 2」「개마고원에서 온 친구에게 1, 2,
3, 4, 6, 7, 8」「백야 2」「산늪 3,4,5」「새」「저녁눈」「첫눈」「눈오는 길」「천장호수 1,
2」「새와 별」「첫눈 속에는 눈사람이 내린다」「북극일기」「오로라」「북한 벌목공
1, 2」「고비삽화1」「시베리아1」「홍주성」「그대가 누구인지 몰라도 그대를 사랑
한다」「금강산에 살다 죽어도」「바이칼 1」「할머니와 허스키」「바이칼 키스 1, 2」
「시베리아 횡단열차 1, 2」「아기 순록」「초원길」「합대나뭇골」「첫목도리」「국경」
「천지에서 부르는 노래」「흑풍 속으로」「자작나무」「백두산 천지 1」「새, 바람, 무
슨 생각」「벼랑 능선」「무슨 꽃 1」「군락」등을 살필 수 있다.
다음으로 새 이미지가 등장한 시로는 「산사람 1」「처형1」「처형의 끝」「X」「어느
속리산」「감정 1, 2」「가을의 소리」「추운산」「5월은 엘뤼아르에게」「그리고 우리
는?」「다시 무인도를 위하여」「까욱 까아욱」「무인도를 위하여」「수각화 1-3」「수
각화 3」「수각화 4-1」「무슨 일이지?」「도 무슨 일이지?」「나는 내가 있는 줄도
모르고 살았네」「높은강 1-1」「높은강 2-1」「나무밑에서」「누가 살고 있다」「또
만납시다. 지구위에서」「새」「신시」「4월이여 우리는 무엇인가」「아이오와 2」「백
두대간을 타고 1」「저 물빛 아이」「황해 1」「알래스카 2」「개마고원에서 온 친구
에게 2」「그대가 누구인지 몰라도 그대를 사랑한다」「산늪」「새」「저녁눈」「별」
「협곡 1」「바람불이 1, 2」「새와별」「광대울 2」「지평선마을 2」「물동이동」「북한
전쟁고아수용소」「몽골대사관 앞을 지나」「13구역」「시베리아 2」「김포평야」
「해, 아이, 수리조합 2」「실미도」「바이칼 3」「바이칼 키스 2」「황야에서 4」「흰 진
달래 꽃」「압록강」「애기꽹이 눈에게」「흑풍 속으로」「백두산천지 1」「향로봉에서
그대에게 2」「새, 바람, 무슨생각」「박새가족과 봄노래를」「지리산 1」등이 있다.

핏줄에 붙은 살이 더러워 보인다, 잎과 잎 사이
벌거벗고 덜렁거릴 것 덜렁거리며 서 있을수록……

잎, 잎, 무성하거라 무성하거라 무성하거라
한여름 산속에 미리 들어와 마음을 놓는다.
— 신대철, 「잎, 잎」 전문

자기 가능성의 극한에 대한 치열한 추구는 모든 것의 "들어감"과 결부된다. 들어감이야말로 새로운 것으로 향하기 위한 첫걸음이다. 시인은 삶의 끔찍함과 존재의 황홀함 사이에서 시간의 무거운 짐을 내려놓고자 하는데 이것은 무조건적인 하강으로 연결되지 않고 빛과 새로움, 영혼의 변화를 기대하는 미지의 세계로의 "깊숙이"로 연결된다. 이 시에서 보이는 바와 같이 비안개의 눅눅함 속에서도 무수히 피어나는 속잎과 연하디연한 빛깔 속에 섞이고 싶은 욕망은 존재에 대한 애착과 함께 삶으로 나아가고자 하는 희망의 생생함으로 연결된다. 그러나 시인의 머뭇거리는 기질은 이내 자신과 인간이 가진 부정적인 것에 눈을 돌린다. 여기서 버려야 할 인간의 것이란 한 시대가 지닌 부정성과 결부될 것이다. 문명과 이기심, 거기서 파생된 온갖 부정적인 것이 자기 피 속에 녹아 있다. 김현이 그의 꿈에 스며든 현실의 어둠은 "거짓욕망, 거짓선택, 거짓만족과 결부되어 있는 산업시대의 인위적 삶이며 농사꾼의 자연언어가 아닌 도시의 개념적 어휘로 생을 영위해가야 하는 도회성"[26]이라고 지적했듯 핏줄에 붙어 있는 살은 바로 이러한 부정적 어둠을 가리킨다.

---

26 김현, 앞의 글, 앞의 책 참조.

그는 자신의 더러운 살의 어둠을 털어내고자 자연의 빛이 스며드는 잎과 잎 사이에서 온몸을 발가벗고 정화의 의식을 치르는 것이다. 이때 잎과 잎 사이에 들어온 연한 빛은 산의 계곡에서 흐르는 물과 같은 의미를 지닌다. 그것은 세례의 빛이요 은총의 빛인 것이다. 그러나 몸이 원초성의 상태로 진입해 들어가며 정화되고자 하는데도 살과 핏속에 붙어있는 더러움은 지워지지 않는다. 여기서 "무성하거라 무성하거라" 라는 절실한 되뇜은 사제가 신을 부르는 소리에 다름 아니다. 더 많은 은총이 내려와 씻기지 않는 더러움을 씻어달라는 주문으로 읽혀지는 것이다. 이것은 신의 손길에 자신을 의탁하는 종교적 부름이다. 자연과 신성은 동일시되며 어느 순간 자신이 인간의 껍질을 벗고 그것과 합일 했을 때 그는 산속을 느끼며 마음을 놓는 것이다.

## 3. 무시간의 시적 변용

신대철 시인의 시에서 산이라는 공간이 주는 특이성과 함께 드러나는 또 하나의 특징은 시간에 대한 관념이다. 시인에게 있어 시간은 개념적 시계시간이 아니다. 시인의 시간은 뒤로 향하는 퇴행의 시간이며 시간의 속과 둘레를 방황하는 카오스의 시간이다. 방황의 시간은 자신이 어디에도 속하지 않기를 바라는 소망의 표현이며 이 시간은 무시간을 지향한다. 오로지 사물들과의 교감을 통해 시간이 획득되는 어디에도 없는 시간인 것이다. 시인은 기억의 끝으로 퇴행한 이후 거의 이 무시간 속에서 움직이고 있다. 단지 배경으로 드러난 빛과 눈, 물소리 등의 차가움과 같은 촉각 이미지와 더불어 깊고 고요하고 감추어진 내밀의 공간이 펼쳐진다. 이것은 영혼의 실제적 체험 속에서 순간의 에피파니로 작동하는 존재와의 닿아 있음이다.

시인에게 이 시간은 신화적인 시간이며 자기 자신에게로 나아가는 생체험과 동일시되는 시간이다. 보러는 자아가 "시간의 깊이인 과거에 관여하면서 그 자아는 현재의 시간 형식에서 분열되었던 자기 자신에게로 되돌아간다"[27]고 말한다. 지금과 과거의 대립은 신화적인 역사와 역사적인 현재의 대립을 조망해준다. 그것은 역사적으로는 태고적인 초기의 역사라는 의미뿐 아니라 개인적으로는 초기 발전단계인 유년기를 의미하는 것이다. 그래서 유년시절의 현재는 신화의 현재와 동일시된다. 시간의 해체를 꿈꾸는 이미지들은 뒤랑의 신비적 체계에서 형용사적 표상들 즉 '뒤로(과거의)/감추어진', '깊은/고요한' 등의 의미와 관련을 맺으며 변주되기도 한다.

> 돛배가 섬을 떠난다. 비로소 살아 움직이는 바다, 툭 툭 수평선이 끊어지고 있다. 돛배가 거쳐 간 섬은 무인도, 떠날 사람 다 묶인 무인도, 그는 캄캄한 제 몸 속으로 기어들어가 모기 소리만 내놓고 아이를 불러들였다.
>
> 헤엄쳐 가볼까?
> 저 배, 어디로 흘러가는 거죠? 아이는 아까부터 혼잣말을 하고 있다.
> 노을 속으로…… 노을은 차지할수록 남는 시간이지, 우리도 그

27  Bohrer, Karl Heinz, 앞의 책, 110쪽 참조.

제4장 신대철 시의 신비적 구조

일부분이야, 사람들 각자 조금씩 차지하고 있으니까, 대개들 저 자
신 노을이라 생각하지.
　우리를 노을로 알고 오는 사람은 없을까요?
　　　　　　　　　　　— 신대철, 「다시 무인도를 위하여」 부분


　시간에서 빠져나온 분위기는 무한을 생각하게 한다. 화자는 산속에
서 머나먼 바다를 향해 서 있을 것이고 돛배가 수평선을 스쳐갈 때마다
수평선이 툭 툭 끊어지는 것을 바라본다. 화자의 시선은 수평선과 더불
어, 돛배, 무인도에 가 있고 "아이"를 향해 있다. 그들은 같은 의미의 선
상에 놓이는 것들로 보여지는데 인간의 시간을 벗어난 자연 시간 속에
존재하는 것들이기 때문이다. 이 자연의 시간은 시작과 끝을 염두에 두
지 않는 시간이다. 그것은 부재하거나 무한한 분위기를 서술하는 이미
지의 과정 속에 편재해 있는 시간이다. 이 시간 안에서는 사물들이 고
립되지 않고 모두가 유연하게 흘러든다. 혼잣말의 물음에도 서로 대답
하고 상상 속에서 혼자가 아니다. "헤엄쳐 가볼까?"라는 미래로의 전향
을 묻는 자기 안의 아이에게 화자는 서로 대답해준다.
　돛배는 무인도를 거쳐 노을 속으로 들어간다. 노을 속으로 자꾸 들어
간다는 것은 노을을 그만큼 차지하는 셈이 될 텐데 시인은 그래도 남는
시간이라고 역설한다. 이것은 시계 시간으로는 셈할 수 없는 계산법이
다. "물고기 다섯 마리와 빵 한 조각으로 오천 명을 먹이고도 빵 한 광
주리가 남았다"[28]는 성서의 이야기가 생각나는 계산법이다. 노을은 이

28　카톨릭 공동 번역 성서, 「마태오 복음」, 14 : 13~21 참조.

시에서 산속과 같은 맥락으로 자연의 말을 주고받을 수 있는 장소와 결부한다. 그러니 황홀하게 펴오르는 노을의 말을 알아듣는 사람은 노을이 될 것이다. 이때 시간은 부재하고 시인은 상상 속에서 산속으로부터 바다 멀리 수평선까지 돌아 무인도와 노을 속까지 들어가 이제는 스스로 노을이 되는 꿈을 꾸는 것이다.

보들레르는 무한성의 개념을 "명상적으로 내맡겨진 장엄한 대상의 무운동성"[29]이라며 현재 시간(순간)만을 상상적으로 환기시키는 일은 마침내 완결된 모습을 띠게 된다고 설명했다. 이때 상상의 순수한 현재성을 위해 현재 시간이 부재하게 되며 그 필연적 결과는 더 이상 유도될 수 없는 순간의 행복을 낳는다. 그 순간은 바로 절대적으로 현존하는 지속이며 그러한 시간은 과거나 미래가 '없는 시간'이 되는 것이다. 시인은 자신의 거짓 정체성인 인간의 겉껍질을 깎기 위해서 무한의 세계 속에 끊임없이 자신을 밀어 넣는 행위를 한다. 그의 시에 자주 등장하는 이미지인 산속, 물 속, 하늘 속, 노을 속 등 "속"에 관련된 것은 '깊은 것'을 나타내는 것들이다. 그것들은 새로 태어나기 위해 들어가는 '동굴-자궁-성전'과 동일선상에 놓여진다. 그 시간은 바로 몸 안의 고요한 시간과 결부하며 무시간이라 할 수 있다.

29  Bohrer, Karl Heinz, 앞의 책, 235쪽 ; Bohrer, "Das Bose- eine asthetische kategorie?"(사악한 것-심미적인 것의 카테고리?), *Nach der Natur*, Munchen, 1988, p.74.(Karin Westerwelle, *Asthetisches Interesse und nervose Krankheit, Untersuchungen zur Literatur des 19. Balzac, Baudelaire, Flaubert*(미적 관심과 신경증적 병, 19세기 문학연구, 발자크, 보들레르, 플로베르), Stuttgart 1993 참조할 것.)

산 밑으로 굴러내리는 저 생나무 토막은 누가 찍어 넘기느냐? 나는 껍질이 까져가는 생나무 토막으로 지어져 있다. 뒤틀리는 목조 3층, 2층은 방 전체를 창고로 쓴다. 폐품 창고용이다. 3층은 오목렌즈로 되어 있다. 내 방은 1층 맨 구석 침침한 방이다. 내 방만 방전 장치가 되어 있다. 내가 문이며 내가 방이다. 초인종을 눌러서는 안된다. 누전! 당신을 위해 문은 잠겨 있다. 각층에는 물기가 남아 있다. 가을만 분명히 드러난 나이테가 새겨져 있고 나이테를 따라 빙글빙글 돌아나온 물기가 오르는 층층대가 있다. 월화수목금토일 일곱 개의 층층대는 3층에서 끝난다.

3층엔 밤마다 불빛이 방을 지킨다. 눈발이라도 날리는 밤 그것도 깊은 밤이면 내게 잡혀 죽은 산짐승들이 불빛을 번득이며 운다. 오목렌즈에 확대되는 울음, 핏발이 보이도록 확대되는 울음, 특히 애장을 파먹다 들킨 여우의 흘깃흘깃거리는 불빛이 내 창문에 어른거릴 적엔 꼬박 밤을 새우게 된다. 내 말을 흘리며 정적을 흘리며 내 잠을 흘리며 흘린 것들을 쓰러뜨리는 저 불빛을 흘리지 않고서 나는 잠들 수 없다. 대낮에도 3층은 햇빛의 발가락 하나 들어가지 못한다. 내가 가진 열쇠로는 물론 아내가 가진 열쇠로도 자물쇠를 열면 문이 또 하나 문이 또 하나…… 불빛으로 겹쳐진 문이었다.

창고에 버린다, 내 열쇠를. 3층에 대한 내 관심을 쪼개버린다. 창고 속에는 내가 못 건넌 강도 적재해 있다. 눈발 속에 남길 수 있는 한 최대한의 발악을 남기며 내가 놓은 덫에 끌고 달아난 이름 모를 산짐승들의 발목도 보인다. 발목을 친친 동여맨 산길도 보인다. 슈베르트의 우편 마차는 바퀴살이 부서져 둥글어 다닌다. 타다 남은 산불 속의 물이 말라붙는다. 나는 날마다 창고를 열어본다. 날마다 그날그날의 나를 창고에 버린다. 창고에 버려진 나는 버려진 것들과 함께 하던 일을 더욱더 열심히 해낼 것이다. 완성할 때까지. 그러나 완성하면 그 일과 함께 그 자리를 뜬다.

밤낮으로 나는 내 피를 태워야 한다. 피를 태워 내 방에 불을 켜놓아야 한다. 방이 밝아지면 창밖의 불빛들이 신발도 벗지 않고 허

한국 현대시의 두 극점

공을 뛰어다니다가 사라진다. 허공에는 흙투성이 피투성이 발자
국들이 찍혀 있다. 거꾸로 찍힌 발자국들은 유유히 사라진다. 불이
켜 있는 동안엔 딱정벌레들의 껍질 파먹는 소리도 멎는다.

　물기가 마르기 전에 물기도 뒤틀린다. 나는 머리맡 위에 빠르게
흐르는 물줄기를 붙잡는다. 물줄기가 차지한 넓이를 붙잡는다. 때
리고 쳐서 화단을 만든다. 분꽃씨 채송화씨를 뿌린다. 괴롭다, 나
는 3층에서 흘러나오는 저 불빛으로 무엇을 만들 수 있는가? 무엇
을 만들어야 하는가? 괴롭다, 괴로움은 나로 하여금 또 밤을 새우
게 하고 괴로움을 낳게 한다. 괴로움, 괴로움, 그리고 한 시대.

— 신대철, 「자연수」 전문

　시인의 상상세계는 평면적으로 과거의 기억과 기억 사이를 선회하기
도 하지만 입체적으로 공간 위, 아래, 깊이와 높이와 넓이를 횡단하면
서 자유자재로 넘나든다. 그러면서도 그것은 본향인 깊은 산속으로 언
제나 되돌아오는 특징을 지닌다. 이 시 역시 몸 '안/밖'의 사유에 집중된
시인의 모습을 반영한다. 시인은 몸 안을 자유로운 상상의 구조물로 인
식한다. 그 안에선 모든 것이 자유를 누리며 순수한 아이의 상태가 회
복된다. 또한 시간과 공간이 무화되고 사물들은 일체를 이루며 드러난
다. 반면 몸 밖은 사람들이 지배하는 질서가 있고 삶의 법칙이 있으며
억압되고 스스로를 기만해야 하는 현실의 원칙이 있는 세계이다. 시인
은 이러한 현실을 고통스러워하는 동시에 이런 생존 자체에 죄의식까
지 느끼며 살아가고 있다. 이것은 그의 시 속에서 '산 위/산 아래'의 삶
으로 잘 나타나는데 산 아래의 삶은 바로 처형에 다름 아니다. 그럴수
록 그는 살아야 하기 때문에 산속으로 퇴행하는 것이다. 이 시의 몸속
으로의 퇴행도 초기 시에서 보여줬던 산속 체험과 같은 의미의 맥락으

로 읽을 수 있다.

그는 몸을 일종의 건축물에 비유하는데 그것은 하나의 공간을 형성한다. 이를 두고 손필영은 시인의 자아가 과거와 현재 미래 혹은 이드와 자아와 초자아처럼 셋으로 나뉘어진 것이라며 1층, 2층, 3층은 각각 의미의 층을 이룬다고 설명하기도 한다.[30] 1층 내 방에는 자아가 있고 2층 창고에는 초자아가 있고 3층에는 이드가 있다.[31] 나의 정신을 이루고 있는 세 개의 의미 층에서 2층의 초자아는 별로 쓸 데가 없고 1층도 금지된 지역이다. 초인종을 눌러선 안 되고 방전 장치가 되어 있다. 언제나 누전의 위험이 도사리고 있는 구석 침침한 방이다.

시인이 가장 무게를 두고 있는 3층 무의식의 방에는 참 많은 것이 들어 있지만 그리로 가기 위해선 시간의 층층대를 지나가야 한다. 그 시간을 나타내기 위해 "월화수목금토일"이라는 현실적 시계 의미인 요일을 명시해놓은 것은 무의식의 방이 현실과 동떨어진 전혀 별개의 것이 아니라는 의미로 읽힌다. 개인을 둘러싼 시간의 흐름은 이러한 역사적이고 현실적인 계기를 분명히 갖고 있기 때문이다. 그러한 시간 속에서 경험과 기억이 생성되고 무의식의 층이 두터워지기 때문에 그리로 올라가기 위해선 나이테를 따라 빙글빙글 돌아가는 시간의 소비가 필요하다.

3층이 오목렌즈로 되어 있다는 것에서 모든 기억이 작은 구멍으로 확대되어 살아나는 광경을 상상할 수 있다. 이것은 신비구조에서 축소된 집중화의 경향을 잘 보여준다.[32] "애장을 파먹다 들킨 여우의 흘깃거리는 불빛"에서 불면의 시간은 시인을 을씨년스러움과 두려움의 낯선 시간대로 데려간다. 이러한 침묵과 고요 속에서 창문에 어른거리는 그림자는 귀신처럼 느껴지고 확대된 울음은 무의식의 방인 3층을 더욱 뚜렷이 비춰준다. 이럴 때 무의식 속에서 "최대한 발악"하며 바라본 것은 "이름 모를 산짐승의 발목" "발목을 친친 동여맨 산길"이다. 이는 분열된 자아와 싸우고 있는 시인의 모습을 잘 드러내준다. 무의식의 방에 들어 있는 다른 "시간대"의 자아는 뒤틀리고 기형적인 모습으로 드러나는 것이다. 그래서 시인은 밤낮으로 "자기 피를 태워야 하고 태운 피로 그 방에 불을 켜 놓아야" 하는 것이다. 이런 치열한 싸움의 흔적으로 "허공에는 흙투성이, 피투성이 발자국이 찍혀" 있다.

이 시는 결과적으로 불안한 기억과의 대면이며 진정한 자아 찾기의 과정이다. 물론 이 과정에서 날마다 자신을 창고에 버리는 행위를 반복해야 한다. 또 3층의 문은 쉽게 열릴 수 있는 문이 아니기 때문에 그 문을 열기 위해서는 건널 수 없는 강을 건너야 하고 보면 안 되는 기억 속의 장면들을 만나야 한다. 그것은 고통이지만 또 하나의 욕망이다. 그는 무의식의 방에서 무엇을 찾고 싶은 것일까. 무의식을 이전의 생각,

---

32   Durand, Gillbert, 앞의 책 참조.

결정, 경험들이 모두 집결되어 있는 거대한 기억의 저장고로 해석한다면 이 시에서 무의식에 침잠하고자 하는 시인의 정신은 분명히 미래를 향하여 열려 있는 것처럼 보인다. 신체를 움직이고 생각, 감정을 과거의 경험과 일치시키는 기능을 담당하는 무의식의 방은 쉽게 열리지 않지만 어떻게든 항상 불빛이 들어와 있어 어둡지는 않다.

불이 켜 있는 동안엔 딱정벌레들이 껍질 파 먹는 소리도 들린다. 이것은 흰 돛의 수직성과 투명성에 기대어 인간의 껍질을 깎는 행위와 동일시되는 정화 의식의 일종이다. 시인이 빠르게 머리맡의 물줄기를 부여잡는 행위도 같은 맥락으로 설명할 수 있다. 그의 몸이라는 구조물에 나타난 창문은 외부와의 소통의 통로이며 이것은 미래의 시간을 의식하고 있다. 그의 상상세계는 '몸 밖-자연'의 이곳저곳을 누비며 다니다가 자신의 몸속 '깊숙이'까지 다시 돌아온다. 이 상상운동은 한곳에 고정되지 않은 채 서로 교차하고 가로지르며 시대의 괴로움까지 자신의 괴로움으로 체화시킨다.

나무 위의 동네

숲 전체가 일어나 자욱히 산정기를 뿜어내고 있다. 그의 처마 끝에 살던 새는 머리를 쑤욱 내밀며 나무를 따라가다가 솟아오른다. 갑자기 숲속이 텅 비어 울린다. 자작나무, 가문비나무, 다릅나무, 아 하늘에 초록빛을 바치고 서 있는 나무들.

그는 나무를 타고 올라선다.
나무 위의 땅은 안개에 잠겨가고 있다. 빈집 빈 길, 모두들 산정기를 충전 받아 산세가 미치지 않는 데로 날아오르고 빈집 빈 길.

(나는 무엇을 바치며 죽어왔었나?)

그는 동네 초입에 그의 미래인을 다 세워놓고 그 위에 조용히 안개를 덮고 드러눕는다. 사람 냄새를 흡수한 안개는 나무 아래 아래로 내려앉는다.

스윽스윽 멀리서
누가 톱질하고 있다.

하늘엔 독수리 그림자

숲속이 숨쉬는 대로 숨쉬며 그는 잠이 들고,
그의 꿈속에 들어앉아 그의 원시인이었던 나는 나무를 타고 내려온다. 숲속 나무 냄새를 위해서나 자신을 위해서 아무것도 한 일 없이 신시로 다시 살러 나오는 자의 봄

하늘엔 독수리 그림자
세상은 2시 59분

(너는 이미 죽어 있다. 누군가가 너를 기억해 내면 그가 기억하는 대로 오늘은 여기 내일은 저기로 가야 한다. 네가 살아 있다는 희망을 갖지 말 것)

쿵쿵 나무들이 쓰러지고 있다. 그 자리엔 정적 1분
나는 휘인 허리를 더 휘어 3시에 몸을 맞추고 나무꽃 한잎 한잎이 펴내는 나무 위의 땅을 하늘에 비춰본다. 작은 회오리 바람 하나 한가히 세워둔 채
그는 그의 꿈속으로 들어가고 있다.
(산다는 것은 무엇을 살게 한다는 것일까?)

꽃이 지저귀고 있다.

.................................

.................................

시간의 목소리

고요하다. 오늘은 무슨 날인지?

　노인이 가면서 물을 놓아주고 있다. 물은 황량한 땅 껍데기를 지나 그의 몸 속을 지나 나무 뿌리에 모인다.

　(나는 살아 있었구나)
　그는 안심하고 죽어간다.
　길가 거미줄엔 흰 구름이 다 흘러나간 그의 하늘 끝이 붙어 있고 거미줄 구멍으로 기어나오는 햇빛 한 줄기를 휘어감은 아이 몇이 집 사이사이 비 갠 골목에 피어 나 있다. 길은 한없이 내려가다 땅에 스며버린다.

　땅
　밑바닥에 가라앉은 집에서
　빈 시간통을 지고 올라온 사람들은 평지를 벌겋게
　취해 넘어가고
　(우리는 우리를 멈추게 할 공간이 없다)는 노래 아슬아슬 넘어온다.

　캄캄해진다.
　(우리는 십여 분 혹은 여분밖엔 움직이지 못할 것이다)
　　　　　　　　　　　　　　　　　　 ― 신대철, 「신시(神市)」 전문

이 시는 존재들이 솟아나고 살아나는 장면이 유연하면서도 아득한 이미지로 조성되고 있다. 2연은 산 정기를 내뿜으며 숲 전체가 일어서고 나무들은 하늘을 받치고 서 있다. 천상의 사원을 받치고 있는 기둥들처럼 햇빛을 받으며 존재들은 살아나고 있다. 신시(神市)가 신들의 도시이고 나무들이 수직적 초월의 매개체라면 나무 위의 동네는 초월된 동네일 것이며 그가 나무 위로 올라가는 행위도 초월로 향하는 행위가 될 것이다. 나무 위에 올라가서 보면 땅도 나무 위에 있고 빈 집, 빈 길도 나무 위에 떠 있다. 산 정기를 충전받은 존재들은 날아오른다. 이 시에서 화자인 "그"는 이중적으로 나타나는데 그 첫째가 존재들을 바라보는 '그'라면 둘째는 존재 자체가 된 '그'이다. 존재가 된 그는 그의 미래인이고 숲의 존재들과 동질성을 회복한 그이다.[33] 그의 미래인은 숲이 숨쉴 수 있는 대로 숨쉬는 자이다. 또한 그의 원시인이었던 "나였던 그"는 숲속 나무 냄새를 위해 아무것도 한 일 없이 나무를 타고 내려온 기억 속의 '그'이다. 이 시에는 과거로 "되돌린" 시간을 다시 미래로 움직이고 싶은 시인의 원의가 드러나 있다. 그것은 나무라는 매개항이 불꽃과 관련을 맺듯 '상승'과 "앞으로"의 소망이 이중적으로 드러나는 것을 보면 알 수 있다.

신들이 사는 도시인 나무 위의 동네에서 존재들은 모두 신이 된다. 다만 '그와 나'만이 인간이다. 하늘의 독수리 그림자는 내가 인간이라는 것에 대한 죄의식에서 나오는 하나의 공포의 감정과 결부된다. 나는 내가 있어야 할 자리에 있지 않고 성스러운 신들의 세계에 있다는 죄의식

───────
33  황동규, 「시와 체험」, 『문학과 지성』, 16, 1974 참조.

때문에 구름의 모습도 독수리처럼 보이는 것이다. 무녀들은 몸 안의 끈을 쥐고 있는 공포로 인해 춤을 춘다고 한다. 이 시에서 드러나는 존재들의 꿈틀거림은 마치 무녀들의 전심전력으로 움직이는 동작에서 느껴지는 비애가 서려 있다. 끊을 수 없는 것으로부터 일탈하려는 어떤 몸짓의 기운이 시 전체를 감싸고 있기 때문이다. 그것은 아마 시인이 인간에게 느끼는 끊을 수 없는 어떤 것과 결부되어 있는 듯하다. 그가 지금까지 살아온 것에 대해 죽어왔었다고 단언한 것과 이미 죽어 있었다는 표현은 삶에 대한 그의 비극적 인식을 잘 드러내준다. 그는 인간이기 때문에 공포를 느낀다. 더구나 살아 있기 때문에 불편하다. 그가 죽음에서 안심을 느끼듯 이 시는 살아 있음에 대한 죄의식과 죽음에 대한 갈망이 짙게 배어 있다.

하늘엔 독수리 그림자가 다시 나타나고 2시 59분에서 3시 사이 나무들은 쿵 쿵 쓰러지고 있다. 이것은 먹구름이 드리워져 나무들이 가라앉는 것처럼 느껴지는 감각적 표현일 수 있다. 그러나 나무는 죽음과 함께 꽃 하나를 피워내고 산 전체가 나무의 땅이 되게 한다. 그 땅을 하늘에 비춰 보면 수직으로 서 있는 회오리바람 한 가닥이 보인다. 이것은 죽음과 삶이 교차하는 지점에서 초월에 대한 시인의 강한 욕망과 결부된다. 다시 꽃이 지저귀고 존재들은 꿈속으로 들어간다. 존재들의 소리를 듣는 시인은 시간의 목소리를 듣는다. 고요함 속에서 다시 존재들이 깨어나고 다시 깨어난다. 이럴 때 노인은 물을 놓아주고 하늘에서 구름은 흘러가고 "햇빛 한줄기를 휘어감은 아이들이 비 갠 골목에 피어나" 있다. 존재들의 살아남은 이런 유체성의 이미지를 통해서 생동감 있게 드러난다. 하지만 생명력의 원천인 "햇빛"과 "아이"는 결국 길이 한없이 내려가는 행위와 땅에 스미는 행위를 통해 다시 하강으로 향하는 역할을 담당한다. 그리하여 "빈 시간통을 지고 올라온 사람들"은 아슬아슬하고 "캄캄해"지는 순간을 견뎌나가는 것이다.

버지니아 울프는 존재의 순간을 도취의 순간으로 규정한다.[34] 유년시절의 인상을 기억하는 과정, 자연을 상상적인 기억을 통해 구성하는 과정을 시간에의 도취로 본다. 그 기억은 무의지적 기억이다. 그것은 내가 잊고자 하는 것을 나의 기억이 생산해내고 있으며 그 결과 나와는 무관한 것처럼 보인다고 한다. 그 존재의 순간은 언제나 과거와 미래 연속체 속에서 고립되어 있다. 이것은 잃어버린 시간을 찾아가는 자발적인 회귀이며 세상의 시간이 알지 못하는 정반대의 시간 속에 잠재되어 있는 시간이다. 이 시에서 괄호 안의 독백들을 살펴보면 불연속적으로 떠오르는 단상을 받아 적어놓은 특징이 보이는데 이러한 인과성을 배제한 발성은 시인의 시간으로부터의 초월 욕망을 드러내준다.

이것은 혹시 사후의 말처럼 도치된 시간관념을 표현하기도 한다. 완성된 시간의 날에 하는 회상의 말처럼 들리는 것이다. 이 말은 어떤 체험에 의한 것도 아니고 어느 날과의 연관 속에 있지도 않다. 이것은 오히려 시간으로부터 빠져나와 있다. 그래서 단말마적이고 시간의 순서가 뒤바뀐 형상을 하고 있는 것이다. 이것은 이미지를 통하지 않은 시인의 관념적인 생각으로서 시간초월에 대한 의지를 드러낸다. 시인은

---

34  Woolf, Vrignia, *Augenblicke, Skizzierte Erinnerung*(순간들, 회상의 스케치), Frankfurt a. M. 1981, p.92 ; Bohrer, Karl Heinz, 앞의 책, 241~242쪽 참조.

시간[35]에 대해 소심한 집중을 나타낼 때가 있는데 이러한 의도적인 시간의 왜곡이나 변형, 또는 파괴의 현상은 시인이 시간에 대해 갖는 의문, 또는 강박관념의 표현으로 읽혀지기도 한다.

안골 합대나뭇골
두 골물 아우러지는 물모퉁이에서
보송보송한 나무눈 들여다보고
나무도 모르게 뿌리를 내린다,
바위틈에 엉키는 잔뿌리들 얽으니
나는 고로쇠나무
나는 물푸레나무
나는 생강나무

산속이 잠시 나로 꽉 차 있다
하나씩 나무로 되돌아가고
하나씩 나로 되돌아오고

나로나무로빙빙도는
물 한 모금 마시고
공중으로 허공중으로 걸어올라

35  신대철의 시간관념은 거꾸로 되었거나 규정된 시계관념을 전복하고자 하는 원의가 드러나는데 이러한 시들은 대부분 초기 시에 집중되어 나타난다. 「자연」「처형 2」「처형의 끝」「자연수」「채집일기」「추운산」「4월은 엘뤼아르에게」「5월은 엘뤼아르에게」「바다2시」「수각화 5」「높은강 2」「높은강 2-1」「서시」「얼음집」「또 만납시다 지구위에서」「신시」「4월이여 우리는 무엇인가」「금강의 개마고원에서」「무지개 무지개 원무지개」「오도가도 못하는 시간」「그냥 돌이라고 말하려다」「타마리스크 나무 아래」 등을 참조할 것.

합대나뭇골로 돌아온다

— 신대철, 「수각화(水刻畵) 1-1」 전문

이 시는 나와 산속의 사물들이 완전한 합일을 이루는 경지를 보여준
다. 산과 나, 나무와 나, 물과 나는 모두 뿌리로 모여들어 엉킨다. 세계
를 하늘 지상 지하로 나눈다면 「신시(神市)」는 하늘로 뻗어 나가고 「수
각화(水刻畵)」는 지하로 뻗어나간다. 하늘로 들어가는 것은 신의 세계로
들어가는 것이고 이 시에서 바위와 뿌리와 엉키는 행위는 천상의 것들
과 교접[36]하는 의미로 보여진다.

이 시에서 산은 하늘로 들어가는 문이고 나는 신의 현현을 맞이하
기 위해 위를 향해 문을 열고 아래로도 내려간다. 위와 아래가 합일하
는 장면을 시인은 산이 나로 꽉 차 있어 하나씩 나무로 되돌아가고 하
나씩 나무로 되돌아온다고 표현한 것이다. 이렇게 빙빙 도는 행위는
미로나 회오리 같은 것을 상상하게 하며 한 차원에서 다른 차원으로의
돌파를 상정한다. "나는 고로쇠나무, 나는 생강나무, 나는 물푸레나무"
에서 보여지듯 나는 참다운 나무로 존재가 바뀌었다. 이 사원은 세계
의 중심으로 나를 정화시키고 변화시키는 순수영역이다. 거기서 존재
의 지평 돌파와 우주적 지대, 즉 하늘, 지상, 지하 간의 상호 교섭이 이

---

36  엘리아데에 의하면 천상과의 교접을 의미하는 이미지들로 기둥, 사다리, 산, 나
무, 덩굴 등이 있는데 이들은 중심을 상징하고 세계의 가장 높은 지점을 표시한
다. 사원은 우주적 산의 모사이며 천상에서 가장 가까운 장소이다. 산은 지상과
천상의 탁월한 연결지점으로 사원의 기반은 하계로 깊이 내려가 있다. 바위는
대지의 배꼽으로 하늘과 연결된다. 하지날에는 천상으로부터 빛이 수직으로 떨
어지는 곳이다. Eliade, Mircea, 앞의 책, 32쪽 참조.

루어진다.

"나로나무로빙빙도는"에서 띄어쓰기를 무시한 것도 이러한 완전한 합일에의 의지와 존재의 자유로운 이동을 보여주려는 의도가 담겨 있는 것이다. 다른 존재가 되는 꿈, 합일의 꿈은 시인이 신적인 세계에 거주하고자 하는 욕망이다. 또 자신의 집이 사원이나 성전에서 표현된 신들의 집과 닮게 하려는 욕망이기도 하다. 심원한 향수는 태초에 창조의 손으로부터 새롭게 태어났을 때 그대로 순수함과 거룩함 속에서 살려는 욕망을 나타낸다. 거룩한 시간의 경험은 태초, 즉 창조의 신화적 순간의 경험이다.

## 4. 상상적 비의와 합일의 지향

앞에서 살펴본 바와 같이 신대철 시인은 상실된 자아와의 만남을 위해 끊임없이 잃어버린 기억을 찾아 헤매고 있다. 그는 기억 속의 원체험과 만나 새로운 힘을 얻고 시간을 속량받고자 하는 원의를 내비치고 있다. 시인의 가장 내밀한 꿈은 '평화로운 잠'인데 그는 이 꿈을 극지를 통과하는 과정을 통해 실현하고자 한다. 이것은 결국 세계와 화해하고 합일하고자 하는 시인의 내면 지향이다. 그러나 시인에게는 평화로운 잠을 방해하는 두 가지 기억이 있다. 하나는 자신이 도회의 인간으로서 기계의 집에서 살아가고 있다는 것이며 다른 하나는 군대 체험이다. 이 두 가지 요소는 끊임없이 시인을 괴롭히고 분열시킨다. 이것은 개인의 진실이 시대라는 거대한 수레바퀴 안에서 무참히 짓밟히는 사태에 대한 회의이며 분노의 일종이다.[37] 그런데 시인의 분노는 지극히 자기를 향해 있으며 대속하는 행위를 되풀이함으로써 이 분노를 극복하는 동시에 평화로운 잠에 이르고자 한다. 자서전에서도 밝혔듯이 시인은 극단적인 사회일수록 자기 자신과의 준열한 싸움이야말로 진정한 시쓰기에 이르는 길이라는 것을 부단히 강조한다. 그것은 그만큼 낮은 자세의 포복이어야 하고 길고도 힘겨운 과정이어야 함을 말해준다.[38]

시인은 1968년 3월부터 1970년 7월까지 GP장으로 비무장지대에서 근무한 경험이 있다. 그곳의 경험은 참으로 끔찍한 것이기도 하였지만 그는 비무장지대의 생활이 칠갑산의 연장이었다고 고백한다. 이 장에서는 이러한 시인의 극지 체험을 통해서 드러나는 주된 이미지들을 살펴볼 것이다. 시인이 자신을 찾아나가는 통로로 선택한 극지로의 모험은 상상 속에서 삶의 원점을 찾아 떠나는 여행으로 보인다. 이 여행은 능동인 면과 수동적인 면을 동시에 가지고 있다. 어떤 선택의 발로였던 간에 시인의 시에 특징적으로 드러나는 숨겨진 비의의 상징들은 삶의 근원이란 찾아질 수 없는 아득한 것이라는 의미와 통하면서 이미지의 깊이를 배가시켜준다. 이러한 비의를 산출하는 원형으로는 순환을 상징하는 바퀴, 중심, 꽃, 색깔, 아이, 남녀양성 등의 이미지가 드러난다.

---

37  최원식, 「하산하는 마음」, 『누구인지 몰라도 그대를 사랑한다』, 창작과비평사, 2005 참조.

38  시인은 실제인과 시인의 일치와 불일치 문제는 시를 쓰거나 읽는 사람을 끊임없이 긴장시키는 문제라고 설명한다. 또 극단적인 사회일수록 일치와 불일치는 작품과 관계없이 좋은 시인과 그렇지 않은 시인을 가려내는 한 기준이 될 수도 있겠지만 자기의 인생관이나 이상과도 부단히 싸우는 정신이 들어 있지 않다면 그 기준은 생명을 잃을 것이라고 지적한 바 있다. 신대철, 앞의 책, 72쪽 참조.

즉 암호 속에서 사격을 준비하며 꽃을 바라보고 죽어가는 물속의 뱀을 바라보는 행위들은 이러한 양성성을 뚜렷이 보여주는 예이다. 또한 그릇, 동굴로 상정되는 산속에서의 생활과 흰 눈에서 보여지는 색깔 이미지, 빈번히 화자로 등장하는 미성숙한 아이 등은 신비적 체계에 속하는 원형의 대표적인 예들로 보여진다.

> 아침이 되면 안개가 산을 다 지워버렸다. 물론 군사분계선과 정신의 기복까지도. 그런데 해가 뜨고 나면 안개가 만든 평지를 뚫고 산봉우리들이 하나 둘 솟아올랐다. 그리고는 순식간에 사방은 산 능선으로 가득 차고 골짜기들이 드러나고 어떤 골짜기 속에는 무지개가 떴다. 이 산에서 저 산에 걸치던, 또는 지평선 위에 반원을 그리던 이 지상에 떴던 무수한 무지개들의 나머지 반을 채운 둥근 무지개였다. 그때 나는 칠갑산 상봉에서 먼 산을 보듯 비무장지대에서 무장한 채 골짜기 안에 떠 있는 무지개를 본 셈이다. 어떤 날 기억 속의 산은 원무지개를 둘러쓰고 있기도 하다. 두 산 체험 후 나는 이렇다 할 체험을 갖지 못했다. 여러 산을 둘러보았지만 그저 잠깐 높은데 올라갔다 내려 온 것 이상의 다른 느낌을 받지 못했다. 대신 복잡한 심정으로 길을 가다가 정신이 꺾이는 지점에서 문득 산을 보곤 했다. 그것은 당의 산이었다. 노랗고 붉고 검은 산, 그것은 내가 평지를 산으로 보던 때의 산의 변형일 것이다.[39]

비무장지대의 산 체험이 준 정신적 외상은 바로 역사적 인간으로서의 죄의식이다. 고압선 전류가 흐르는 군사분계선에서 북파 공작원들

39  위의 책, 54쪽 인용.

을 넘겨보내고 되받아들이는 임무는 타고난 시인인 그에게 지울 수 없는 상처를 경험케 했던 것이다.[40] 그곳은 삶과 죽음이 혼재된 이율배반의 공간이기도 했기 때문이다. 이데올로기의 희생양이 되어 죽고 죽이는 처절한 삶의 현실 앞에서 의식은 분열될 수밖에 없는 것이다. 또한 생과 사를 넘나드는 곳에서 살아남은 이의 삶은 여분이다. 살아남은 이는 그 여분을 죄의식으로 살아간다는 점에서 유형의 삶이다. 이런 점에서 "정신이 꺾이는 지점"에서 산을 보았다는 그의 말은 의미심장하다. 그가 산으로의 퇴행을 감행하는 또 하나의 이유가 여기에 관련되어 보인다. 그는 혼미해질수록 더욱더 치열하게 극지를 떠돌며 차가운 것, 더 차가운 것에 깊이 경도되는 모습을 드러낸다.[41] 그것은 감각이 마비될 정도로의 차가움이 도리어 열을 동반하는 것과 같은 냉기이며 찬물소리, 눈, 추위, 얼음 같은 것으로 표현된다. 이것은 그의 자신에 대한 연민과 삶의 회한으로부터 냉담해지고자 하는 사유의 반영이며 극한까지 그를 밀고 나가는 이유와 결부된다.

> 암호 속에 숨어 사람을 맞이합니다.
> 사람이 오는 쪽으로 총구를 돌립니다.
>
> 벙커 속은 캄캄합니다. 녹슨 나사못처럼 어둠이 빠지지 않습니다. 침상 구석엔 비긴 장기판, 車包에 몰린 卒들이 잠들어 있고, 옆卒의 쫓기는 꿈속에 다리를 집어넣고 함께 쫓기는 다리도 빼내어

---

40　이문재, 「극지에서 마침내 화해하다」, 『문학동네』, 2003. 여름 참조.
41　남진우, 앞의 글, 앞의 책 참조.

펴주며 불침번이 돕니다. (거미줄이 처진 천장이 보인다. 대검으로
새긴 달력에 x표가 붙어 있다. 오늘 날짜에 미리 쳐 놓은 x가 흔들
린다. 흔들리는 불빛에 따라 x를 친 자의 얼굴 위로 x의 그늘이 드
리워진다. x를 떼어낸다. 오늘 날짜도 같이 떼어진다)

　　북한강은 고압선 전류로 군사분계선 선상을 흐릅니다. 물에 뜬
푸초나뭇잎 위에서 삐라 위로 잠깐 옮겨앉았던 풀잠자리가 물뱀
이 건너간 끊어진 물길로 건너옵니다. 물 속에는 안전핀이 빠진 채
잠겨 있는 수류탄, 무너진 방어진지 무개호 속에서 해골들은 아직
도 최후저지 사격을 하고 있습니다. 부비트랩 인계철선에 걸린 쐐
기풀은 쐐기풀이 차지한 땅을 땅의 면적을 내놓고 홀로 죽어 있었
습니다. 쇠뜨기풀 속에서 해바라기꽃이 튀어나와 둘레둘레 주인을
찾고 있었습니다. 산새가 다 되어가는 참새도 해바라기꽃 주위를
맴돌고 못 떠나고 있었습니다. …(후략)

― 신대철, 「X」 부분

　　이 시는 군인으로서의 임무를 수행하는 현장의 기록이다. 그 공간은
그야말로 어둠과 밤이 빽빽하게 들어찬 죽음의 공간이다. 그러나 시인
은 그러한 어둠 속에서도 물에 뜬 푸초나뭇잎을 보고 그 위에서 삐라
위로 옮겨 앉은 풀잠자리가 "물뱀이 건너간 끊어진 물길"로 건너오는
것을 본다. 시인의 시선은 물에 닿아 있다. 그는 물속에서 최후까지 사
격을 감행하는 해골들을 보고 마지막 무기인 수류탄이 물속에 잠긴 것
을 본다. 그가 본 사물들은 산의 속성을 지니고 있지만 모두 죽어가는
것들이다. 죽은 쐐기풀, 쇠뜨기풀이다. 싱싱하게 솟아오르는 것이 아니
고 독수리가 아니라 산새가 다 되어간 참새다. 탈진과 축소를 의미하는
그것들은 자기의 정체성을 잃어가는 것들이다. 둘레둘레 시선을 고정
시키지 못하는 것들이다. 이것은 비무장지대에 근무하는 군인의 속성

을 내면화시킨 것일 수도 있고 본인 자신이 벌이고 있는 죽음과의 사투와 인적을 감시하는 긴장된 시선의 운동을 표현한 것일 수도 있다. 수시로 너덜너덜한 시체를 짊어지고 운반하며 처리해야 하는 특수한 임무를 부여받은 자는 모든 사물들을 죽음과 관련하여 바라볼 수밖에 없을 것이다.

암호 속에 누워 사람을 맞이하고 무의식적으로 사람 오는 쪽을 향해 총구를 겨눠야 하는 사실이 이러한 긴박함을 잘 말해준다. 사람을 죽음의 사지로 밀어 넣는 특수 임무, 그런 만큼 무사귀환하는 공작원들을 받아들일 때는 기쁨도 그만큼 컸다고 시인은 말하고 있다. 반면 시인의 내면 깊숙이에 자리 잡고 있는 역사에 대한 죄의식은 「무인도를 위하여」 같은 시에도 잘 드러나 있다. "1974년, 무죄? 제 죄명을 모르시다니요?/제 땅에 악착같이 살아 있잖아요?/제 땅에서 죽으려는, 죽을 죄를 졌잖아요?"와 같이 시인의 의식은 어디에도 안주하지 못한 채 방황하는 모습을 보인다. 그가 담당했던 군사분계선의 경험은 체제에 대한 또 하나의 희생양으로 인간이 인간이기를 거부당한 채 기계의 한 부품으로서 철저히 살아가야 하는 억압된 시대의 모순을 반영해주는 것이다. 그러나 시인은 이 경험을 통해 분열된 자아를 합일의 지향으로 극복해 내고자 한다.

바로 인류애, 동포애를 발견하는 것이다. 이데올로기도 문명과 마찬가지로 인간이 만들어놓은 도구에 불구한 것이다. 그것은 한정된 사람들, 즉 지배자의 목적을 위한 수단이 될 뿐이다. 이데올로기의 심층에는 언제나 대상에 대한 지배 욕망이 자리잡고 있기 때문에 억압의 속성을 가지며 기만의 성질을 갖는다. 그러므로 시인이 선택한 것은 타성에 젖은 이 사회의 바깥으로 벗어나는 자발적인 소외의 방법이다.[42] 그것은 "인간이 키운 인간을 버리고 한 인간을 찾아서"(「사람이 그리운 날」) 끝없는 끝으로의 모험을 감행하는 것으로 드러나는 것이다.

우리는 하늘 위에 작은 얼음집 하나씩 지어 놓고 하루에도 서너 번 하얗게 앉아 있다 내려옵니다. 세상은 가을과 함께 깊어가고 이 세상의 깊이는 지금 우리의 깊이인지? 그 속에 누우면 아늑한 집인지? 불바닥인지?
어디서 패랭이꽃만하게 소리가 트이고 있습니다.

꿈속 같군, 도토리 떨어지는 소리지?
낡은 시계 종 치는 소리야.
생으로 깨어지는 소리 같은데?
초침만 가는군.

추운 지방으로 가요?
추워지는 곳이라면 어디든지.
그곳이 미리 추워지겠군요.

이 세상의 첫 그림자는 빛,

…(중략)…

우리는 햇볕 속을 따갑게 지나 정오를 지나 수직으로 올라갑니다.

---

42 위의 글 참조.

얼음 바닥 하나 내리고 바닥 둘 올라서고
얼음바닥 둘 내리고 바닥 셋 올라서고
얼음 바닥 무한히 내리고
바닥 무한히 올라서 보면
까마득하게 우리는 어디 살아있었는지?

…(후략)

— 신대철, 「얼음집」 부분

　이 시는 하강과 상승의 대비가 뚜렷이 드러나는 구조로 되어 있다. 그것은 개인적 자아가 우주적 자아로 승화되어가는 과정을 보여준다. 즉 하늘 위의 작은 얼음집은 우주적 자아가 거처하는 집이다. 세상의 깊이 속에 들어 있는 바닥은 개인적 자아가 속해 있는 자리이다. 그곳은 "아늑한"지 "불바닥"인지 시인은 모른다. 여기서 "아늑한 집인지?"의 물음은 부정으로 읽히고 "불바닥인지?"의 물음은 긍정으로 읽힌다. 그러나 여기서 더 중요하게 읽히는 것은 '불바닥'의 의미이다. 그것은 얼음집의 차가움이 극한에 이르면 차가움은 불이 된다는 역설이다. 그런 혼란 속에서 패랭이꽃만 한 소리가 트인다. 지금 화자의 의식은 끊임없이 움직이고 있다. 이런 움직임 속에서 시간은 꿈속같이 흘러간다. "도토리 떨어지는 소리, 낡은 시계 종 치는 소리, 생으로 깨어지는 소리, 초침만 가는군" 등에서 보여지는 돌연한 구문의 첨가 또는 독백, 괄호 넣기는 감각적으로 다가오지만 다소 모호한 의미를 내포하고 있는데 이는 시인 특유의 머뭇거림이나 이미지의 뉘앙스로만 말하는 화법이다. 이것은 시를 비의적으로 읽히게 하고 이미지의 반향과 울림의 증폭을 심화시키는 작용을 하지만 시의 의미와 이해라는 면에서 다소 혼돈을 주기도 한다.

이 시에서 굳이 의미적 요소를 찾아낸다면 나른함으로 가득 찬 시간이거나 변화가 필요한 시점을 상정할 수 있다. 생으로 깨어지는 소리에서 보여지듯 분열된 자아가 더욱 잘게 쪼개지면서 무화해가는 과정을 읽어낼 수도 있다. 또한 시인의 시에 자주 등장하는 차가운 촉감 이미지는 '산-하늘'로 수직 상승하는 이미지와 함께 "얼음-눈-극지"로 통하는 수평적 확산과 상승의 매개체이다.[43] 산이라는 공간에서 재생의 기능을 담당하였던 물은 극지라는 공간에서 빛이라는 물질로 변화되는 것을 살펴볼 수 있다. 이때 빛은 물에 첨가된 냉엄함과 차가움, 또는 그 차가움의 극한이 된 불과 결합되어 생성된다. 또 태초에 세상이 있었고 빛이 있었다고 할 때의 원초적 빛이 포함된다.

그가 초기 시에서 산속의 정화수인 물로 재생되어 태초의 잃어버린 시간을 되찾고자 했다면 후기 시로 갈수록 그는 차가운 빛을 통하여 그 시간을 회복하고자 한다. "추운 지방으로 가요? 추운 곳이면 어디든지"에서 보여지듯 추운 곳을 향하여 자신을 몰아붙이는 상상 속의 시인에게 욕망은 "이 세상의 첫 그림자인 빛"을 만나기 위한 것밖에는 없다. 이 세상의 첫 그림자인 원초적 고향에 대한 그리움, 첫 기억의 형상은 시인에게 "빛"으로 떠오르는 것이다. 그 빛은 언제부터 있었는지 모르는 시간의 밖, 어디에선가 줄곧 존재하고 있는 빛인 것이다. 시의 후반부에 화자는 정오를 지나 햇볕을 지나 수직으로 올라간다. 얼음 바닥

---

43  위의 글 참조.

을 내리고 올라서는 반복 행위는 지난한 고행을 의미하며 끊임없는 제
의의 과정인 시간의 경과를 의미한다. 바닥을 무한히 올라서면 그곳은
이미 초월의 경지이며 하늘의 바닥이 될 것이다. 추운 곳을 찾아 끊임
없이 이동해가는 극지라는 세계 역시 하늘의 바닥이라는 면에서 초월
의 경지다. 추운 곳이라면 어디든지 이행해가고자 하는 의식적 모험의
반영이 여기서는 수직적으로 얼음 바닥을 계속적으로 넘어서는 행위로
뒤바뀌어 표현된 것으로 보인다.

> 허영호와 뵈르게가 극점을 향해 가고 있을 동안
> 산정에 떠오른 하루살이 영혼들을 삼림 한계선에 날리고
> 북극해가 몸부림친 대로 얼어붙은 빙원에서
> 우리는 새도 나무도 없는,
> 길없는 거리로 들어섰습니다.
>
> −33도, −23시
> 모든 시간은 태초로 되돌아가고
> 툰드라엔 광물질만 남는 고독, 휘몰아치는 폭풍설
>
> 우리는 동네 전체를 휘말아 핀 소용돌이 눈꽃 속에서
> 손목이 마비되는 줄도 모르고 가족사진을 바꿔보았습니다.
> 사진 몇 장을 나란히 맞추면 풍경 가득히 넘치던
> '뜰에는 반짝이는 금모래빛,
> 뒷문 밖에는 갈잎의 노래'
> ── 신대철, 「금강의 개마고원에서」 부분

시인의 스스로 냉혹해지고자 하는 성질의 반영은 차가운 것의 지향

뿐 아니라 색깔에서도 드러나는데 그가 편애하는 흰색과 빛의 이미지도 차가운 성질을 띠는 것이다. 그것은 삶에서 무르고 부드러운 점액성들과는 분명히 다른 성분의 것이다. 눈은 하얀 색깔이어서만 그런 게 아니라 그 색깔의 본질상 비풍요성과 처녀성, 또는 결핍을 나타내준다.[44] 시인이 극한의 차가움으로 자신을 몰아넣고 흰색과 빛에 과도하게 경도되어 있는 것은 냉정성의 콤플렉스와 연결된다. 그것은 겨울철에 산꼭대기에서 얼어붙은 "부옇게 떠오르는 얼음얼음얼음"(「새, 바람, 무슨 생각」)처럼 폭포를 향해 우르르 쏟아져 내린 빙폭 같은 거대한 냉혹함이다. 그는 스스로를 그러한 냉혹함의 힘으로 끌고 간다. 1연의 "극점을 향해 가고 있는 동안 북극해가 몸부림친 대로 얼어붙은 빙원"의 냉혹함이 이에 결부된다. "-33도, -23시"는 시간도 공간도 얼어붙은 광물질의 고독과 결부하며 그것은 그가 찾고자 했던 태초의 시간 속에 있다.

냉각된 시간과 공간 속의 휘몰아치는 폭풍설, 그 소용돌이 눈꽃 속에서 시인이 한 일은 "당신"과 가족사진을 서로 맞춰보는 일이었다. 그가 눈보라와 얼음, 그리고 찬바람을 뚫고 찾고자 한 것은 진정한 자기 자신인 동시에 타자와의 화해와 합일이다. 그는 그 인간을 발견하고 마비된 손으로 가족사진을 맞춰보는 것이다. 그리고 내면의 아이가 부르던 노래를 다시 불러보는 것이다. "뜰에는 반짝이는 금모래 빛, 뒷문 밖에는 갈잎의 노래"를 부르는 그 인간은 어디에나 살고 있었다. 그 인간은 그가 후기 시로 갈수록 극도의 냉혹함을 가장한 채 해후하고자 했던 자기 안의 타자이며 손상되지 않은 온기이다.

44    Fontana, David, 『상징의 비밀』, 최승자 역, 문학동네, 1993 참조.

자운영꽃이 꼭꼭 숨어 핀 풀숲을 헤맸어. 자운영꽃 같았어. 풀뱀
이었어. 풋고추 같았어. 고추밭이었어. 빨간 고추만 골라 땄어. 고
추를 씹다 보니 뱀이었어. 혹시 불꿈은 꾸지 않았어? 불을 움켜쥔
채 사람들이 쫓기지 않았어? 불만 버리라고 그러지 않았어? 불만
버리면 된다고 그러지 않았어? 불만 버릴 순 없다고 그랬지. 손가
락이 타들어가도 불을 놓지 않았어. 온몸에 불이 붙었어. 지글지글
거리는 불덩어리였어. 불을 보고 싶어. 불을 키우는 아이를.

— 신대철, 「눈」 전문

눈은 차가움의 상징이지만 그 차가움이 극한에 이르면 불덩이가 된
다. 또 이 시에서 불이 눈과 동일시되는 이유는 시인에게 눈은 치열함
의 상징이기 때문이다. 그래서 눈은 불과 같은 양가성을 가지는 것이
다. 이 시는 영락없이 불의 구조를 가진 불의 테마인데 제목은 "눈"이
다. 남진우는 이 시를 금지된 것을 보고자 하는 욕망과 자기 처벌의 드
라마로 해석하며 그의 눈 이미지가 물에 이끌릴 때 모성의 손길이 되
고 불이미지와 연관될 때는 눈꽃이 되거나 새가 된다고 지적했다.[45] 시
인의 주된 물질인 물이 빛으로 이행해 갈 때 그 매개체가 되는 것은 '불'
이다. 일반적으로 불은 모성인 물과 결합하여 그 본성을 부드럽게 바꿔
온기를 띠는 '빛'이 되는 것이다. 그런데 이 시인에게 있어 불은 눈의 성
질을 가지고 있고 눈은 불의 성질을 가지고 있기 때문에 치열함과, 뜨
거움의 욕망이라는 의미에서 이 둘은 동질의 것이다. "자운영 꽃–풀
뱀–풋고추–빨간 고추–뱀–불"은 화자의 욕망을 상징하는 것들인데 화

---

45    남진우, 앞의 글, 앞의 책, 108쪽 참조.

자는 "풀숲-고추밭"이라는 공간을 통하여 점점 확대되는 욕망에 심취하고 있다. 신화적인 욕망이 엿보이는 불의 꿈은 성적인 욕망과도 연결될 수 있다. 불의 아이인 화자는 원초적이고 내면적인 욕망에 붙들려 있다. 그러나 그 욕망은 사람들에게 환영받지 못하는 꿈이요 소외된 꿈이다. 그는 불을 소유하기 위해 사람들로부터 고립되고 스스로 처형된다. 그것은 자신의 선택으로 인한 자살행위나 마찬가지다. 시인의 시에 나타나는 이원성을 '자연/인간'으로 본다면 불은 순수한 자연에 대한 회귀 욕망이며 끝 간 데까지 가고자 하는 극한의 욕망과 통한다. 불은 수직과 연관되며 불덩어리의 강렬함으로 볼 때 화자의 간절한 상승 의지를 나타내주기도 한다.

어느 이른 아침 소년을 따라 물 길으러 갔다. 구릉 분지에 깊은 샘이 있었다. 소년이 깡통으로 물을 푸는 사이 짐승들이 흰 구름 밑에 와 있었다. 소년은 물을 퍼 올리는 대로 돌바닥에 쏟아 붓고 쏟아 부었다. 햇빛에 쏟아 부은 것처럼 물거울이 눈부셨다. 열풍 속에 빈 물통으로 돌아왔다.

오후에 다시 물 길으러 갔다. 짐승들이 좀더 가까이 와 있었다. 소년은 또 물을 퍼 올리는 대로 쏟아 붓고 쏟아 부었다. 돌바닥이 흥건해지면서 흙바람도 잠잠해졌다. 샘 밑바닥에 맑은 물이 비치고 소년의 얼굴이 반짝였다. 소년은 속삭이듯 중얼거리며 물통을 찰랑찰랑 채웠다.

제 또래와 한 번도 어울려 본 적이 없는 소년은 곌에 돌아오자 팔짱을 끼고 둔덕에 앉았다. 그 옆에 나란히 앉으면서 아까 누구한테 무슨 말을 했느냐고 물어보았다. 소년이 싱긋 웃으면서 말했다.

'짐승들한테요, 물이 움트면 또 온다고요.'

— 신대철, 「황야에서 2」 전문

이 시에서 '소년-물-짐승'은 근대문명에 속하지 않은 자연의 일부를 이룬다. 황야의 다른 사물들과 마찬가지로 이를테면 바람이나 햇빛, 흰 구름 같은 종류와 다를 바 없는 자연물이다. 이 공간은 산속 같은 깊이를 가지지 않은 넓은 황원이지만 또한 산속과 같은 깊이를 획득하고 있다. 소년은 돌바닥에 물을 쏟아붓는 행위를 반복한다. 그것은 도시인의 눈으로 본다면 아무런 소득도 목적도 없어 보이는 무익한 행동이다. 소년은 그런 행동을 반복한 후 빈 물통을 지고 돌아간다. 물, 물거울, 물통들은 햇빛과 어울려 빛을 발한다. 소년의 얼굴이 반짝이는 것은 빛과 동화되었기 때문이다. 자연의 비의에 동화된 인간인 소년은 껍질이 다 깎인 햇빛이나 물 자체가 되어버린다.[46] 제 또래와 한 번도 어울려본 적이 없는 소년은 화자 속에 웅크린 타자이다. 인간 대신 짐승과 어울려 사는 황야의 소년에게서 화자는 산속에 받아들여져 짐승을 길들이는 자연성을 가진 자기 속의 타자를 보는 것이다. 단 하나의 행위에 하루를 바치고 있는 소년, 비의 섞인 소년의 행위를 통해 화자는 시간의 충일 속으로 운송되어가는 것을 느낀다.[47] 우주의 자연과 교섭을 이루는 소년의 행위는 마술적 분위기를 가지고 있다. 이것은 사

46  황동규, 앞의 글 참조.
47  최원식, 「하산하는 마음」, 『누구인지 몰라도 그대를 사랑한다』, 창작과비평사, 2005 참조.

제4장 신대철 시의 신비적 구조

제가 제의의 과정을 집전하는 성스러움 같은 비의성[48]을 내포한 것이다.

## 5. 순례의 도정과 귀향의 도정

신대철 시인에게 있어 여행은 자기 안으로의 탐험인 동시에 한계를 향한 모험이다. 그는 매 순간 끝을 보았고 끝을 선택했다. 시인은 두 개의 삶을 사는 것과 같았다. 하나는 그날 체험한 습관적 삶이며 다른 하나는 순간들의 이쪽과 저쪽의 끝에 자리한 삶, 즉 지속 속에 펼쳐진 기억 속의 삶이었다. 시인은 양 끝에 자리한 삶의 진원을 찾기 위해 과거로 흘러 들어갔다. 추억과 욕망이 함께 거주하는 공간에서 시인의 영혼은 산, 극지, 무인도, 극한의 추위를 경험하며 떠돌았다. 시인에게는 항상 실재의 심원을 채우기 위한 그 무엇이 부족했다. 심연의 부족을 느낀다는 것은 현재의 순간에 한없는 결핍을 느낀다는 것이다. 그가 말하

---

48  신대철 시에서 보여지는 상상적 비의는 절대적 메타포로서의 비의이다. 본래 감정과 자연의 영역에서 비롯된 보수적 단어들로 씌어진 비의시는 언어의 새로운 조합, 감춰진 인용, 여백을 남겨두는 경향 등의 기법을 활용하였지만 시간이 흐르면서 그 효용력을 잃게 되었다. 60년대 전반기 서독 서정시는 그것이 비의시를 추종하여 씌어진 경우 그 초기의 박력을 상실하고 그로부터 자세와 언어만을 이어받았다. 결과적으로 이러한 시는 시대적 현실성을 잃고 60년대 후반 정치적, 시학적 논의의 중심에서 사라지는 수밖에 없었다. Jurgen Theobaldy, 「비의적 서정시의 종언」(김광규 역), 정현종 · 김주연 · 유평근 공편, 『시의 이해』, 민음사, 1983, 400쪽 참조.

듯 우리는 여분밖에 움직이지 못할 것이다.[49] 삶의 실재는 늘 그 "여분"
에 있고 우리가 살고 움직이고 사유하는 것은 그 나머지이다.

　여분은 늘 공허와 결핍의 형식을 가지고 있다. 실재를 찾고자 하는
욕망은 언제나 아쉬움으로 끝나기 마련이다. 인간은 스스로 불완전하
기 때문에 존재 앞에서 거리감을 느낀다. 시인은 거리감을 인식하기 위
해 여행을 한다고 말했다. 그것은 실재를 만나려 하는 지극한 욕망의
표현이다. 시인이 무의식적인 과거의 체험들을 재현하는 것도 그 심연
과 마주하고자 하는 욕망이다. 왜냐하면 시인의 무의식 속에서 과거
유년의 산의 기억은 가장 안전하게 심연으로 인도해주고 편안한 잠으
로 이끌어가는 매개체가 되기 때문이다.[50] 시인은 심연 속에서 발견하
고 창조한 순간들이 비로소 자기 자신을 한 존재로 태어나게 해줄 순간
과 합일하기를 꿈꾼다. 그러나 그것은 쉽게 찾아지는 것도 아니고 그것
이 어디에 있는지 보여지는 것도 아니다. 그는 인간의 것이 아닌 그것
을 찾기 위해 스스로를 삶으로부터 처형시키며 여기저기를 떠도는 것
이다. 그래서 그의 도정은 순례자의 것과 같으며 그것은 안락과 평화를
지향하는 것이 아니라 스스로 고행을 자청하는 수난의 여정이다.

　　흰 구름이 피어오르는 대로 검게 물들던 날이었습니다, 나는 아
　　버지를 따라 산길을 기어올라 호장골 할아버지 산소에서 처음으로
　　풀을 깎았습니다, 풀내와 흙내가 향긋한 무덤 아래쪽에는 내 무덤
　　자리도 있었습니다, 거기엔 꼬리 찰싹이는 흰 새 한 마리 울고 있

---

49　신대철, 「神市」, 『개마고원에서 온 친구에게』, 문학과지성사, 53쪽 참조.
50　김현, 앞의 글, 앞의 책 참조.

었고 머리 센 할미꽃들이 풀섶 속에 내 무덤같이 비어 있는 둥지를
감싸고 있었습니다, 흰 새 날아간 뒤 구름 밀리는 소리까지 고요해
졌습니다, 불현듯 무섭고 이상한 아픔이 가슴을 스치고 지나갔습
니다, 동란 끝난 직후 내 나이 아홉 살 되던 해였습니다,

그날 돌아오는 길에 우리는 칠갑산 상봉에 올랐습니다. 왜 올랐
는지 모릅니다, 나는 그저 아버지를 놓치지 않으려고 바싹 붙어 말
없이 걷기만 했습니다, 무겁게 누르는 둥근 하늘과 둥근 지평선이
맞닿은 곳에 빛살이 내리고 있었습니다, 그 빛살을 받아 은빛으로
반짝이는 강, 가슴 위로 떠오르다 불시에 스며들어 무섭고 이상한
아픔을 반짝이는 강, 나는 떨면서 아버지보다 앞서서 능선을 흘러
내려왔습니다, 산을 빠져나와 올려다보니 강은 내가 흘러내려온
긴 능선에 걸쳐 은빛으로 반짝이고 있었습니다,

— 신대철, 「높은강 1, 1-1」 전문

이 시는 아홉 살 되던 해 아버지와 산에 올랐던 기억을 적은 것이다.
대부분이 그렇듯이 아버지를 따라 외출을 했던 첫 경험은 이런 식이다.
그것은 조상의 무덤을 찾아가거나 친척집을 방문하거나 했던 기억으로
남아 있다. 그리 멀지 않은 길이었겠으나 그것은 기억 속에서 아주 멀
고 깊고 낯선 곳으로 각인되어 평생을 따라다닌다. 그 길은 멀고도 신
비로운 느낌을 주는 길이다. 그때 바라본 하늘과 새와 풀과 꽃 냄새는
앞으로 바라보게 될 하늘과 새와 풀과 꽃 냄새가 될 것이다. 그런데 시
인은 그 순간 구름 밀리는 소리를 들었고 무섭고 이상한 아픔이 가슴을
스치고 지나갔다고 했다. 이 이상한 아픔이란 그의 태생적이고 근원적
인 비극적 정조를 가리키며 유년 시기에 이미 들어버린 타자의 소리와
결부한다.

이렇게 본다면 유년시절조차도 엄밀한 의미에서 그에게 낙원은 아니었다.[51] 그 유년조차도 행복과 풍요로움의 기억이기보다는 결핍과 애달픔을 간직한 시간의 기억으로 재생된다. 아버지와 올랐던 칠갑산 상봉의 "높은 강"은 수직적 매개물로서 소년의 작음을 더 축소화하고 세계의 드넓음을 더 확대시키는 역할을 담당한다. 둥근 하늘과 둥근 지평선의 광활함으로부터 쏟아지던 빗살은 소년에게 무서움과 아픔으로 각인되어 있다. 인간 세상으로 뻗어 나아가야 할 꿈이 거세당하는 경험은 시간 속에서 더 이상 성장하지 못하는 영원한 아이로 머물게 한다.

이때 감정은 견딜 수 없는 공허를 느끼거나 과거와 미래, 혹은 시간 속에서 어떤 균열이 일어나게 한다. 이 균열은 지속 안에서 계속적으로 단절을 일으키며 존재가 삶의 앞뒤로 동시에 떨어져나가게 하는 역할을 담당한다. 상상 속에서 이런 추억은 감정의 찢김 상태로 남아 있다. 그럼에도 불구하고 그 추억의 상태로 되돌아가고자 하는 무의식적 원의는 높은 강과 능선에 걸친 은빛의 선명함 때문이다. 무서움과 공포를 능가하는 것은 아름다움의 충격이다. 결핍과 애달픔의 지속 안에서 순간순간 단절을 일으켰던 수많은 은빛들의 매혹이 끊임없이 그를 시원으로 이끈다.

> 메이 플라워 아파트 입구에서 일어난 일입니다. 긴 의자에 앉아
> 하루 종일 신문 보시는 흑인 할머니 옆에 젊은 동양인이 밖을 내다
> 보고 서 있었습니다. 눈보라가 잦아들면 시내에 나가보거나 빙판

---

51  남진우, 앞의 글, 앞의 책 참조.

길을 그냥 걷고 싶었겠지요, 할머니는 신문지 한 장을 그에게 건네면서 읽어보라고 하셨습니다, 괜찮다고 하니 이번에는 앉으라고, 혼자냐고, 누굴 기다리냐고, 어딜 가냐고, 노인 복지에 대해서 생각해 본 적 있느냐고 끊임없이 말씀하셨습니다, 대답할 틈도 주지 않고 백인 흑인 가리지 말고 사귀고 가까운 거리는 걸어서 가라고 하셨습니다, 그가 잠시 거리를 두자 할머니는 다시 신문을 펼치다가 두르르 말아가지고 계단을 내려가셨습니다, 한두 걸음 내딛는 순간 휘청 나뒹구셨습니다, 그는 뛰어내려가 눈구덩이 속의 할머니를 반쯤 일으켜 괜찮으시냐고, 어디 사시냐고 몸을 흔들어 외쳤습니다,

　　할머니는 또렷하게 한말씀 하실 듯했습니다,
　　'여기 살아? 어디서 왔지? 아프리카?'

　　할머니는 다만 미소짓는 손을 내밀었습니다, 그도 손을 내밀었습니다, 두 손은 아득히 멀어졌다가 가까워졌습니다, 산 자의 손도 죽어가는 자의 손도 아닌, 마주잡은 손과 손이 눈보라 속에서 한 영혼을 재우고 있었습니다,

　　　　　　　　　　　　　　　— 신대철, 「아프리카—아이오와 3」 전문

　이 시는 오지의 여행 중에 만난 할머니와의 대화가 사실적으로 그려져 있다. 대화라기보다는 할머니의 일방적인 전언이라고 해야 할 것이다. "백인 흑인 가리지 말고 사귀고 가까운 거리는 걸어서 가라"는 말은 동양인이건 서양인이건 인간은 다 똑같다는 인류애를 강조한 격언류의 말이다. 인간이라는 조건에 대한 지극한 사랑이 담긴 의도하지 않은 유언을 남기고 쓰러진 할머니를 일으켜 안으며 그는 다시 한번 사람의 체온에서 오는 따뜻함과 동포애를 느끼는 것이다. 그것은 산 자의 손도 죽은 자의 손도 아닌 인간의 손이고 고향의 손이었다. 그는 후기 시로

갈수록 이미지를 통한 묘사보다는 상황의 단면을 설명을 통해 드러내려는 시도를 자주 보여준다. 그것은 사실적인 한순간의 포착이 주는 울림이라는 면에서 시와 현실을 동시에 아우를 수 있는 힘을 지닌다. 또 이야기라는 형식은 삶의 세부적인 현상들에 더 관심을 기울이고 있다는 징표로서 그의 시적관심의 변화가 현실과 일상 쪽으로 기울어져가고 있음을 말해준다. 이러한 이야기 시는 이미지의 면에 치중하기보다는 주제의 전달이라는 측면이 더 강화된 것이다.

그는 극지와 오지의 곳곳을 순례하면서 궁극적으로 자신이 찾고자 했던 것이 무엇이었는지를 깨달아가는 듯하다. 그것은 자기 자신 속의 화해하지 못한 타자와의 만남이기도 한 동시에 자기가 속해 있는 현실, 이웃, 사회 나아가 인류 전체와의 화해이며 진솔한 만남이다. 결국은 자기 자신과 화해하는 것이 그 밖의 것들을 가능하게 하기 때문에 이것은 '안'과 '밖'의 변증법이다.

> 서울이나 평양에서 오지 않고
> 사우스 코리아나 노스 코리아에서 오지 않고
> 우리가 어린 시절 맨 처음 구릉에 올라 마주친 달빛을 눈에 가슴
> 에 다리에 받아와 꿈을 뒤척이던 그 금강 그 개마고원에서 온 날은
> 구름에 살얼음이 잡히고 광륜을 단 두 개의 달이 마주 떠 얼음 안
> 개 속을 스치는 화살 다리를 비추고 있었던가요.
>
> 화살 다리 그 아래
> 낮은 판잣집 지붕 밑에서 에스키모들은
> 술과 마약과 달러와 민주주의에 취해 잠들어 있었고
> 우리는 빙평선을 사이에 두고 무엇을 찾으려 했던가요.

그날 나도 모르게 다가가 어디서 오셨느냐고 묻자 당신은 '개
마고원요' 하고 얼어 있는 나와 갑자기 내 뒤에서 저절로 맞춰진 우
리의 환한 얼굴까지 함께 보았지요. 그때 나는 비로소 우리가 서로
幻月이었다는 것을 깨달았습니다.

　우리는 잠시 한 얼굴로 극광을 보면서 광륜을 단 두 개의 달을
굴려 극야에서 주야로, 다시 백야를 향해 가고 싶었던가요.


극야를 넘어 67일째, 마침내
15분 간 떠 있던
금강에서 개마고원에서 동시에 떠오른 해.
　　　　　　　　　　　── 신대철, 「극야─개마고원에서 온 친구에게 1」 전문


　극한의 추위 속으로만 자신을 몰아붙였던 의식은 이제 서서히 온기
를 되찾아가려 한다. 알래스카 극지방에서 만난 북한 동포에게서 어린
시절 맨 처음 구릉에 올라 보았던 달빛을 보는 행위에서 드러나듯 이제
그는 대상 자체로서 대상을 바라볼 수 있게 되었다. 이념이나 선입견을
떠나 사우스코리아나 노스코리아를 떠나 이데올로기나 그 외의 것을
떠나 사람으로 사람을 만날 수 있는 것이다. 그러므로 빙평선은 녹아
사라지고 "광륜을 단 두 개의 달이 마주 떠 얼음 안개 속을 스치는 화살
다리를 따스히 비추는" 것이다. 이 시에서 북한 동포와의 만남으로 그
가 회복한 것은 어린 시절의 맨 처음 올랐던 구릉이다. 그것은 유년시
절의 단순한 반복을 의미하는 것이 물론 아니다. 그것은 유년시절의 기
억 속에만 묻혀 있던 무의식의 잠이며 편안함, 순수성의 회복을 의미한
다. 또한 그것은 시인만 그렇게 생각하는 것이 아니라 "당신"도 그렇게
생각한다는 교감이다. 이러한 교감은 하나의 달이 서로 환월이 됨을 깨

닿고 끝없는 순례의 여정을 함께 감행하는 것으로 이어진다. 결국 시인이 지난한 순례를 통해 돌아가고자 했던 것은 고향으로의 회귀요, 시원으로, 태초로 귀향하고자 하는 숭고한 원의와 결부되는 것이다.

자작나무 숲 속에 햇빛이 들어온다.
나무와 나무 사이 여백이 밝아진다.

바이칼 소년이 빛을 등지고 웃고 있다. 엊저녁 꺼져가는 난로 속에 통나무를 세우고 매운 연기 속에 후우우 바람을 불어 넣던 소년, 불 피운 뒤에도 밤늦도록 불가에 앉아 가슴 깊이 불기운을 들이마시던 소년,

(호수 건너 머나먼 곳을 꿈꾸다
엊그제 오물 잡으러 간
아버지의 무사귀환을 빌었을까?)

소년이 나가자 천장 높아지고 누우면 옛집처럼 한없이 방바닥이 내려앉았다. 떠돌이들이 구멍 뚫린 창문에 슬며시 남기고 가던, 저 떨리는 목소리 같은 흰 별빛, 바람 속의 바람 소리, 그 옛날 산소년들은 한밤에 떠돌이별을 찾아 얼마나 눈 속을 헤맸던가. 흩어진 산길을 한 줄로 몰아 마을 쪽으로 돌려놓고 가슴 속의 풀과 나무와 짐승 이름을 아무도 모르게 사람 이름으로 바꿔놓고 그 이름 지워질 때까지 다시 돌아오지 않던 그리운 이웃들,
바이칼 소년은 웃다 말고 나무와 나무 사이 여백에 박혀 있고 나는 그 떠돌이 이웃들처럼 자리를 뜬다. 번쩍 소년이 내 몸속으로 들어왔다 나간다. 바이칼, 바이칼,

소년이 들어왔다 나간 몸속에 은빛 푸른 영혼이 돈다.

내가 지상에 오기 전에 핏속에서 오래 기억하고 그리워한
　　　　　　　　　　　　　　― 신대철, 「바이칼 소년」 부분


　　이 시의 바이칼 소년은 칠갑산의 소년에 다름 아니다. 시인은 아버지
와 처음 산에 올라 보았던 높은 강의 은빛을 바이칼의 소년에게서 본
다. 자작나무 사이의 여백으로 들어오는 은빛, 그것은 칠갑산의 소년을
매혹했던 무서움 속에 빛나던 "은빛"이었다. 그것은 의식의 가장자리에
서 지워지지 않는 기억으로 숨쉬고 있었다. 물의 모성에 기대어 그 빛
은 자랐고 간헐적으로 드러났으며 불기운을 마시며 매운 연기 속에 피
어났다. 호수 건너 먼 곳을 꿈꾸던 소년은 그 기억을 붙들고 오지로 극
지로 떠돌았다. 어느 곳에서나 옛집 같은 방바닥과 하늘의 별빛, 바람
소리, 짐승 이름을 사람 이름으로 바꿔 부르던 이웃들이 있었다. 그 순
간 떠돌이별처럼 바이칼 소년이 몸속으로 들어왔다 나가곤 했다. 이제
시인은 무의지의 기억을 떠나보내듯 지문처럼 따라 다니던 몸속의 아
이를 떠나보내는 것 같다. 가장 순수한 영혼인 은빛 푸른 영혼[52]을 떨

한국 현대시의 두 근점

---

52　후기 시에서 시인의 은빛에 대한 편애는 남다르다. 눈 이미지에서 발현된 빛은
　　얼음이미지를 통하여 은빛으로 변용되는 과정을 거치는데 그는 존재의 시간이
　　우주적 순간과 결부될 때 푸른빛 도는 은빛 푸른 영혼을 획득하게 된다고 말한
　　다. 눈빛-흰빛-은빛의 경도는 특히 그의 네 번째 시집 바이칼 호수에 과도하
　　게 편향된 이미지이다. 「흰나비를 잡으러 간 소년은 흰나비로 날아와 앉고」「박
　　꽃」「얼음집」「또 만납시다 지구위에서」「첫 기억의 끝」「금강의 개마고원에서」
　　「얼음 눈」「유빙」「물방울 아이」「첫눈」「눈오는 길」「별」「협곡」「그대도 꿈 가까
　　이」「광대울 1」「몽골 대사관 앞을 지나」「빗방울」「고리섬」「고비삽화 1」「고요」
　　「고비 처녀」「시베리아 1」「해, 아이, 수리조합」「매향리」「그대가 누구인지 몰라
　　도 그대를 사랑한다」「바이칼 1, 2, 3」「눈부신 소리」「바이칼 소년」「할머니와 허

구어놓고 기억 속의 양수인 물과 얼음, 극한의 차가움을 상징했던 불은 사라졌다. 그것은 사라졌다기보다는 빛 속으로 모아들여졌다는 것이 더 옳겠다. 여기서 나간다는 의미는 괴로움에서 벗어났다는 것보다 새로운 생성[53]의 순간을 만났다는 의미가 더 크기 때문이다. 이것은 "내가 지상에 오기 전부터 핏속에 간직하고 오래 그리워한" 기억의 처음과 끝이다. 그 기억은 지속의 흐름 안에서 시인의 몸속으로부터 유출되었다가 멎는 태초의 기억이다. 높은 강에서 보았던 이상한 무서움 같은 일시적 중단들과 소스라침들은 시원에서 솟아나온 비의적 순간과 결부된다. 이 시에서 몸속에 소년이 들어왔다 나가는 행위 역시 그렇다. 공포에서 벗어나 "은빛 푸른 영혼"을 만나게 된 순간은 어쩌면 태초부터 그리워하던 어떤 공간, 시간의 접촉을 의미한다. 그것은 지속의 영역에서 외부세계와의 접촉을 회복하고 다른 순간들 및 장소들과 섞이지 않은 한순간의 현현이다. 그것은 잃어버린 낙원이 회복되는 찰나적 순간이다.

시인은 애초부터 이러한 공간의 회복을 꿈꾸며 산으로 극지로 추위

---

스키」「바이칼 키스 1, 2」「황야에서 1, 2」「초원길」「몽골일기 2, 4」「합대나뭇골」
「흰 진달래꽃」「첫 목도리」「천마의 시」「별하고 꽃한테만 일시키지 말고」「국경」
「천지에서 부르는 노래」「흑풍속으로」「자작나무」「백두산천지 1, 2」「벼랑능선」
「곰배령 넘어」「알스트로메리아」「가을이 오면」「지리산 1」「사이 1」 등 참조할
것.

53 조르주 풀레에 의하면 생성한다는 것은 변화시킨다는 것을 의미한다. 그것은
행위를 의미한다. 존재는 행위를 통해서 끊임없이 자기를 만들어 낸다. 실재하
는 것은 변화하는 것이며 변화하는 것은 성숙하는 것이며 성숙하는 것은 자기
자신을 무한정으로 창조하는 것이다. 그것은 과거의 자원들을 미래를 위해서
현재의 삶에 적용시키는 것이다. Poulet, G, 『인간의 시간』, 서강대학교 출판부,
1998, 37쪽 참조.

속으로 자신을 내몰았던 것이다. 그것은 지극히 과거지향적이면서도 수평적 확산 형태로 퍼져 나아갔다. 끊임없는 과거 속으로의 상상여행은 이제 현재와의 화해 속에서 빛을 내고 있다. 그리하여 그의 시학은 시간을 향한 모험의 시학이며 시원을 향한 귀향의 시학이라 할 수 있다. 신성함에 대한 가장 순수한 지향은 현실과 상상 간의 거리를 갖게 하지만 불가능에 대한 직관은 계속될 것이다. 아직 끝나지 않은 그것은 존재가 살아있음에 대한 확인이자 외침이고 존재 전부인 것이다. 첫눈은 고향에서 온다.

제5장

# 상승에서 하강으로, 하강에서 상승으로, 회전문의 법칙

# 상승에서 하강으로, 하강에서
# 상승으로, 회전문의 법칙

필자는 지금까지 저항시인으로 자리매김된 김남주와 자연시인이라 호명되는 신대철의 시를 상상구조 연구라는 테마로 한정하여 살펴보았다. 두 시인은 동시대에 태어나 꾸준한 작품 활동과 삶의 이력을 통해 우리 시의 새로운 영역을 확장시켰다. 이들이 태어난 시기는 우리 민족이 근대화의 첫발을 내디딘 이후 단독정부 수립이라는 정치적 문제와 분단으로 인한 사회적 혼란이 매우 극심하였던 시기였다. 이와 같은 사회적 상황은 두 시인의 세계관과 가치관을 결정하는 데 지대한 영향을 끼칠 수밖에 없었고 동시대 동일한 현실에 처해 있으면서도 이들의 작품 속에 궁극적으로 각인된 현실인식의 차이는 개인의 시적 경향을 다르게 규정짓는 역할을 담당하였다.

필자는 이와 같은 관점에서 1970년대 시의 두 극점으로 김남주, 신대철 시인의 시를 상정하여 두 시인의 시가 어떻게 시대에 대응하고 의식의 변모를 통해 시세계를 구축해내고 있는지 살펴보았다. 2장에서는 본 연구의 분석틀로 역할을 담당해줄 두 시인의 개괄적인 시 분석을 시도하여 보았다. 두 시인의 시를 시간 구조, 공간 구조, 이미지 변용 구조로 분류하여 각각 경험과 기대의 지평, 수직적 상승과 수평적 확산, 불에서 빛으로, 물에서 빛으로의 양상을 드러내고 있음을 밝혀보았다.

우선 김남주 시인의 경우 시간의식은 미래로 향해 있고 끊임없는 투쟁을 통해 미래의 시간을 선취하겠다는 희망 속에 자리잡고 있었다. 그러나 그의 시간은 미래로만 뚫려 있는 직선적 시간관을 의미하는 것이 아니라 그것은 과거의 경험과 삶의 축적으로 인한 것이 기대에 편입되는 형식의 시간의식이었다. 이러한 시간의식은 시인의 공간 구조와도 관련을 맺고 있는데 시인의 상상세계를 이루고 있는 공간은 수직적 초월이라는 도약으로부터 서서히 하향하는 면모를 보여주고 있었다. 이것은 공간과 시간이 평면에 위치하고 있는 것이 아니라 '구'라는 입체로서 움직이고 변용된다는 것을 의미하는 것이다. 이에 따라 시에 나타난 '불' 이미지도 강렬한 역동성을 가지면서 대상과 환경이 바뀜에 따라 서서히 '빛'의 구조로 바뀌어가고 있음을 알게 되었다.

신대철 시인의 경우 시간의식은 과거로 향해 있고 과거로의 침잠이 주는 편안한 잠에 대한 욕망이 시간을 해체하고자 하는 양상으로 드러남을 살펴보았다. 그의 시간의식은 유년의 기억과 관련을 맺으며 미성숙한 개인이 문명으로부터 소외되어 어떻게 삶과 대면해야 하는가에 대한 모색을 보여주었다. 그래서 시인의 시에서 시간은 죽음충동과 삶의 충동이 복합적으로 섞여 있는 면모를 보여주었다. 따라서 공간 구조에서 드러나는 특징들도 수평적으로 침잠해 들어가면서 다시 확산되어 나아가는 면을 반복적으로 드러내주었다.

이는 이미지가 물에서 빛으로 이동해가는 것과도 관련을 맺으며 물이 '죽음의 물/정화의 물'이라는 이중적인 구조로 드러나는 것과도 결부되는 것이다. 시인은 물 이미지에 '흰 눈'이라는 냉기를 결합시켜 차가운 '불 이미지'를 만들고 이 복합으로 인해 생기는 빛을 태초의 빛과 관련시켜 순환적 시간관을 표출해내었다. 이렇게 변용하는 이미지는 시인의 의식의 변화와 연결되어 상상 체계를 구조화시키는 데 도움을 주었다. 2장에서 살펴본 개념들과 구조의 세부적인 분류는 이 책을 집필하는 데 분석틀로 마련된 것이며 3, 4장에서는 2장에서 살펴본 구조들을 염두에 두고 각각 시인의 개별 시들을 분석하는 데 초점을 맞추었다.

먼저 3장에서 김남주 시인의 경우를 살펴보았다. 이 책에서는 김남주 시인의 시를 질베르 뒤랑(Gillbert Durand)의 분열 형태적 구조로 파악하고 그의 상상체계 분류 방식을 참조하여 분석하였다. 또 시인의 불의 상상력이 주는 특징을 프로메테우스와 위기의 시학으로 규정하여 그에 따라 나타나는 주된 이미지인 확산, 발광, 솟구침의 형태로 각각 살펴보았다. 김남주 시인의 시에서 이와 같은 이미지들은 불의 상상력을 뒷받침해주는 구체적인 요소로 작용하였다. 또한 시인의 강렬한 투쟁의식이 현실의 벽에 부딪쳐 좌절당하고 죽음의 고통을 뛰어넘어 어떻게 시적으로 형상화되고 있는가를 알아보기 위해서 시인의 시에 자주 등장하는 이미지인 불의 특징을 살펴보았다. 이는 타오르는 불의 감각이 주는 역동성과 부드러움이라는 양가성을 가지는데 시인의 시에서 자주 등장하는 운동력의 빠르기와 빛의 온기는 각각 아니무스(animus), 아니마(anima)의 영향과 관련을 맺는 것으로 보여졌다.

불이 아니무스와 관련을 맺으면 그 남성성을 회복하여 영웅이 되고 싶어 하며 강력하게 불타오르는 것이다. 이때 불은 모든 것을 삼켜버릴 수 있는 방화력을 획득하면서 지칠 줄 모르는 에너지를 발산해낸다. 김남주 시인의 시에서 이러한 불은 그의 강렬한 투쟁성을 반영하면서 적에 대한 분노, 증오의 감정이 극에 달함을 내비치는 역할을 담당하였다. 반면 불이 아니마와 관련을 맺으면 여성의 성스러움과 부드러움 안에서 온화하고 따뜻한 빛을 발산하며 조용히 타오르기를 거듭하였다. 이 빛은 그의 삶의 신조인 인내와도 결부되는 근성을 상징하며 시인이 사랑하고 보호해야 하는 사람들을 향한 희생의 빛을 상징하고 있다. 아니마와 아니무스의 불은 시인의 이분법적인 사고 즉 '사랑/증오'의 변증법과도 통하는 것이며 그의 시에 나타난 불의 이중성을 뚜렷이 드러내주었다.

또 김남주 시인의 후기 시에서 투쟁성은 잦아들고 문명비판과 같은 주제의 편린들이 자주 보여지는데 이 책에서는 이것을 낙원과 실낙원의 상징 분석을 통해 살펴보았다. 결국 시인에게 낙원은 미래의 유토피아 건설에 있는 것이 아니라 과거의 행복했던 시간에 대한 회복에 있고 그것은 자연과의 합일을 통한 순수한 인간성이 회복되는 순간에 있다는 것을 보여주었다. 시인은 문명이라는 거짓 편리함과 자기기만 뒤에 숨겨진 인간의 욕망과 대면하여 그 반대편에 있는 자연스러운 상태, 원초적인 것 등을 동화적으로 그려내고 있다. 이것은 뒤랑의 실사적 원형에서 '세례/더럽혀짐'이라는 이분법의 구도와 관련을 맺으며 시인이 생각했던 낙원은 원초성의 회복인 동시에 자연과의 합일을 이루는 상태라는 것을 드러내보고자 하였다.

기술의 진보와 산업화의 가속에 힘입어 위와 같은 낙원의 세계에 도달한다는 것은 불가능한 일이 되었고 더구나 시인의 희망은 그의 죽음과 더불어 헛된 꿈이 되어버렸다. 그러나 시인은 새 세상이 언젠가 도래하리라는 것을 굳게 믿고 있었다. 새 세상은 '새벽을 쪼는 새의 부리'와 함께 조그맣게 열리는 것이라는 말과 먼 훗날 '저 세상에 가서 풀잎 위의 이슬방울'로 환생하리라는 전언은 이러한 믿음의 확고함과 시인의 혁명에 대한 사유를 잘 보여주었다. 이것은 혁명이 하루아침에 세상을 뒤집는 사건이 아니라 보이지 않는 곳에서부터 자기희생의 반복을 통해 조금씩 열리는 것이며 중단 없이 계속되는 몸짓에 있음을 말해주는 것이다. 시인의 시 전편에서 드러나고 있는 불과 빛의 이미지들은 이러한 사유의 반영이다. 시인의 시는 먼 훗날 다른 세상에 가서도 계속되는 시간의 연속성 위에 자리잡고 있으며 그것은 초월에 도달한 것이 아니라 초월을 향하여 놓여진 시간의 연장선상에 위치하고 있다.

4장에서는 신대철 시인의 시를 뒤랑의 상상구조, 즉 신비적 구조를 원용하여 살펴보았다. 구체적으로 그의 시편들을 요나와 회귀의 시학으로 규정하여 그의 시에 자주 등장하는 산과 물의 이미지가 시간의식, 공간의식과 교묘하게 결합하여 어떻게 변용되어나가는지 분석하였다. 그의 시에 자주 등장하는 산 이미지는 기억의 끝에 자리잡고 있는 유년의 체험과 관련을 맺으며 산 자체가 주는 상승 지향의식과 기억 속에서 '어머니' '집' '동굴'을 대신해주는 하향적 매개물로 자리매김하고 있다. 시인에게 산은 둥글고 부드러운 어머니의 품을 상징하는 동시에 무섭고 억압적인 면의 양가적 형태로 드러나며 이는 시인이 집에 대해 갖는 이중적 태도와도 연관되는 것이다. 시인은 가장 편안한 잠을 잘 수 있는 장소인 집을 그리워하면서도 항상 불편한 잠을 자야 하는 현실의 집에 결핍을 느끼는 것이다. 이러한 시인의 양면 감정은 산이라는 매개물을 통해 잘 드러나고 있다.

시인의 산을 노래한 시들을 살펴보면 산속으로 흐르는 물 이미지에 대한 경도를 깊이 보여주고 있다. 이때 물은 '산'이라는 중요한 테마를 배경으로 거느린 골짜기의 '물' '물소리'로 나타났다. 이 물은 정화수의 맑은 물이라는 특징이 배가되는데 시인이 동굴로부터 탈출할 수 있도록 성장시켜주고 이끌어주는 생명의 물이라는 의미가 큰 것이다. 그래서 신대철 시인에게 '물'과 '산'은 동등한 의미의 이미지로 작동하는 것이라 할 수 있다. 즉 시인은 기억 속에서 산이라는 동굴로 퇴행한 후 다시 물을 매개로 하여 삶의 현장으로 나아가고자 하였으며 이것은 수평적 확산 형태를 통해 끝없이 퍼져나가는 운동력을 형성하였다. 이 수평적 고행은 극지라는 감각이 주는 냉기와 '흰 눈'이라는 빛에 경도되어 '차가운 불' 이미지를 낳게 하였다. 이때 등장하는 '불' 이미지는 그의 극한의 퇴행성이 거꾸로 된 수직적 직립이라는 역설을 불러일으키는 것이다.

또 산으로의 퇴행은 귀향을 의미하며 중심으로 스며'들어감'이라는 신비적 요소의 특징을 잘 보여주었다. 스며들어감은 깊이에 대한 천착과 고요의 소리를 듣는 것, '뒤로' 등의 표상들을 산출해내었다. 이것을 필자는 바라봄, 들림, 들어감의 구조로 살펴보았는데 고요 속으로의 한없는 침잠과 그 소리를 듣는 행위는 시간과 존재를 무화시키는 '낯선 순간'과의 맞부딪침과 대면하는 것이다. 이러한 사물과의 교감과 몰입 속에서 시인은 자주 시간에 대한 무의식을 드러내는 면모를 보여주었다. 시인은 무의식 속에서 다른 시간을 창조하고자 하였으며 다른 세계에 거주하고 싶은 욕망의 발로를 보여주었다. 이는 현실 세계로부터 적극적으로 소외되어 다른 세계로 진입하고자 하는 원의로 보여졌다.

'거리감에 대한 인식'이라는 그의 '여행'에 대한 통찰에서 보이듯 시인이 끝없이 찾아 들어가는 극지와 고원, 머나먼 이국의 변경은 수평적이지만 위상학적으로 수직의 방향과 통하고 있다. 시인의 방랑, 여행은 고향에서 시작하여 백야가 계속되는 북극에까지 이르는데 이는 시인의 본향을 향한 근원적 욕구의 산물일 수도 있으나 '그대'와의 만남이라는 더 본질적인 문제와 관계된다고 할 수 있다.

본질적인 자아와의 만남을 갈망하는 시인의 자의식은 지상의 집에 안주하는 것 대신 '얼음집' '불바닥'을 인식하고 있는데 이것은 차가움의 '뒤집혀진 뜨거움'이라는 역설적 깊이와 결부되고 있다. 시인의 시에서 자주 등장하는 흰빛, 은빛은 차가운 물 이미지에 '불'이라는 뜨거움이 배가된 것이다. 이렇게 시인이 역설적 깊이와 관계하고 있으면 물과 불의 복합은 눈꽃이나 불꽃, 새 같은 이미지를 산출하면서 지상에 안주하지 못하고 떠도는 속성의 의미와 결부하는 면을 보여주었다. 시인은 후기 시편으로 갈수록 빛 이미지에 천착하는 경향을 띠었다. 이때 빛은 원초적이고 태고적인 빛, 에너지 등 삶의 충동으로 가득한 신비로움을 내장한 것으로 드러나곤 했다. 그래서 화자로 등장하는 이국의 소년은 낯설면서도 친숙한 칠갑산의 소년이 되고 인간이 우주적 존재로 화하는 합일의 매개체로 작동하였던 것이다.

빛 이미지가 자주 등장하는 『바이칼 키스』의 시편들에서는 특히 시인에게 불편함을 주었던 얼음 바닥인 '집'은 사라지고 온 세상이 빛과 편

263

안함으로 가득한 '집'이 상생하고 있다. 시인의 감정 속에 오랜 자국이 된 '불편한 집'이라는 감성적 속박은 천연적 타자의식과 부재하는 유년의 어머니에 대한 배신감 같은 것과 결부된다고 할 수 있다. 친화하고 싶은 마음과 배신감의 이율배반적 만남은 시인을 끝없는 소외와 방황으로 몰아갔지만 시인은 완전한 일체감을 위해 '기다림'과 '인간의 껍질 깎기'라는 행위를 계속해나가고 있다.

이런 현상은 끊임없이 극지를 떠돌며 극한의 냉기에 경도된 한 영혼의 치열한 몸부림으로 드러났다. 이것을 외디푸스 콤플렉스 극복의 전형으로 본다면 어머니 품속에서 떨어져 나온 후의 고통을 잊게 해주는 힘을 자연과의 합일을 통해 찾고 다시 어머니 뱃속의 편안함으로 회귀하고자 하는 무의식적 욕망이 역설적으로 드러나는 것이었다고 할 수 있다. 이를 기반으로 필자는 요나의 기억으로 회귀하고자 하는 신대철 시인의 여행의 기록이자 순례의 기록을 구원을 향한 도정에 있는 것으로 규정하여본 것이다.

이 책은 이렇듯 김남주 시인의 주된 이미지가 불에서 빛으로 이동하는 것과 같이 신대철 시인의 주된 이미지는 물에서 빛으로 이동하는 것을 살펴보았다. 이에 따라 두 시인이 거느린 이미지는 상이한 것 같으면서도 통해 있고 그 궤적이 반대편을 향해 있는 것 같으면서도 궁극적으로 합일하고 있다는 것도 규명할 수 있었다. 앞서 언급한 대로 '빛 이미지'로 통합되는 이미지의 운동성을 보더라도 두 시인의 내면의 지향이 서로 합류하고 있음을 알게 되었다는 것이다.

제3장, 제4장의 제5장에서 나타난 두 시인의 빛 이미지는 원초적 세계, 본연의 세계, 본향인 낙원 등의 의미를 내포하는 것이라 할 수 있

다. 두 시인에게 있어 빛은 지상적 삶의 세계와 천상적 죽음의 세계가 교접하거나 이어지는 가운데 실현되는 것이었다. 김남주 시인의 경우 그것은 원의 시간 안에서 거듭되는 윤회를 의식하고 있었다. 또 현실의 삶 속에서 사랑을 주고받으며 끊임없이 생성되고 있는 이미지로 역할을 담당하였다. 결국 시인의 죽음을 담보한 투쟁, 강렬하게 타오르던 불은 본향을 찾아가고자 하는 귀향에의 욕망이었다고 할 수 있다. 그것은 성공하였던 그렇지 못하였던 간에 끝없이 이어지는 삶을 통하여 반복되는 사랑과 희생의 행위이기도 하였다. 시인에게서 삶의 세계와 사후의 세계는 서로 다르지 않으며 계속 이어지는 순환의 상징이 되는 것이다.

신대철 시인의 빛 이미지 역시 원초적 그림자인 태초의 빛을 상징하는 것이다. 시인은 애초부터 알 수 없는 그 빛을 찾아 시간적으로는 과거로, 공간적으로는 극한으로의 모험을 감행하였다. 그 모험은 곧 귀향과 회귀로의 몸짓이었지만 결국 그 빛은 자기 자신 속에, 이웃 가까이 있었음을 알게 되었다. 시인의 시에 자주 등장하였던 신비적 구조의 특징들은 내향성과 외향성의 중복적 이미지들을 산출하였다. 그리하여 끊임없이 되돌아가는 도치와 완곡화를 반복하면서 역설적 상승이라는 구도를 형성하였다. 결국 자기 자신과의 끊임없는 화해를 통해 획득된 빛 이미지는 가장 편안한 시간, 자연과 합일을 이룬 상태의 상징인 것이다.

필자는 이러한 상상운동의 궤적을 따라가는 데 필요한 개념들을 전체적으로는 뒤랑의 분열 형태적 구조와 신비적 구조에 각각 초점을 맞춰보았고 시간의식에 대한 부분은 베르그송(Bergson)의 기억의 개념을 참조하여 살펴보았다. 이 개념들은 그들의 미래와 과거의 시간들에 대한 확신과 열망이 얼마나 강렬한지 암시하는 구조의 틀을 마련하게 해주었다. 또 그들의 삶 전체와 정신상태의 불타오름이 각각의 상황에서 시간과 환경에 따른 의식의 운동이었다는 것을 발견한 것은 매우 의미 있는 일이라 할 수 있다. 또한 두 시인의 상상구조가 대비적인 성향을 보이고 있었음에도 그 의식의 지향점이 결코 상반되지 않았다는 사실을 발견할 수 있었던 점에서 이 책의 의의를 찾을 수 있었다.

물론 이들의 시가 갖고 있는 다양한 의미를 보다 세밀하게 분석하지 못한 아쉬움을 크게 갖고 있다. 그럼에도 불구하고 지금까지 1970년대 시의 극점에 위치한 두 시인의 시를 총체적으로 들여다보려는 노력의 일환으로 문학에 있어서의 상상력 연구라는 틀을 유지하려고 하였다.

더불어 앞으로 더욱 정밀하고 학문적인 성찰과 보완이 이루어져야 한다고 생각한다. 또 빛 이미지로 합류한 이후의 본격적인 논의는 앞으로의 과제로 남겨 놓는다. 필자는 이러한 반성과 함께 서로 다른 색깔을 드러내었던 동시대의 작가에 있어 공통분모를 찾아내고 그것이 우리 문학에 끼치는 비중과 위치를 점검해보았다는 면에 최소한의 의미를 두고자 한다.

# 1. 기본 자료

**■ 시집**

김남주, 『진혼가』, 청사, 1984.

──, 『나의 칼 나의 피』, 인동, 1987.

──, 『조국은 하나다』, 남풍, 1988.

──, 『솔직히 말하자』, 풀빛, 1989.

──, 『사상의 거처』, 창작과비평사, 1991.

──, 『이 좋은 세상에』, 한길사, 1992.

──, 『나와 함께 모든 노래가 사라진다면』, 창작과비평사, 1995.

신대철, 『무인도를 위하여』, 문학과지성사, 1977.

──, 『개마고원에서 온 친구에게』, 문학과지성사, 2000

──, 『누구인지 몰라도 그대를 사랑한다』, 창작과비평사, 2005.

──, 『바이칼 키스』, 문학과지성사, 2007.

**■ 시선집**

김남주, 『사랑의 무기』, 창작과비평사, 1989.

──, 『마침내 오고야 말 우리들의 세상: 5월 항쟁 대표 시선』, 한마당, 1990.

———, 『함께 가자 우리 이 길을』, 미래사, 1991.

———, 『저 창살에 햇살이 1.2』, 창작과비평사, 1992.

———, 『옛마을을 지나며』, 문학동네, 1999.

———, 『꽃 속에 피가 흐른다』, 창작과비평사, 2004.


■ 번역서

김남주 역, 『자기 땅에서 유배당한 자들』, 청사, 1978.

———, 『아침 저녁으로 읽기 위하여』, 남풍, 1988.

———, 『아타 트롤 H. 하이네』, 창작과비평사, 1991.

———, 『광인일기, 루쉰』, 눈출판, 1993.

———, 『은박지에 새긴 사랑』, 푸른숲, 1995.


■ 산문 및 단행본

김남주, 『산이라면 넘어주고 강이라면 건너주고』, 삼천리, 1989.

———, 『김남주 옥중연서』, 삼천리, 1989.

———, 『시와 혁명』, 나루, 1991.

———, 『길 떠난 길 위에서』, 제3세대, 1992.

———, 『불씨 하나가 광야를 태우리라』, 시와사회사, 1994.

———, 『창작이란 무엇인가』, 정민, 1994.

———, 『편지』, 이룸, 1999.

신대철, 『나무 위의 동네』, 청아, 1989.

## 2. 연구 논문

■ 학위 논문

고금자, 「김남주 시 연구」, 순천대학교 석사학위 논문, 2008.

김선기, 「김남주 시 연구－서정성과 민중성을 중심으로」, 전남대학교 석사학위 논문, 2005.

김영신, 「김남주 시의 서정성 연구」, 동국대학교 석사학위 논문, 2000.

김중현, 「김남주 시 연구」, 경희대학교 석사학위 논문, 2003.

박국희, 「김남주 시의 탈식민성 연구」, 교원대학교 석사학위 논문, 2006.

박미숙, 「김남주 시 연구」, 원광대학교 석사학위 논문, 1988.

박진향, 「김남주 시 연구」, 경희대학교 석사학위 논문, 2001.

서　진, 「김남주 시 연구」, 인하대학교 석사학위 논문, 2008.

송철수, 「김남주 시 연구」, 교원대학교 석사학위 논문, 2004.

신성원, 「김남주 시의 생태적 모성 연구」, 공주대학교 석사학위 논문, 2011.

이석철, 「김남주 시 연구」, 국민대학교 석사학위 논문, 2002.

이아름, 「김남주의 민중시 연구」, 목포대학교 석사학위 논문, 2010.

지규옥, 「김남주론 - 리얼리티와 서정성을 중심으로」, 인하대학교 석사학위 논문, 2004.

■ 평론 및 논문

강연호, 「인간의 껍질 깎기 - 무인도를 위하여」, 『현대시학』 283, 1992.

강형철, 「모색과 활로 - 김남주와 김진경의 경우」, 『실천문학』 통권 제22호, 실천문학사, 1991.

─── , 「대지의 삶 대지의 노래」, 『실천문학』, 1994.

─── , 「자본주의 삶에 대한 두 태도 - 나와 함께 모든 노래가 사라진다면」, 『실천문학』 통권 제38호, 1995.

공영직, 「전투적 저항에서 새로운 길찾기까지」, 『실천문학』, 1994.

구중서, 「1970년대와 80년대의 민중시학」, 『현대시』, 1994.

김남일, 「대책없이 순결한 시인, 김남주」, 『월간 우리교육』 25, 1992.

김남주, 「시인의 일 시의 일」, 『실천문학』 통권 17호, 실천문학사, 1990.

─── , 「나를 뒤흔든 문학체험: 암울한 대학생활을 비춘 시적 충격」, 『창작과비평』 통권 제80호, 1993.

김사인, 「김남주 시에 대한 몇 가지 생각」, 『창작과비평』 통권 제79호, 1993.

김상욱, 「감옥에서 청춘을 보내면」, 『시의 길을 여는 새벽별 하나』, 푸른나무, 1998.

김선기, 「김남주 시에 나타난 대지적 상상력」, 『21세기 광주·전남』 제73호, 2006.

김수행·윤구·김남주·김광식, 「한국사회 변혁사상의 현실과 전망」, 『실천문학』 통권 제20호, 실천문학사, 1990.

김승환, 「한국근대문학과 절대주의—단재 신채호와 김남주」, 『한국현대문학회』 제 7집, 1999.

김영옥, 「김남주론」, 『문예시학』 8, 충남시문학회, 1997.

김영현, 「김남주, 그 의연한 또 하나의 싸움」, 『월간 말』 통권 91호, 1994.

김윤태, 「지혜와 열정의 통일」, 『사상의 거처』, 창작과비평사, 1991.

김재홍, 「추석 무렵 해설」, 『민족의 노래, 민중의 노래』, 동광, 1984.

김준태, 「혁명성, 전투성, 역동성, 순결성」, 『창작과비평』, 1993 봄.

김진경, 「예언정신과 선언 정신」, 『진혼가』, 1984.

김현균, 「네루다를 사랑한 시인들: 김수영, 김남주, 정현종, 그리고 신현림」, 『현대 문학』 제34권, 2002.

———, 「한국 속의 빠블로 네루다」, 『스페인어문학』, 2006.

김형수, 「김남주의 전투적 애국주의를 옹호함」, 『한길문학』, 한길사, 1990.

———, 「절정—김남주의 청년시절」, 『실천문학』, 1994.

나까무라 후꾸지, 「해방 50주년 기념 기획 : 시로 본 한국 현대사 1980년대—김남 주—민중을 향한 시적 투혼」, 『역사비평』 통권 제33호, 역사비평사, 1995.

남송원, 「김남주 시의 시적 화자 연구」, 『고황논집』 제33집, 경희대학교, 2003.

남진우, 「혁명의 길, 전사의 시」, 『시인』 제 3권, 시인, 2004.

노 철, 「김남주 시의 담론 고찰」, 『상허학보』 제14집, 2005.

류보선, 「이상과 현실의 거리, 그리고 그 거리 좁힘」, 『함께 가자 우리 이길을』, 미래사, 1991.

류찬열, 「혁명의 시, 혹은 시의 혁명—김남주론」, 『우리문학연구』 제17집, 우리문학회, 2004.

———, 「김수영, 김용택, 김남주, 박노해, 유하」, 『현대 시인 연구』, 제이앤씨,

2007.

문익환, 「너무 뜨겁게 사랑한 사람」, 『진혼가』, 청사, 1984.

민　영, 「삶의 진실과 시의 진실 – 사상의 거처」, 『창작과비평』 통권 제75호, 1992.

박광숙, 「지수화풍이 된 당신」, 『실천문학』, 1994.

─── , 「기다림과 공포」, 『시와 시학』, 1995.

박석률, 「전사 김남주를 말한다」, 『정세 연구』, 1997.3.

박석무, 「김남주 시인의 데뷔 무렵」, 『진혼가』, 청사, 1984.

박수연, 「지금 이전의 영혼과 역사들 – 바이칼 키스」, 『문학공간』, 2007.

박연순, 「민족문학에 대한 일고찰: 김남주 시를 중심으로」, 부산교육대학, 1990.

박영근, 「역사와 현실, 그 고통으로서의 존재 – 개마고원에서 온 친구에게」, 『창작
과비평』, 2001.

박종덕, 「김남주 시의 여성이미지 연구」, 『비평문학』, 2008.

박주택, 「영혼의 原象과 신성한 密儀 – 개마고원에서 온 친구에게」, 『현대시학』,
2001.

박태순, 「시인과 농부의 순결한 대지」, 『한길문학』, 1990.

방민호, 「오랜 무인도 행에서 얻은 말건넴의 언어 : 신대철론」, 『유심』 통권 10호,
2002.

─── , 「고유명사의 자유와 구원 – 바이칼 키스를 중심으로」, 『서정시학』 통권 38
호, 2008.

백낙청, 「한국의 민족문학과 한일 민중의 연대」, 『창작과비평』, 1988.

─── , 「시와 리얼리즘에 관한 단상」, 『실천문학』, 1991.

성기각, 「한국의 현대 농민시 연구 —김남주의 농민계급과 혁명적 실천」, 경남대
대학원, 1999.

성민엽, 「북경에서 김남주 읽기」, 『문예중앙』, 중앙일보사, 1994.

손필영, 「굴절의 시학」, 『유심』 통권 10호, 2002 가을.

신경득, 「혁명의 꽃과 칼」, 『한민족 문학사상론』, 살림터, 1996.

신대철, 「한국시에 나타난 산」, 『어문학 논총』, 국민대어문학연구소, 1991.

안철흥, 「둘이되 하나였던 저항의 드라마: 문익환, 김남주 '평전'으로 읽는 투쟁과

헌신」, 『시사저널』 통권 749호, 2004.

염무웅, 「사회인식과 시적 표현의 변증법」, 『창작과비평』, 1988.

위기철, 「단호함의 시정신, 김남주론」, 광주, 1998.

오성호, 「시에 있어서의 리얼리즘의 문제에 관한 시론」, 『시와 리얼리즘』, 공동체, 1993.

오세영, 「1980년대 한국의 민중시」, 『한국현대 문학회』 제9집, 2001.

유성호, 「노래로서의 서정시 그리고 계몽적 열정」, 『시와시학』, 1995 겨울.

유정이, 「김남주, 분노의 불꽃」, 『시로 여는 세상』 통권 제14호, 2005.

유중하, 「90년대, 그 성숙의 연대를 위한 헌사: 김남주, 김정환, 박노해의 근작시를 읽고 쓰는 단상」, 『문예중앙』, 중앙일보사, 1992.

윤지관, 「풍자정신과 투쟁적 리얼리즘」, 『실천문학』, 1989.

―――, 「일상의 혁명으로서의 시 – 김남주를 어떻게 이해할 것인가」, 『실천문학』, 1992 가을.

―――, 「낡은 옷, 붉은 영혼」, 『실천문학』 1994.

윤호병, 「김남주론 서정적 진실의 힘과 울림」, 『시와 시학』 통권 제55호, 시와시학사, 2004.

이광웅, 「내가 아는 김남주 시인」, 『나의 칼 나의 피』, 인동, 1987.

이광호, 「사상의 거처와 시의 길」, 『현대문학』, 1992, 4.

이대영, 「이념 분출의 나들목:김남주의 시대정신과 시」, 『시와 상상』 통권 제 41호, 2004.

이동순, 「김남주 시와 구체적 싸움의 진정성」, 『신동아』, 동아일보 198.

이문재, 「극지에서 마침내 화해하다」, 『문학동네』, 2003 여름.

이병훈, 「김남주 시인에게 보내는 편지: 형님의 사상의 거처는 이제 노동의 대지」, 『사회평론』, 1992.

이승하, 「한국 현대시에 나타난 폭력과 광기」, 『이화어문논집』, 2002.

이영섭, 「이미지의 특성과 예술적 기능」, 『논문집』, 원광대학교, 1994.

이영진, 「내 기억 속의 김남주」, 『월간 말』 통권 105호, 1995.

이은봉, 「김남주 시의 정서적 특질에 관한 고찰」, 『현대문학이론연구』, 1999.

이정희, 「김남주론」, 『목원국어국문학3』, 목원대학교, 1995.

이지엽, 「시적 묘사와 시적 진술」, 『현대시』 통권 제180호, 2004.

이형권, 「김남주 시의 탈식민주의적 연구」, 『비평문학』 제20호, 2005.

─────, 「한국 현대시의 미국문화 수용에 관한 탈식민주의적 연구」, 『어문연구』, 2005.

임규찬, 「이 좋은 세상을 향한 사랑과 증오의 미학」, 『이 좋은 세상에』, 한길사, 1992.

─────, 「분단을 넘어서」, 민족문학사연구소 편, 『민족문학사 강좌』, 창작과비평사, 1995.

임동확, 「그는 인류에게 불을 선사한 프로메테우스이길 원했다」, 『민족 현실과 문학운동』, 광주, 1989.

─────, 「정직성과 죽음의 시학」, 『내가 만난 김남주』, 이룸, 2000.

─────, 「박정희 망령과 다시 불러내야할 김남주」, 『실천문학』 통권 74호, 2004.

임선영, 「김남주 시 연구」, 『대전어문학』, 대전대학교 국어국문학회, 1995.

임헌영, 「김남주의 시 세계」, 『솔직히 말하자』, 풀빛, 1989.

─────, 「내가 만난 김남주」, 『시와 시학』, 1995 겨울.

─────, 「김남주론―정치시와 서정시―김남주 시인의 서정성에 관하여」, 『시와 시학』 통권 제55호, 시와시학사, 2004.

임환모, 「피로 씌어진 언어의 화살」, 『작가사회』 통권 10호, 2001.

임홍배, 시간의 화살, 사랑의 기술, 그리고 시의 양심, 시인, 제 3호, 2004.

장철문, 「길 안난 길 위에 선 시인」, 『유심』 통권 10호, 2002.

정경운, 「전사는 밤으로 떠도는 별이 되는 것이다, 이름도 없이」, 『작가사회』 통권 10호, 2001.

정명순, 「기억의 문학: 김남주와 파울 첼란」, 『독일언어문학』 제30집, 2005.

정순진, 「인식의 사각지대, 여성문제: 김남주 시를 중심으로」, 『여성문학연구』 통권9호, 2003.

정연복, 「예수운동과 현실―시로 풀이하는 예수운동 이야기―김남주 시인에 기대어」, 『세계의 신학』 제55호, 한국기독교연구소, 2002.

참고문헌

정종진, 「김남주, 미리 부른 자신의 진혼가」, 『한국 현대시, 그 감동의 역사』, 태학
　　사, 1999.

정지창, 「서정시를 쓰기 힘든 시대의 사람들」, 독일어문학, 1999.

정진규·김인환·김명인·조정권, 「김달진 문학상 심사평」, 서정시학, 2008.

정효구, 「요절한 시인들이 보여준 죽음의 방식과 그 의미」, 『시인세계』 통권 제4호,
　　2003.

정　훈, 「불내, 또는 내리는 빗줄기를 잡고 거꾸로 오르며」, 『신생』 제 31호, 2007.

최갑진, 「절망에서 비롯되는 그리움의 두 양상, 사상의 거처, 김남주 저, 〈서평〉」
　　오늘의 문예비평, 1992.

최권행, 「내가 만난 김남주 시인, 옛마을을 지나는 시인」, 『시와 시학』 통권 제 55
　　호, 시와시학사, 2004.

최애영, 「시적 자아의 영웅적 전사의 이중주-김남주 시의 정신분석적 읽기」, 『김
　　남주 통신』, 일과놀이, 2000.

최원식, 「이념적인 것과 현실적인 것」, 『사상문예운동』, 1989 겨울.

최원식 외, 「민족문학, 80년대와 90년대」, 『한길문학』, 한길사, 1990.5.

하정일, 「탈식민의 시인」, 『시와 사람』, 2001 여름.

한만수, 「소나무, 개미, 사람」, 『녹색평론』 56호, 2001.

한성자, 「김남주 시의 상징, 은유, 반어, 풍자, 알레고리」, 『김남주 통신』, 일과 놀
　　이, 2000.

황동규, 「시와 체험」, 『문학과 지성』 16호, 1974.

황정산, 「칼과 불의 언어, 김남주의 시」, 『작가연구』 제 15호, 2003.


### 3. 단행본

강대석, 『김남주 평전』, 한얼미디어, 2004.

――――, 『가난한 사람들을 사랑한 김남주』, 작은씨앗, 2006.

강태근, 『한국 현대소설의 풍자』, 삼지원, 1992.

고영직 외, 『김남주의 삶과 문학』, 시와사회사, 1994.

구중서, 『한국문학의 현 단계2』, 창작과비평사, 1983.

━━━, 『한국 근대문학 연구』, 태학사, 1997.

권영민, 『한국현대문학사』, 민음사, 2002.

김경용, 『기호학이란 무엇인가』, 민음사, 1994.

김사인, 강형철 엮음, 『민족·민중 문학론의 쟁점과 전망』, 푸른숲, 1989.

김상욱, 『시의 길을 여는 새벽별 하나』, 푸른나무, 1998.

김윤식, 김우종 외, 『한국현대문학사』, 1994.

김윤태, 『한국 현대시와 리얼리티』, 소명출판, 2000.

김윤환 외, 『한국 경제의 전개 과정』, 돌베개, 1981.

김우창, 『궁핍한 시대의 시인』, 민음사, 1977.

김주연, 「새의 비극과 그 깊이」, 『개마고원에서 온 친구에게』, 문학과지성사, 2000.

김준오, 『시론』, 삼지원, 2007.

김화영, 『문학 상상력 연구』, 문학동네, 1998.

김　현, 『분석과 해석/보이는 심연과 안 보이는 역사전망』, 문학과지성사, 1991.

━━━, 『상상력과 인간』, 문학과지성사, 1991.

━━━, 『한국문학의 위상/문학사회학』, 문학과지성사, 1991.

━━━, 『현대 한국문학의 이론/사회와 윤리』, 문학과지성사, 1991.

━━━, 『존재와 언어/현대 프랑스 문학을 찾아서』, 문학과지성사, 1992

━━━, 『문학과 유토피아/공감의 비평』, 문학과지성사, 1996.

━━━, 『젊은 시인들의 상상세계』, 문학과지성사. 2004.

김현강, 『슬라보예 지젝』, 이룸, 2009.

김형효, 『구조주의 사유체계와 사상』, 인간사랑, 1989.

김홍중, 『마음의 사회학』, 문학동네, 2009.

남진우, 『바벨탑의 언어』, 문학과 지성사, 1989.

━━━, 『신성한 숲』, 민음사, 1995.

━━━, 『숲으로 된 성벽』, 문학동네, 1999.

━━━, 『올페는 죽을때 나의 직업은 시라고 말했다』, 문학동네, 2000.

━━━, 『미적근대성과 순간의 시학』, 소명, 2001.

———,『그리고 신은 시인을 창조했다』, 문학동네, 2001.

———,『나사로의 시학』, 문학동네, 2013.

문병호,『아도르노의 사회이론과 예술이론』, 문학과지성사, 1993.

박성수,『들뢰즈와 영화』, 문학과학, 1998.

백낙청,『민족문학과 세계문학』, 창작과비평, 1974.

———,『문학이 무엇인지 다시 묻는 일』, 창작과비평사, 2011.

송영진,『직관과 사유』, 서광사, 2005.

송태현,『이미지와 상징』, 라이트하우스, 2005.

엄성원,『한국 현대시의 근대성과 탈식민성』, 보고사, 2006.

염무웅,『한국문학의 현단계』, 창작과비평사, 1982.

———,『혼돈의 시대에 구상하는 문학의 논리』, 창작과비평사, 1995.

———,『모래 위의 시간』, 작가, 2002.

———,『분화와 심화, 어둠 속의 풍경들: 탄생 100주년 문학인 기념 문학제』, 민음
사, 2007.

———,『문학과 시대의 현실』, 창작과비평사, 2010.

유병관,『한국 현대시의 풍자』, 청운, 2004.

이광호,『위반의 시학』, 문학과지성사, 1994.

———,『미적 근대성과 한국문학사』, 민음사, 2001.

———,『움직이는 부재』, 문학과지성사, 2001.

이상섭,『문학연구의 방법』, 탐구당, 2006.

이서규,『인간과 실존』, 이문출판사, 2000

이어령,『공간의 기호학』, 민음사, 2000.

이정우,『베르그송의 철학』, 민음사, 1991.

이죽내,『융 심리학과 동양사상』, 하나의학, 2005.

이지훈,『예술과 연금술』, 창작과비평사, 2003.

정재찬,『현대시의 이념과 논리』, 역락, 2007.

정현종 · 김주연 · 유평근 공편,『시의 이해』, 민음사, 1983.

주균도,『미학에세이』, 유홍준 편역, 청년사, 1988.

한국 현대시의 두 극점

채광석, 『민중적 민족문학론』, 풀빛, 1989.

최두석, 『시와 리얼리즘』, 창작과비평사, 1996.

최원식, 『민족문학의 논리』, 창작과비평사, 1982.

──, 『문학의 귀환』, 창작과비평사, 2001.

──, 『근대, 근대성, 근대문화』, 월인, 2005.

──, 『누구인지 몰라도 그대를 사랑한다』, 창작과비평사, 2005.

──, 『전환기 근대문학의 모험』, 민음사, 2009.

황광수, 『바이칼 호수』, 문학과지성사, 2007.

황석영, 『죽음을 넘어 시대의 어둠을 넘어』, 풀빛, 1985.

황석영 외, 『내가 만난 김남주』, 이룸, 2000.

## 4. 국외 논저 및 번역서

Arend, Hannah, 『인간의 조건』, 이진우 · 태정호 역, 한길사, 1996.

Bachlard, Gaston, 『초의 불꽃, 세계사상전집』, 문희식 역, 삼성출판, 1983.

──, 『로트레아몽』, 윤인선 역, 청하, 1985.

──, 『공기와 꿈』, 정영란 역, 민음사, 1993.

──, 『물과 꿈』, 이가림 역, 문예출판사, 1993.

──, 『가스통 바슐라르』, 곽광수 역, 민음사, 1995.

──, 『대지, 그리고 휴식의 몽상』, 정영란 역, 문학동네, 2002.

──, 『순간의 미학』, 이가림 역, 영언, 2002.

──, 『공간의 시학』, 곽광수 역, 동문선, 2003.

──, 『불의 시학 단편들』, 안보옥 역, 문학동네, 2004.

──, 『상상력과 가스통 바슐라르』, 홍명희 역, 살림, 2005.

──, 『몽상의 시학』, 김웅권 역, 동문선, 2007.

──, 『불의 정신 분석』, 김병욱 역, 이학사, 2007.

──, 『바슐라르』, 곽광수 역, 민음사, 2009.

Badiou, Alain, 『들뢰즈─존재의 함성』, 박정태 역, 이학사, 2001.

Bergson, Henri,『물질과 기억』, 홍경실 역, 교보문고, 1991.

──────────,『직관과 사유』, 송영진 역, 서광사, 2005.

Berman, Marshall,『현대성의 경험』, 윤호병 · 이만식 역, 현대미학사, 1994.

Bohrer, Karl Heinz,『절대적 현존』, 최문규 역, 문학동네, 1998.

Bollnow, O.,『실존과 허무』, 이규호 역, 태극출판사, 1978.

Benjamin, Walter,『발터 벤야민의 문예이론』, 반성완 역, 민음사, 2005.

Borges, Luis,『문학을 말하다』, 박거용 역, 도서출판르네상스, 2003.

Burge, James,『아벨라르와 엘로이즈』, 유원기 역, 북폴리오, 2006.

Carr, Edward Hallett,『역사란 무엇인가』, 이상두 역, 문공사, 1982.

Calinescu, Matei,『모더니티의 다섯 얼굴』, 이영욱 외 역, 시각과언어, 1993.

Deleuz, Gilles,『비평과 진단』, 김현수 역, 인간사랑, 2000.

Durand, Gillbert,『상상계와 인류학적 구조들』, 진형준 역, 문학동네, 2007.

Eco, Umberto,『장미의 이름』, 이윤기 역, 열린책들, 2000.

Eliade, Mircea,『상징, 신성, 예술』, 박규태 역, 서광사, 1991.

──────────,『성과 속』, 이동하 역, 학민사, 2006.

Fontana, David,『상징의 비밀』, 최승자 역, 문학동네, 1993.

Freud, Sigmund,『창조적인 작가와 몽상』, 정강진 역, 열린책들, 1996.

──────────,『정신분석학의 근본개념』, 윤희기 · 박찬부 역, 열린책들, 1997.

Fuchs, Eduard,『풍속의 역사 2』, 이기웅 역, 까치글방, 1986.

Frazer, James George,『황금가지』, 박규태 역, 을유문화사, 2005.

Gualandi, Alberto,『들뢰즈』, 임기대 역, 동문선, 1998.

Gombrich, Ernest Hans Josef,『서양미술사』, 백승길 · 이종숭 역, 예경, 2003.

Hauser, Arnold,『문학과 예술의 사회사』, 백낙청 · 염무웅 역, 창작과비평사, 1974.

Heidgger, Martin,『존재와 시간』, 이기상 역, 까치, 1986.

──────────,『예술 작품의 기원』, 오병남 역, 예전사, 1996.

──────────,『동일성과 차이』, 신상희 역, 민음사, 2006.

Hutin, Serge,『신비의 지식, 그노시즘』, 황준성 역, 문학동네, 1996.

한국 현대시의 두 극점

Jung, C.G.,『꿈에 나타난 개성화 과정의 상징』, 융저작번역위원회 역, 솔, 2006.

─────,『원형과 무의식』, 융저작번역위원회 역, 솔, 2006.

Kierkegaard, Søren Aabye,『불안의 개념』, 임규정 역, 한길사, 2006.

Kristeva, Julia,『시적 언어의 혁명』, 김인환 역, 동문선, 2000.

─────,『검은 태양』, 김인환 역, 동문선, 2004.

Koselleck, R.,『지나간 미래』, 한철 역, 문학동네, 1998.

Jaus, Hans Robert,『미적 현대와 그 이후』, 김경식 역, 문학동네, 1999.

Lacan, Jacques,『라캉과 그의 시대』, 양녕자 역, 새물결, 2000.

Llewelyn, John,『데리다의 해체주의』, 서우석 · 김세중 역, 문학과지성사, 1988.

Merleau-Ponty, Maurice,『현상학과 예술』, 오병남 역, 서광사, 1983.

Megil, A.,『극단의 예언자들』, 정일준 외 역, 새물결, 1996.

Moretti, Franco,『근대의 서사시』, 조형준 역, 새물결, 2001.

Paz, O.,『활과 리라』, 김홍근 외 역, 솔, 1999.

─────,『흙의 자식들』, 김은중 역, 솔, 1999.

Picard, Max,『침묵의 세계』, 최승자 역, 까치, 1996.

Poulet, G,『인간의 시간』, 김기봉 외 역, 서강대학교 출판부, 1998.

Reichenbach, Hans,『시간과 공간의 철학』, 이정우 역, 서광사, 1986.

Ricoeur, Paul,『악의 상징』, 양명수 역, 문학과지성사, 1994.

Said, Edward, W.,『오리엔탈리즘』, 박홍규 역, 교보문고, 1994.

─────,『프로이드와 비유럽인』, 주은우 역, 창비, 2003.

Sartre, Jean-Paul,『시인의 운명과 선택 : 보들레르』, 박익재 역, 문학과지성사, 1985.

Sarup, Mardan,『후기 구조주의와 포스트 모더니즘』, 전영백 역, 조형교육, 2005.

Sontag, Susan,『문학은 자유다』, 홍한별 역, 이후, 2007.

Eagleten, Terry,『발터벤야민 or 혁명적 비평을 위하여』, 김정아 역, 이앤비플러스, 2012.

Tresidder, Megon,『사랑의 비밀』, 손성경 역, 문학동네, 2000.

Zimmermann, Franz,『실존철학』, 이기상 역, 서광사, 2002.

Zizek, Slavoj, 『실재계, 사막으로의 환대』, 김종주 역, 인간사랑, 2003.

──────, 『부정적인 것과 함께 머물기』, 이성민 역, 도서출판 b, 2007.

──────, 『지젝이 만난 레닌』, 정영목 역, 교양인, 2008.

──────, Salecl, Renata, 『시선과 목소리』, 라깡정신분석연구회 역, 인간사랑, 2010.

Whitehead, A.N., 『과정과 실재』, 오영환 역, 민음사, 1991.

Ockham, William of, 『오캄 철학선집』, 이경희 역, 간디서원, 2004.

# 찾아보기

## 인명, 용어

한국 현대시의 두 근점

작품, 도서, 매체

현대문학연구총서 54

# 한국 현대시의 두 극점